Astrid Ruppert

Ziemlich beste Freundinnen

Astrid Ruppert

Ziemlich beste Freundinnen

Roman

Marion von Schröder

MIX
Papier aus verantwortungsvollen Quellen
FSC® C083411
FSC
www.fsc.org

Marion von Schröder ist ein Verlag
der Ullstein Buchverlage GmbH

ISBN 978-3-547-71193-6

Gesetzt aus der Bembo und Myriad Tild
bei LVD GmbH, Berlin
Druck und Bindearbeiten: CPI – Clausen & Bosse, Leck
Printed in Germany

Für meine Freundinnen,
meine Farbtherapien

Übe das Nichtstun,
und es wird Ordnung einkehren.

Lao Tse

1

Konstanze eilte im Laufschritt über die Station. Konstanze eilte immer im Laufschritt irgendwohin, weil sich all das, was sie an einem Tag zu bewältigen hatte, nur im Laufschritt bewältigen ließ. Wenn ihre Beine am OP-Tisch stillstanden, übernahmen ihre Hände das Tempo und hantierten virtuos und präzise mit dem Chirurgenbesteck. Innehalten konnte Konstanze nur, wenn sie schlief. Doch selbst dann flatterten ihre unruhigen Lider, während sie durch ihre Träume jagte. Der Laufschritt war ihre Art, sich durch die Welt zu bewegen. Und schneller als die Beine liefen Konstanzes Gedanken auf ihrer inneren, sich ständig erweiternden To-do-Liste immer schon ein paar Punkte voraus, stets bedacht, einen guten Vorsprung zu behalten. Man konnte nie wissen, wofür es gut war. Vorsprung konnte nie schaden. So überholten ihre Gedanken auch jetzt ihre Beine, schnell zum Stationszimmer zur Übergabe, an die zwei Akten denken, Kügler und Lehmann, oder hieß der doch Lohmann?, beide nach Hause mitnehmen, um abends noch die Arztbriefe zu diktieren, auf dem Heimweg Malte und seine zwei

Freunde am Fußballplatz abholen, die zwei Freunde nach Hause bringen, unbedingt ans Tanken denken, unbedingt, dann Abendessen einkaufen – das Ende des Flurs war erreicht –, jetzt schnell die Treppe hoch, wenigstens war das gut für die Pomuskeln, ein Fitnessstudio hatte sie schon lange nicht mehr von innen gesehen, wann auch!? Die Rechenhefte für Lotte durfte sie nicht vergessen, und sie brauchte dringend neue Klingen für den Nassrasierer, sie konnte ja schon gar keine Röcke mehr – Hallo, Kollege Lammel! –, sie versuchte freundlich zu lächeln, obwohl der arrogante Fatzke ihr gerade vorhin bei der Visite in die Parade gefahren war, Blödmann, dieser Lammel, den hatte sie noch nie leiden können, ach ja, und die Zutaten für den Kuchen fürs Schulfest. Den Teig könnte sie nach dem Essen anrühren und den Kuchen in den Ofen schieben, bevor sie die Arztbriefe diktierte, und wenn sie sich richtig ranhielt, waren Kuchen und Briefe gleichzeitig fertig, und sie könnte mit Philipp noch ein Glas Wein trinken. Das musste auch mal wieder sein. Sie hatten nie Zeit füreinander. In einer Ehe, in der beide Vollzeit arbeiteten und eine Familie mit zwei Kindern zu managen war, war es wichtig, ab und an wenigstens ein bisschen Quality Time zusammen zu verbringen, den Begriff hatte sie letztens gelesen. Es musste nicht viel Zeit sein, hatte der Autor geschrieben, aber Qualität sollte sie haben. Das kam ihr total entgegen: Zeit hatten sie sowieso nie. Von *viel* Zeit mal ganz zu schweigen. Wenn man Beruf und Familie erfolgreich miteinander vereinbaren wollte, musste man eben Vollgas geben. Immer. Dann war alles möglich. Käsekuchen oder Muffins, überlegte sie, während ihre energischen Schritte den Gang entlanghallten. Muffins mochten die Kinder, Käsekuchen die Mütter, oder doch etwas mit Obst? Mist, wo war denn ihr Stethoskop? Wo hatte sie es zuletzt … ah, wie dumm, unten im Stationszimmer, ja, da hatte sie es liegen lassen, und der Patient hieß doch Lehmann, den hatte sie nämlich vorhin noch damit abgehört. Sie sah das Stethoskop förmlich vor sich, und dieser blöde Spruch ihrer Mutter sprang ihr in den Sinn, was man nicht im Kopf hat … Sie machte mit Schwung auf dem Absatz kehrt, das musste man eben in den Beinen haben, haha, hetzte die Treppe wieder hinunter, und dann …

… wusste sie eigentlich gar nicht, wieso sie auf dem Rücken lag, über sich ein helles Licht, so hell, dass sie gleich wieder die Augen schloss. »Frau Keller-Stein?«, sagte eine Stimme, und sie schlug die Augen probeweise wieder auf und sah genau in das Gesicht von diesem blöden Lammel. Ausgerechnet der schon wieder. Und was faselte der da?

»Sie ist wach!« Natürlich war sie wach, was denn sonst! »Frau Keller-Stein, Sie hatten einen Unfall mit einem komplizierten Beinbruch, Weber C, wir müssen gleich operieren.«

War das über ihr eine Behandlungslampe? Dieses Ding war ja völlig falsch eingestellt, eigentlich sollten die Lampen nicht blenden, sie musste gleich Bescheid sagen, damit sich jemand darum kümmerte. Weber C? Hatte Lammel eben Weber C gesagt? Sie wusste, was das war, aber Mist, sie kam grade nicht drauf, und bevor sie den Mund öffnen konnte, was ihr irgendwie sehr schwerfiel, schob sich Philipps Gesicht vor die Lampe, und sie hörte endlich auf zu blenden. Er beugte sich zu ihr und lächelte sie auf so eine bestimmte, besorgte Art an, die ihn viel jünger aussehen ließ als sonst, ein Lächeln wie damals, als sie Lotte mit einem Kaiserschnitt holen mussten. Dabei war sie doch gar nicht schwanger? Und dann fielen ihr die Augen wieder zu.

»Du hättest dir den Hals brechen können.« Philipp saß später, nachdem die Operation gut verlaufen und Konstanze wieder völlig wach war, an ihrem Bett, drückte ihre Hand und schüttelte besorgt den Kopf. »Ich möchte gar nicht darüber nachdenken. Nur zwei Schritte weiter, und es hätte nicht nur deine Beine erwischt. Du hattest wieder ein Tempo drauf …«

»Das Krankenhaus ist schließlich kein Ort zum Lustwandeln.«

»Die Treppe musst du dich aber auch nicht gleich runterstürzen.«

»Glaub mir, das war keine Absicht.« Konstanze sah Philipp ungnädig an. Mühsam versuchte sie, trotz des schmerzenden Beines ihre Position zu ändern. Irgendwie tat ihr alles weh, und gleichzeitig fühlte sich alles so fremd und wattig an. Sie biss die Zähne zusammen und versuchte, ihr Gewicht zu verlagern. Doch das half auch nicht wirklich.

Unglaublich, dass das ausgerechnet ihr passieren musste. Als Ärztin im eigenen Krankenhaus die Treppe runterstürzen und sich weiß Gott was brechen. Das waren die Geschichten, die bei jeder Weihnachtsfeier von neuem erzählt wurden und von Jahr zu Jahr lustiger wurden. Sie hegte weder die Absicht, hier die Patientin zu geben, noch stand sie gerne im komischen Zentrum solcher Geschichten, die mit ›Wisst ihr noch, als die Keller-Stein die Treppe runtergeflogen ist‹ anfingen. »Nicht Weber A, nicht Weber B, nein Weber C! Haha. Die macht's nicht unter hochkompliziert …« Die Rolle als Opfer hatte in dem Rollenrepertoire von Konstanzes Leben nicht vorzukommen. Hilflosigkeit war etwas, das sie – wenn sie ehrlich war – verachtete. Sie war eine Frau der Tat. Immer gewesen.

»Lammel hat gesagt, dass alles gutgegangen ist.«

»Dass ausgerechnet der an meine Beine musste. Der freut sich doch, dass ich hier liege, dieser Kleingeist. Bestimmt hat er mich zum Krüppel gemacht.«

»Du weißt genau, dass Lammel der Beste ist. Sei froh, dass er dich operiert hat.«

»Hören Sie ruhig auf Ihren Mann.« Natürlich war es die Stimme von Lammel, der gerade das Krankenzimmer betrat. »Es wäre schädlich für meinen Ruf, wenn ich eine Kollegin zum Krüppel machen würde, gehen Sie davon aus, dass ich alles tun werde, um meinen Ruf zu wahren.«

Konstanze verdrehte die Augen. »Warum hast du mir kein Zeichen gegeben?«, raunzte sie Philipp an. »Ich entwickle mich noch zum Stationsliebling.«

Philipp seufzte. Seine Frau war eine großartige Ärztin, er vermutete, dass sie im OP besser war als er, besser sogar als die meisten hier, aber auf der Kandidatenliste für den Posten des Stationslieblings stand sie – wenn überhaupt – ohnehin ganz hinten an. Lammel würde sie mit oder ohne diese Bemerkung niemals zum Liebling küren, und alle anderen Kollegen auch nicht. Dafür sorgten schon Konstanzes regelmäßige Vorträge darüber, was man ihrer Meinung nach hätte besser machen können. Und das war meist eine Menge. »Effizienz« war eines ihrer Lieblingswörter. In Konstanzes Abteilung konnte es schon keiner mehr hören.

»Und wie ist Ihre Prognose? Wie lange liege ich hier? Wie lange darf ich das Bein nicht belasten? Wie geht es weiter?«

»Da wir auf Ihre begnadeten Hände in diesem Haus nicht verzichten wollen …«

»Darf ich Sie darauf aufmerksam machen, dass hier alles auf einen Beinbruch hindeutet und nicht auf einen Handbruch?«, unterbrach Konstanze ihn ungehalten.

»Das ist mir keineswegs entgangen.« Lammel nickte geduldig. »Aber da Sie weiterhin mehrstündige OPs durchstehen wollen, im wahrsten Sinne des Wortes, ist in Ihrem Fall besonders strenge Reha angesagt. Wir beobachten den Heilungsprozess und gehen erst einmal von ungefähr sechs Wochen ohne jegliche Belastung aus, dann sehen wir weiter.«

Konstanze begriff sofort den Ernst der Lage und sah Lammel direkt an: »Sechs Wochen? Null Belastung? Also Krücken. Und dann?«

Lammel nickte ernst. »Sehr langsame Wiederbelastung, sehr langsame Wiedereingliederung. Ohne konsequente Schonung wird Ihr Bein nie wieder so belastbar wie vorher.«

»Und mit konsequenter Schonung?« Konstanze sah ihn stirnrunzelnd an. »Ehrlich. Bitte«, setzte sie nach, als er für ihr Gefühl einen kleinen Moment zu lange mit der Antwort zögerte. Lammel legte den Kopf schief »Stehen die Chancen gar nicht so schlecht.«

Konstanze schloss die Augen. Gar nicht so schlecht. Das war eine richtig miese Nachricht in vier kleinen harmlosen Wörtern.

»Es wird leider langwierig. Und wir wissen zu diesem Zeitpunkt noch nicht, was Ihr Sprunggelenk letztlich abbekommen hat. Kann sein, dass das nicht die letzte OP war. Und Sie wissen um die Entzündungsgefahr.«

Das war unmöglich. Komplett unmöglich. Das ging einfach nicht. Das war ein Witz! Aber irgendwie war das alles nicht witzig. Ganz im Gegenteil. Sie spürte, wie ein Kloß dort wuchs, wo eigentlich ihre Luftröhre saß. Nein. Bitte nicht. Nur jetzt nicht schluchzen. Nicht hier. Nicht vor einem Kollegen in Tränen ausbrechen. Kein Mitleid. Um Gottes willen, alles nur das nicht. Sie atmete konzentriert flach weiter, und es gelang ihr, die Tränen zurückzudrängen.

»Und wie soll das funktionieren?«, fragte sie Philipp, als sie wieder allein waren und sich der Kloß in ihrem Hals zumindest für den Moment halbwegs aufgelöst hatte. »Hier. Und zu Hause. Die Kinder … was ist eigentlich mit den Kindern …? Oh je. Und der Kuchen, ach Gott, ich wollte heute noch so viel –«

»Konstanze …«, unterbrach Philipp sie und nahm ihre Hand in seine, um sie zu beruhigen. »Es wird schon irgendwie gehen.«

»Aber du musst ja noch einkaufen, Lotte braucht morgen Rechenhefte. Oh, und die Arztbriefe, wenn du mir die Unterlagen bringst, kann ich ja vielleicht gerade noch …«

»Die Kinder sind versorgt, alles okay. Und heute wird bestimmt nichts mehr eingekauft. Es ist fast Mitternacht. Wenn wir unbedingt einen Kuchen brauchen, dann wird er gekauft. Und Lotte hat morgen zwar kein Rechenheft, aber eine super Entschuldigung. Ein Notfall in der Familie …«

»Aber«, versuchte Konstanze zu protestieren, doch Philipp verschloss ihr den Mund mit einem Kuss. »Der Notfall muss versuchen zu schlafen. Du hast eigentlich genug Traumsand bekommen, du solltest schlafen können. Mach dir keine Sorgen, Schatz. Wir kriegen das schon hin. Und ich gehe jetzt nach Hause und schau nach dem Rechten, okay? Morgen früh bin ich wieder da.«

Konstanze schloss seufzend die Augen. Das klang gut, nach dem Rechten sehen klang gut. Und sie war wirklich müde. Sie nickte. »Grüß die Kinder. Du musst aufpassen, dass sie sich keine Sorgen …«

»Ich mach das schon«, versicherte Philipp. »Du schläfst jetzt, hörst auf, dir Sorgen zu machen, und ich übernehme. Okay?«

Nachdem die Tür hinter Philipp ins Schloss gefallen war, fühlte sich das Zimmer plötzlich sehr leer an, und sie merkte, wie elend ihr zumute war. An ihrer Hand war ein Zugang gelegt worden, durch den eine Infusion aus durchsichtigem Schmerzmittel tröpfchenweise in ihren Kreislauf gelangte. Diese Nadel tat weh. Sie erzählte ihren Patienten immer, dass es nicht weh tat. Aber offensichtlich hatte man bei ihr einen Stümper ans

Werk gelassen, der es nicht konnte. Neben ihr piepste ein Gerät, und sie schloss die Augen. Sie wollte nichts mehr mitbekommen. Einschlafen und erst wieder aufwachen, wenn das Ganze vorbei war. In Konstanzes Ohren klang alles furchtbar, was sie eben gehört hatte. Gar nicht so schlechte Chancen. Diese Formulierung benutzte sie auch immer dann, wenn sie einem Patienten und seinen Angehörigen Mut machen wollte, ohne sich genauer festzulegen. Oder dann, wenn es von vorneherein wenig Sinn machte, allzu zuversichtlich zu erscheinen. Falls es eben doch nicht so auskam, wie erwünscht. Und was hieße das wohl in ihrem Fall? Ein steifes Bein? Humpeln? Gesundheitsschuhe? Dauerschmerz? Nicht mehr lange im OP stehen können? Wie fürchterlich. Ihre Gedanken fuhren in ihrem brummenden Kopf Achterbahn und schlingerten dabei haltlos hin und her. Die Klinik, das Geschnatter der Kollegen, ihre Station, die Arztbriefe, die sie noch diktieren wollte. Sie hatte doch so viel zu tun. Und wenn sie von nun an immer ein Bein nachzog? Wenn Lammel es nicht hinbekam? Und selbst wenn er es hinbekam. Sie fiel auf jeden Fall erst einmal aus. Und es gab so vieles, um was nur sie sich kümmern konnte. Dieses blöde Stethoskop, warum hatte sie es nur liegen lassen. Man sollte es immer bei sich haben. In Zukunft würde sie es immer um den Hals tragen, auch wenn sie es eigentlich bescheuert fand, so herumzulaufen. Herumlaufen, ha, wenn sie das nur erst wieder könnte. Nun hatte sie Schrauben im Bein, und Laufen lag in wochenweiter Ferne. Und die Kinder zu Hause, und der große Wäschekorb im Keller. Sie musste morgen die Putzfrau umbestellen, damit sie öfter kam. Hoffentlich hatte sie Zeit. Ob man sie auch dazu bekommen könnte, Unkraut zu jäten? Bestimmt nicht. Auch die Kinder sahen sich immer an, als wäre sie verrückt, wenn sie sie bat, beim Jäten mitzuhelfen, und Philipp griff sich regelmäßig mit dramatischer Geste in den Rücken und schüttelte mit schlecht gespieltem Bedauern den Kopf. Den Kampf über ihre mühsam gesäuberten Beete würde dieses Jahr also der Giersch gewinnen. Ob die Kinder die Hausaufgaben gemacht hatten? Alleine bestimmt nicht. Hoffentlich dachte Philipp auch daran, das zu kontrollieren. Aber wenn es jetzt schon nach Mitternacht war, hatte das alles sowieso keinen Sinn mehr.

Ihr Mund war trocken, und sie drehte den Kopf zu dem Nachttisch, der neben ihrem Bett stand. Allein davon wurde ihr schon schwindelig. Hoffentlich hatte sie nicht auch noch eine Gehirnerschütterung. Mit ihrem brummenden Kopf und einem entsetzlich trockenen Mund sah sie, dass die Schnabeltasse mit dem kalten Krankenhaus-Hagebuttentee außerhalb ihrer Reichweite stand. Als sie den Tisch – mit dem festen Vorsatz, nicht nach einer Schwester zu klingeln – trotz großer Anstrengung nicht erreichen konnte, um ihn näher zu sich zu ziehen und die blöde Schnabeltasse zu ergreifen, ging ihre gesamte bis dahin an den Tag gelegte Selbstbeherrschung flöten. Der Kloß in ihrem Hals, den sie so diszipliniert weggeatmet hatte, schwoll wieder an, und eine Woge von Selbstmitleid erfasste sie. Die Tränen, die ihr nun hemmungslos über die Wangen strömten, wollten überhaupt nicht mehr versiegen.

2 »Jetzt hau endlich ab!! Abgang, ja?! Ich will dich hier nicht mehr sehen!« Jacqueline stand an ihrer geöffneten Wohnungstür und schleuderte wutentbrannt Mikes Jeansjacke ins Treppenhaus. Und alles andere, was Mike gehörte und ihr gerade in die Hände fiel, flog direkt hinterher. Sein Feuerzeug, ein Turnschuh, die Autozeitung, die im Flur lag, die Sonnenbrille, sein Schlüsselbund. Ein Ding nach dem anderen schmetterte sie auf die Stufen, und wenn sie nicht gewusst hätte, dass sie die Scherben sowieso selbst würde wegmachen müssen, dann hätte sie seine angebrochene Bierflasche am liebsten auch noch hinterhergeworfen, das wäre ja mal ein richtig tolles Geräusch gewesen. Und sie hätte es ihm gegönnt, wenn das Bier in sein Handy gelaufen wäre, dann hätte diese blöde Laila mit ihren blöden blauen Haaren ihn wenigstens nicht mehr anrufen können, blaue Haare, na, wenn er jetzt auf so was stand, sollte er doch. Aber dann tschüs. Für immer. Die würde schon sehen, was sie davon hatte.

»Raus!« Sie hielt ihm mit einer dramatischen Geste die Tür auf. »Raus. Und zwar jetzt.«

»Ach Mäuschen, das war doch nur …«

»Schluss mit Mäuschen.« Jacqueline blieb knallhart und nickte noch mal Richtung Treppenhaus. »Da lang.«

Mike schaute sie ungläubig an, aber heute schien sie sich wirklich nicht zu beruhigen. Also bewegte er sich zögernd Richtung Wohnungstür, nickte den Kindern, die erschrocken in der Kinderzimmertür standen, noch einmal zwinkernd zu und ging dann betont langsam an der vor Wut bebenden Jacqueline vorbei, die es kaum erwarten konnte, die Tür hinter ihm mit einem lauten Krach zuzuschlagen. Ah, das war das Geräusch, das ihr noch gefehlt hatte. So ein richtig schöner Knall. Kaum war der richtig schöne Knall verhallt, klopfte es von nebenan. »Ruhe!«, tönte es durch die dünne Wand. »Beruhig dich selber!«, rief Jacqueline aufgebracht zurück, atmete einmal tief durch, versuchte, das wilde Zittern zu ignorieren, das von ihrem Körper Besitz ergriff, und ein kleines, zuversichtliches Lächeln aufzusetzen. Dann wandte sie sich zu den Kindern, die sie skeptisch musterten. Sie seufzte. Dann eben nicht. Besser bekam sie es heute nicht mehr hin. »Ihr müsst jetzt schlafen, meine Süßen, ja? Wir vergessen einfach den ganzen Ärger und versuchen alle mal zu schlafen.«

Aufgereiht wie die Orgelpfeifen schauten ihre drei Kinder sie abwartend an. »Warum hast du Mike weggeschickt?«, fragte Nicki sie mit großen Augen. »Und warum bist du so böse?« Jacqueline ließ sich neben ihren Kindern auf den Boden sinken, und die zwei kleineren Mädchen krochen sofort zu ihr auf den Schoß und kuschelten sich an sie. Timmi blieb vor ihnen stehen und versuchte, den großen Bruder zu spielen. »Mama ist nicht böse«, erklärte er. »Oder?« Hilfesuchend schaute er seine Mutter an. Jacqueline schüttelte den Kopf. »Nein, ich bin gar nicht böse. Vor allem nicht auf euch.« Sie drückte der kleinen Mandy einen Kuss aufs Haar und der kleinen Nicki ebenfalls. »Mike hat sich nicht gut benommen. Deshalb will ich ihn nicht mehr sehen.«

»Nie mehr?« Die kleine Mandy schaute Jacqueline

entsetzt an. Jacqueline zuckte die Achseln. Timmi zuckte ebenfalls die Achseln. »Schaffst du eh nicht.«

Jacqueline sah ihren Ältesten einen Moment verwundert an, dann sah sie zu Boden. Timmi wusste, dass sie Mike immer wieder reingelassen hatte, egal wie oft sie ihn schon vor die Tür gesetzt hatte. Aber jetzt war Schluss, sie konnte nicht mehr. Was zu viel war, war zu viel. »Ihr geht ins Bett, alles andere besprechen wir morgen. Ich muss hier noch aufräumen. Ab marsch.«

Keines der Kinder widersprach, sie trollten sich ins Kinderzimmer, und Jacqueline beugte sich liebevoll zu jedem Kind für einen Gutenachtkuss, ging hinaus und schloss leise die Tür hinter sich.

Sobald die Tür zu war, fiel sie in sich zusammen. Verdammt, Mike, dachte sie. Verdammt. Sie wusste genau, dass sie anfällig war für Typen wie ihn. Wenn so ein großer Kerl sie ansah, dann fühlte sie sich gut. So sicher irgendwie. Sie wusste, dass sie sich da immer wieder reinsteigerte, aber sie konnte nicht anders. Es wäre so schön, wenn sie sich mal sicher fühlen könnte. Aufgehoben. Es war ein Gefühl, das sie eigentlich überhaupt nicht kannte. Aber sie träumte davon, mein Gott, wie sie davon träumte, mal keine Sorgen zu haben. Mal nicht alles alleine wuppen zu müssen. Mal jemanden zu haben, auf den Verlass ist. Sie lachte bitter. Da hat die blöde Jacki mal gedacht, sie hätte einen guten Mann gefunden, auf den Verlass ist. Endlich! Nein. Ihr Leben würde sich nie ändern. Niemals. Schmink's dir ab, Jacki, dachte sie. Sie war müde und leer. Jemand wie sie würde nie einen Guten finden, sie bekam immer nur die halbgaren Typen. Die ihr süßes Zeugs ins Ohr flüsterten, solange sie verknallt waren. Die einem was von Liebe erzählten. Und verdammt, sie hatte ihm geglaubt. Heiße Tränen der Wut schossen ihr in die Augen, und sie wusste nicht, auf wen sie wütender war. Auf Mike, der nichts Besseres zu tun gehabt hatte, als mit dieser Laila rumzumachen, während sie vormittags im Discounter an der Kasse gesessen hatte? Oder auf sich selbst? Dass sie so naiv war. Ausgerechnet Laila, mit der sie in der Kneipe manchmal die Schicht tauschte. Laila blieb gern länger, damit Jacki nachts früher nach Hause gehen konnte zu den Kindern und nicht noch den Laden dichtmachen musste nach dem letzten Gast. Jetzt wusste sie ja, warum sie ihr das immer so scheißfreundlich angeboten hatte. Wenn Jacki bei den Kindern war, konnte sie nicht zugucken, wie Laila Mike anmachte. Falsche Schlange. Und sie hatte ihr als Dankeschön letztens sogar noch die Nägel gemacht. Blau. Wie ihre Haare.

Sie kickte einen von Mikes Pullis, der heruntergefallen war, aus dem Weg. Jetzt würde sie nicht mehr aufräumen. Dazu war morgen auch noch Zeit. Sie war zu müde. Streiten machte so furchtbar müde. Ihr ganzer Körper fühlte sich an wie ein Pudding, der gerade aus seiner Form gestürzt war und nun wackelig vor sich hin zitterte und vielleicht doch kurz davor war, auseinanderzufallen. Aber alles, was Mike berührt hatte, musste raus, raus und weg, auf Nimmerwiedersehen. Sie warf alles, was im Bad von ihm herumstand, in eine Mülltüte, stopfte sein Handtuch dazu, und das Bettzeug würde auch gleich in dem Müllsack landen. Raus mit Mike, raus, weg, Abgang, für immer. Sie bückte sich, um mit einer schnellen Bewegung die Bettwäsche abzuziehen, und erstarrte. Ein gellender Schmerz schoss in ihren unteren Rücken. Ihr wurde fast schwarz vor Augen. So einen Schmerz hatte sie noch nie erlebt, verdammt, was war das denn jetzt? Vorsichtig versuchte sie, sich mit der Hand auf dem Bett abzustützen. Es ging weder vor noch zurück. Keinen Zentimeter. Ihr reichte es so was von. War das immer noch nicht genug für heute? Was für ein absoluter Scheißtag. Verzweifelt versuchte sie, sich irgendwie abzustützen, doch jede kleinste Gewichtsverlagerung tat höllisch weh. Und was nun? Panik ergriff sie. Musste sie jetzt die Nacht vornübergebeugt im Stehen verbringen, oder was? Dabei wollte sie nur noch ins Kissen fallen, um sich in den Schlaf zu heulen. Hoffen, dass morgen alles wieder gut war. Der Rest ein böser Traum. Noch nicht mal Mike konnte sie nun um Hilfe bitten. Der stand in der Kneipe bei der blauhaarigen Laila und suchte ein Bett für die Nacht. Passte ja alles super. Und sie hier ganz allein und konnte sich nicht rühren. Vorsichtig drehte sie den Kopf, ob sie ihr Handy irgendwo entdeckte. Das steckte wahrscheinlich noch in ihrer Jacke im Flur. Weit weg. Da kam sie niemals dran. Ob ihre Nachbarn sie hören könnten? Die Wände waren ja dünn genug.

»Hilfe«, rief sie einmal testweise. »Hilfe!!« Sie warf ihre Uhr an die Wand und wartete. Stille. Idioten. Wenn sie eine Tür zuschlug, war das Geschrei groß. Aber wenn sie mal Hilfe brauchte, waren die natürlich taub. Verdammt. Vielleicht ging das ja auch ganz schnell vorbei? Bestimmt hörte das gleich wieder auf. Manchmal verrenkte man sich doch plötzlich, und dann renkte sich alles wieder ein. Zack. Aber hier gab es kein Zack. Überhaupt gar keins. Im Gegenteil, der Schmerz zog immer weiter, bis ins Bein sogar. Irgendwann wusste sie gar nicht mehr genau, wo der Schmerz eigentlich anfing und wo er aufhörte.

Als sie viel später einen Schlüssel hörte, der sich vorsichtig im Schloss drehte, und Mike dann plötzlich erschrocken vor ihr stand, dieser Typ hatte doch echt den Schlüssel mitgenommen, so ein Idiot, da war sie so froh, ihn zu sehen, dass sie ihn vielleicht sogar angelächelt hätte, wenn es ihr irgendwie möglich gewesen wäre zu lächeln.

3 »Das ist nicht Ihr Ernst!?« Konstanze schaute die Dame, die ihr gegenüberstand, fassungslos an. Frau Unterkofer, Empfang, stand auf einem Schildchen, das an einer pinken Bluse steckte. Sehr unvorteilhafte Farbe, dachte Konstanze, während sie beobachtete, wie sich auf Frau Unterkofers Hals hektische rote Flecken ausbreiteten. Sie wuchsen aus ihrem Kragen heraus und wucherten allmählich Richtung Kinn und Ohrläppchen. Konstanze verspürte nicht ein Quäntchen Mitleid. Im Gegenteil, am Empfang sollte man schon aushalten können, dass eine Kundin verlangte, was ihr zustand. Das und nichts anderes war hier der Fall.

»Mir wurde ein Einzelzimmer zugesichert, sonst wäre ich überhaupt nicht hier. Ich bin Privatpatientin.«

Konstanze machte eine kleine dramaturgische Pause, doch Frau Unterkofer reagierte überhaupt nicht darauf. Sie blickte starr in den Computer, während die Flecken auf ihrem Hals sich zu einem immer tieferen Dunkelrot verfärbten.

»Und ich bezahle seit Jahren monatlich viel Geld dafür, dass ich ein Einzelzimmer bekomme, falls einmal der Tag eintreten sollte, an dem ich ein Einzelzimmer brauche«, fuhr Konstanze fort. »Und dieser Tag ist heute. Ich bestehe auf einem Einzelzimmer.«

»Aber ich habe hier keins mehr …«

»Dann sorgen Sie eben dafür, dass Sie gleich eins für mich haben. Ich warte gerne.«

»Aber es muss einen Fehler gegeben …«

»Fehler sind dazu da, dass man sie beseitigt. Sie schaffen das schon, wir alle wachsen mit unseren Aufgaben.«

Oh Gott, Frau Unterkofer fing auch noch an, mit der linken Hand an ihrem Hals herumzukratzen, während sie mit der rechten hektisch an ihrem Computer auf- und abscrollte und dabei immer schwerer atmete.

»Die Belegungszentrale macht das eigentlich alles, und ich kann da gar nichts …«

»Dann haben Sie doch bitte die Güte und rufen Sie die Belegungszentrale an. Und hören Sie auf zu kratzen. Das macht es nur noch schlimmer.« Das war ja nicht zum Aushalten. Wie konnte man denn nur eine derart hilflose Person an den Empfang setzen? Von Stressresistenz keine Spur.

Frau Unterkofer schaute Konstanze betreten an und ließ die Hand sinken.

»Das ist die Frau Rother, und die hat Urlaub.«

»Und wer vertritt Frau Rother, wenn sie in Urlaub ist?« Musste man dieser Frau denn alles aus der Nase ziehen?

»Eigentlich die Frau Sämann.«

»Eigentlich …?«

»Aber die ist die ganze Woche schon krank.«

»Und ich vermute, es gibt keine Vertretung für Frau Sämann?«

»Richtig.« Frau Unterkofer nickte bekräftigend, und Konstanze seufzte. Wo war sie bloß hingeraten? Hier mussten anscheinend erst einmal klare Fakten geschaffen werden.

»Dann möchte ich sofort mit der Klinikleitung sprechen.«

»Nach vier ist die Leitung eigentlich nicht mehr im Haus.«

»Und uneigentlich?«

Frau Unterkofer sah Konstanze verständnislos an. »Der Chef ist ja auch schon morgens früh da. Sehr früh.«

Konstanze fiel es schwer, ruhig zu bleiben. Es war inzwischen fünf vor vier. Als sie ankam, war es noch nicht einmal halb vier gewesen. Da hätte man den Chef noch erwischt.

»Und wenn es einen Notfall gibt, wo rufen Sie dann an?«

»Wir haben hier keine Notfälle«, antwortete Frau Unterkofer seelenruhig. »Und irgendwann muss mal Feierabend sein. Auch für den Chef.«

»Und wenn die Klinik abbrennt?«

»Da kann der Chef dann auch nix dran ändern. Da rufen wir eher die Feuerwehr. Die weiß auch ohne den Chef, was zu tun ist.« Allmählich bekam Frau Unterkofer wieder Oberwasser und trat die Flucht nach vorn an. »Und Sie müssen sich jetzt einfach bis morgen gedulden. Da müsste die Frau Sämann wieder im Haus sein. Wenn sie sich nicht erneut krankmeldet. Hier sind Ihre Papiere, ich rufe eine Schwester, die zeigt Ihnen Ihr Zimmer. Und solange können Sie gerne da vorne Platz nehmen.« Frau Unterkofer deutete auf eine Sitzgruppe in der Mitte des Foyers. »Da können Sie auch Ihr Bein etwas hochlegen«, fügte sie gönnerhaft hinzu. »Tut bestimmt weh nach der Fahrt. Da ist man dann schon mal etwas gereizt. Sie werden sehen, der Aufenthalt hier wird Ihnen guttun.«

Konstanze humpelte entnervt zu der Sitzgruppe aus schwarzem Leder, die zwischen den unvermeidlichen riesigen Übertöpfen mit Yuccapalmen und Ficus benjamini in Hydrokultur stand und vergeblich versuchte, repräsentativ und einladend zugleich zu wirken. Was sollte ihr hier schon guttun? Eine Rehaklinik war wirklich das Letzte, was sie von innen sehen wollte. Der Sturz, die OP und der anschließende Krankenhausaufenthalt mit Liegegips waren schon schlimm genug gewesen. Dann hatte sie es wenigstens zu einem Liegegips zu Hause gebracht, es dafür jedoch aushalten müssen, dass ihre Mutter Gisela um sie herumsprang und alles für sie zu regeln versuchte. Natürlich war es nett von ihrer Mutter gewesen, gleich zu kommen. Aber elf Tage Gisela und kein Fluchtweg, weil selbst ein Ausflug ins Badezimmer schon minutiös geplant und nicht alleine bewältigt werden konnte: Nein, das war wahrhaftig kein Zuckerschlecken gewesen. Konstanze hatte sogar schon begonnen, sich auf die Reha zu freuen. Ihrer Mutter gelang es offensichtlich nicht, sich an den Gedanken zu gewöhnen, dass ihre Tochter mittlerweile selbst eine erwachsene Frau war, und zwar eine, die all ihre wohlgemeinten Ratschläge weder benötigte noch wünschte. Es hatte Konstanze fast in den Wahnsinn getrieben, als ihre Mutter ihr täglich berichtet hatte, was sie alles *verbessert* hatte, in *ihrem* Haushalt. Das hatte bei den Küchenschubladen angefangen und vor ihrem Kleiderschrank nicht haltgemacht. »Mama! Ich hab alles im Griff! Lass. Es. Sein. Bitte.«

Dieser Aufforderung war ihre Mutter nicht nachgekommen, sie hatte sie im Gegenteil mit harmonisierendem Tee und Frauenzeitschriften versorgt und freudig geflötet, sie solle sich doch mal verwöhnen lassen und ein wenig entspannen.

Entspannen! Sie wollte sich nicht entspannen! Sie wollte, dass alles wieder so war wie vorher! Sie wollte funktionieren! Und jetzt noch das. Ein Doppelzimmer.

›Der Aufenthalt wird Ihnen guttun.‹ Das war das gleiche Geflöte, das sie nun fast zwei Wochen lang von ihrer Mutter gehört hatte. Das stand ihr schon Unterkante Oberlippe. Was Konstanze wollte, war, möglichst schnell wieder möglichst fit zu werden. Sie hoffte sogar, durch besonders gewissenhaftes Training vielleicht schon nach nur zwei Wochen nach Hause fahren zu können. Lammels Prognosen hin oder her. Lammel war auch nicht allwissend. Selbst wenn er immer so tat als ob. Philipp hatte fünfzigmal gesagt, dass sie sich keine Sorgen zu machen brauche, er würde das alles prima schaffen. »Drei Wochen kriegen wir das auch ohne dich hin!« Sein zuversichtliches Lächeln in Ehren: Sie kannte ihren Mann! Und deshalb war sie nicht ganz so zuversichtlich wie er. Er hatte bestimmt von der Hälfte der Sachen, die sie tagtäglich bewältigte, nicht den blassesten Schimmer, und sie wollte gar nicht wissen, wie er es morgens schaffen wollte, dass alle pünktlich, satt und in halbwegs sauberem Zustand das Haus verließen.

Am liebsten würde sie sich ein Taxi rufen lassen und nach Hause fahren. Sich um alles kümmern. Und erst wieder herkommen, wenn ihr Einzelzimmer bezugsfertig war. Oder überhaupt nicht wiederkommen. Einen richtig vertrauenerweckenden Eindruck machte diese Klinik nicht. Wenn es schon am Empfang scheiterte. Hoffentlich waren die Ärzte und die Physiotherapeuten kompetenter als die Belegungsabteilung. Als sie seufzend ihr schmerzendes Bein auf das Sofa zog und den Oberschenkel des anderen, momentan sehr beanspruchten Beins mit beiden Händen leicht massierte, dachte sie, dass dieser Lammel vielleicht doch recht hatte. Auch wenn sie es ungern zugab: Sie musste aufpassen. Heute hatte sie das Bein durch die Reise mehr beansprucht als die Tage zuvor. Philipp hatte sich freinehmen wollen, um sie durch halb Hessen hierher zu fahren, aber das hatte sie abgelehnt. Er hatte schließlich genug anderes zu tun, und sie musste sich daran gewöhnen, alleine zurechtzukommen. Sie hatten den Koffer mit der Bahn vorgeschickt, Philipp hatte sie in Frankfurt zum Zug gebracht, von wo aus sie mit Regionalzügen durch halb Hessen gegondelt war. Konstanze wäre nun durchaus in der Lage, einen kleinen Vortrag über die Unterschiede der behindertengerechten Zugänge mittelhessischer Regionalbahnhöfe zu halten. Falls dies irgendjemanden interessieren würde. Aber es interessierte ja noch nicht einmal sie selbst. Was sie interessierte, war nur eines: Ihr Bein musste möglichst schnell heil werden, damit sie wieder die Treppen hochsprinten könnte. Wenn sie also auch noch so gerne zurück zum Empfang gehumpelt wäre, um diese rosarote Frau Unterkofer zu bitten, ihr ein Taxi zu bestellen, blieb sie sitzen. Sei vernünftig, redete sich Konstanze zu, und bleib hier. Es war der effizienteste Weg, in kürzester Zeit größtmögliche Fortschritte zu machen. Sie würde das hier durchziehen. Doppelzimmer oder nicht. Vernunft war – gleich neben Effizienz und Disziplin – eine von Konstanzes großen Lebensüberzeugungen. Sie hielt nicht viel davon, sich das Leben durch emotionale Aufs und Abs zu verkomplizieren. Mit Vernunft, Disziplin und Effizienzdenken war sie immer am weitesten gekommen.

4

Als Jacqueline ihr Zimmer betrat, blieb ihr der Mund offen stehen. »Das ist ja wie im Hotel!«, entfuhr es ihr. Strahlend drehte sie sich zu der Schwester, die sie zu ihrem Zimmer geführt hatte. Am liebsten hätte sie einen Luftsprung gemacht. Oder sich aufs Bett geworfen. Oder einen Freudentanz aufgeführt. Aber solche Bewegungen waren überhaupt nicht erlaubt. Und das würde noch eine ganze Weile so bleiben, so viel hatte sie schon kapiert.

Jacqueline, die sich schon immer viel zumutete, zu viel, und der festen Überzeugung war, dass sie aus einer Sorte Holz geschnitzt war, die alles aushielt, war in den letzten Wochen eines Besseren belehrt worden. Sie hielt viel aus. Aber nicht alles. Und vor allem ihre Bandscheiben nicht. Sowohl die Bandscheibe, die zwischen dem Lendenwirbel Nummer 2 und 3 ihrer Wirbelsäule saß, als auch die Bandscheibe, die zwischen Lendenwirbel Nummer 3 und Lendenwirbel Nummer 4 saß, hatten genau in dem Moment, in dem sie nach dem Streit mit Mike das Bett abzog, ziemlich gleichzeitig beschlossen, ihren gemütlichen Platz zwischen den Wirbeln zu verlassen und stattdessen einen Ausflug zur Seite zu machen. Deshalb war es für Jacqueline dann so ungemütlich geworden. Der Arzt hatte ihr das noch am gleichen Abend in der Notaufnahme anhand des Röntgenbildes ihrer Wirbelsäule erklärt. Und weil es im Rücken eigentlich wenig Platz für solche seitlichen Ausflüge gab, waren die Bandscheiben dann dummerweise gegen Nerven gedrückt worden. Das hätte die Schmerzen verursacht. Und die hatte sie deutlich gespürt. Trotz der Spritzen, die sie gleich bekommen hatte. Weil die Bandscheiben keine Anstalten machten zurückzuwandern, hatte sie dann unters Messer gemusst. Das hatten sie davon, die Ausreißer. Und sie hatte nun zwei Bandscheiben weniger. Das fand Jacqueline nicht wirklich schlimm, auch die Operation, die Schmerzen, die Unbeweglichkeit: Das alles war lange nicht so schlimm wie die Tatsache, dass sie ihre Kinder so lange alleine lassen musste. In der Nacht, in der Mike sie ins Krankenhaus gebracht hatte, war er in ihre Wohnung zurückgefahren, um da zu sein, falls eines der Kinder aufwachte. Da hatte sie es gerade geschafft, ihn rauszuschmeißen und ihren Stolz zu wahren, da musste sie ihn schon wieder bitten, ob er nicht doch bei den Kindern bleiben würde. Ganz gönnerhaft hatte er gegrinst und genickt. »Mach ich, Süße, ist doch klar.« Die Kinder waren es zwar gewöhnt, dass sie nicht immer zu Hause war, bei ihren vielen Minijobs ging das ja gar nicht anders, aber dass sie nachts nicht da war, dass sie morgens nicht da war und auch nicht kam, um ihnen Frühstück zu machen, das war noch nie vorgekommen. Und das sollte eigentlich auch nicht vorkommen. Das war nicht geplant. Diese ganze Bandscheibensache war nicht geplant, und dass Mike sich nun als Retter in der Not aufspielen konnte, war noch weniger geplant. Während sie im Krankenhaus operiert wurde, war er bei den Kindern geblieben. Die beiden Mädchen hatte er in null Komma nichts links und rechts um den kleinen Finger gewickelt, die tönten nur noch von ihrem lieben Mikie, der sie Gummibärchen frühstücken ließ, und sie konnte nichts anderes machen, als freundlich zu lächeln. Timmi blieb skeptisch. Da wickelte sich gar nichts. Weder in die eine noch in die andere Richtung. Wenn die Kinder sie zusammen im Krankenhaus besuchen kamen, stand Timmi immer an ihrem Bett und schaute sie an. Der Blick aus seinen großen Augen erschreckte sie manchmal richtig, er konnte schon so erwachsen gucken. Und sie sah, was er dachte: »Hab ich mir doch gleich gedacht, dass du das nicht schaffst, Mike rauszuwerfen.« Ja, und!, hätte sie ihm am liebsten laut auf seinen stummen Vorwurf entgegnet. Was hätte sie denn tun sollen? Die Kinder auf drei Pflegefamilien verteilen? Wäre das besser gewesen? Was war denn schließlich wichtiger, ihr Stolz oder dass es den kleinen Mäusen gutging? Blöde Frage. Natürlich konnte Timmi so weit noch gar nicht denken. Trotzdem hatte sie immer das Gefühl, sich rechtfertigen zu müssen, wenn er sie so ansah.

Dieses Zimmer war jedenfalls voll in Ordnung. Hatte sogar einen Balkon. Sie wünschte, sie könnte es Timmi zeigen. An der gegenüberliegenden Wand stand ein zweites Bett. Wäre das schön, wenn sie die Kinder mit hierher nehmen könnte. Das wäre doch wie Urlaub für die Kleinen. Sie würden sich schon zusammen in die zwei Betten knäueln können.

Die Schwester schaute sie kurz an. »Bandscheibe, oder?« Als Jacqueline nickte, hievte sie deren Tasche auf den Tisch, damit Jacqueline sich beim Auspacken nicht bücken musste, und legte ihr einen ganzen Stapel Zettel aufs Bett.

»Ach du liebe Zeit«, stöhnte Jacqueline. »Da brauch ich ja schon drei Wochen, bis ich diese ganzen Romane durchhab!« Die Schwester sah sie fragend an. Als Jacqueline auf die Zettel deutete, lachte sie. »Das sind einmal die Speisepläne für diese Woche mit den Essenszeiten und die Liste der Termine, die Sie morgen bei verschiedenen Ärzten und Mitarbeitern haben für die ersten Gespräche, hier ist das Infoblatt mit den Öffnungszeiten des Schwimmbades, des Fitnessraums und der Bibliothek, des Kiosks, der Cafeteria und des Computerraums, und dann – und die Liste gibt es jede Woche neu – die Termine mit all unseren Freizeitangeboten und den Veranstaltungen. Die Ärzte sagen Ihnen, woran Sie teilnehmen können und womit Sie besser noch warten. Und ganz wichtig«, sie deutete auf ein hellblaues Blatt: »Ein Wegweiser! Damit Sie im Haus nicht verlorengehen. Später bekommen Sie auch noch Gesellschaft. Es gab einen Buchungsfehler, und deshalb wird später eine nette Dame hier bei Ihnen einziehen.«

»Super! Langweilig wird es anscheinend nicht!«

Als die Schwester lächelnd die Tür hinter sich zugezogen hatte, wollte Jacqueline sich am liebsten erst mal aufs Bett setzen, um sich auszuruhen – nein, halt, nicht hinsetzen, hinlegen –, aber sie beschloss, erst auszupacken. Was man hat, das hat man. Sie war noch nie dafür gewesen, etwas aufzuschieben, was man auch gleich erledigen konnte. Timmis Blick fiel ihr wieder ein, während sie den Reißverschluss ihrer Leopardentasche mit den Glitzerbeschlägen öffnete und begann, Stück für Stück in den Schrank zu räumen. Die Mike-Sache war echt eine Ausnahme, die musste ja nun einfach aufgeschoben werden. Im Moment konnte sie mit ihm gar nichts klären. Wie sollte das denn sonst alles gehen? Sie hier in Kur für den Rücken und niemand bei den Kindern? Er musste erst mal bleiben. So einfach war das. Sie legte ihre T-Shirts ordentlich übereinander in das leere Fach und fand, dass die bunten Farben den leeren Schrank richtig heimelig machten. Das pinke Hemdchen mit den Strassblumen musste neu gefaltet werden, sie wollte nämlich gerne, dass der Strass sie anfunkelte, wenn sie die Schranktür öffnete. Sie strich alles schön glatt und machte sich daran, die Hosen aufzuhängen. Sie hatte noch ihre gute Jeans und ansonsten zwei Paar Leggings mit. Der Arzt hatte gesagt, Sportsachen würden völlig ausreichen, in der Klinik liefen sicher alle den ganzen Tag in Sportsachen herum, man würde ja sowieso ständig irgendwo turnen. Haha, Sportsachen, als ob sie so etwas besäße. Wusste der Typ eigentlich, was die kosten? Ihre Leggings müssten es schon tun. Mehr war nicht drin. Der Verdienstausfall war schon hart genug. Sie wurde schließlich nur bezahlt, wenn sie auch arbeitete. Kein Zeitungsaustragen, kein Stundenlohn. Keine Stunden beim Discounter an der Kasse, kein Stundenlohn. Keine Kunden zum Nägelmachen, keine Einkünfte. Keinen Abend in der Kneipe, kein Stundenlohn, und auch kein Trinkgeld. Sie war so gut wie bankrott. Die letzten zwei Wochen hatten sie schon komplett aus dem Sparschwein bestreiten müssen, das eigentlich für Notfälle bestimmt war. Notfälle wie eine kaputte Waschmaschine oder eine Klassenfahrt von Timmi. Und nicht Notfälle wie sie selbst. Und dann noch das blöde Tagegeld, das man im Krankenhaus zahlen musste. Das wäre genau Timmis Klassenfahrt gewesen. Sie legte die Leggings ebenfalls auf einen Stapel neben die bunten T-Shirts und wandte sich wieder zur Tasche. Da blinkte sie etwas Türkises an, das sie nicht kannte. Als sie es herauszog, entpuppte es sich als eine nagelneue Jogginghose. Ein Zettel fiel aus der Hose und flatterte zu Boden. Sie musste sich bücken, halt, nein, nicht so wie sonst, einfach die Arme runter zum Boden strecken. Erst denken, dann bücken. In die Knie gehen, Rücken gerade lassen, Bauch einziehen, leicht nach vorne beugen. Sie angelte sich den Zettel und las ihn auf dem Boden hockend.

Libe Mama, die ist führ dich, damitt du in der Glinik Spohtsachen zum Anzien hast. Dein Timmi

In Jacquelines Augen brannte es. Dieser Junge. Was für ein Spinner. So ein Unfug. Sie schüttelte den Kopf. Also, das war ja wirklich einer, der Timmi. Und so eine schöne Farbe, er wusste ganz genau, wie gerne sie Türkis mochte. Sie lehnte sich in der Hocke gegen die Schranktür. Der Gedanke an ihre Kinder und an Timmi ganz besonders schnitt ihr ins Herz. Der Junge wusste, wie es war, wenn man nicht dazugehörte, weil man nicht die richtigen Sachen hatte. Sie sah sein Gesicht genau vor sich, wie er geschaut hatte, als er sie im Krankenhaus besucht und sie ihm erklärt hatte, dass sie noch einmal für länger wegmusste. Er war so tapfer gewesen. Sie hatte es genau gesehen, wie er kämpfen musste, weil sie nicht merken sollte, wie enttäuscht er war, dass sie nicht gleich nach Hause kommen würde. Dann hatte sie ihm erzählt, was der Arzt gesagt hatte, dass sie in der Reha viel Sport machen musste, und dass sie kein Geld hatten für extra Sportsachen. Sie betrachtete die Hose, die sie in der Hand hielt. Hoffentlich hatte er sie nicht geklaut. Wo er das Geld bloß herhatte? Sie wischte sich mit dem Ärmel über die Augen. Herrje, jetzt aber Schluss mit dem Geflenne. Sie versuchte sich aufzurichten, aber sie kam gar nicht mehr hoch. Es war echt schwer, wenn man nicht mehr das Gefühl hatte, sich richtig auf seinen Rücken verlassen zu können. Sie ließ sich nach vorne fallen und zog sich an der Tischkante hoch. Sobald sie stand, öffnete sie ihre Jeans, um gleich die neue Jogginghose anzuziehen, und die Tränen liefen ihr noch immer über die Wangen. Ach, sie vermisste die Kinder so sehr. Was hätte sie dafür gegeben, sie jetzt alle an sich drücken zu können. Als sie es geschafft hatte, aus der Jeans zu steigen, schlüpfte sie in die türkise Hose und blieb auf halber Strecke stecken. Die war echt klein, die Hose. Viel zu klein! Vorsichtig dehnte sie den Stoff etwas und zog sie so hoch es ging, ohne dass etwas einriss, der Stoff war weich, der würde sich bestimmt noch mehr dehnen. Aber Mannomann, die Hose schnürte ihr ganz schön den Bauch ab, und im Spiegel sahen ihre Oberschenkel aus wie die eines Elefanten. Jogginghosen sollten ja eigentlich locker sitzen. Die hier war jedenfalls enger als ihre Tigerleggings, und das wollte was heißen. Und darüber legte sich ihr orangefarbenes T-Shirt eng über jeden einschnürenden Gummizug. Das sah ja echt witzig aus. Zum Glück sah sie keiner. Hatte sie denn so zugenommen? Sie schielte auf das Schild, auf dem die Größe stand. Es war eine Mädchenhose. Größe 164. Kein Wunder, dass die Hose knapp war!

Und genau in diesem Moment klopfte es an der Zimmertür, und die Schwester steckte den Kopf herein, während sie einen Rollkoffer ins Zimmer schubste. »Können wir grad stören? Hier ist ihre neue Mitbewohnerin! Darf ich vorstellen, das ist Frau Holter und hier haben wir Frau Keller-Stein. So, die Damen, viel Spaß beim Kennenlernen. Um fünf kommen Sie bitte ins Foyer für die allgemeine Begrüßung der Neuzugänge und der Hausführung, danach werden Sie direkt zum Speisesaal gebracht, da gibt's dann Abendessen!« Die Tür fiel hinter der Schwester ins Schloss, und Konstanze und Jacqueline standen sprachlos voreinander.

5

Konstanze wusste nicht, wohin sie zuerst schauen sollte. Auf die viel zu kleine türkisfarbene Hose, in die sich die nicht ganz so zierliche, nach Luft japsende Person gerade vor ihren Augen zu zwängen versuchte, auf das darüber leuchtend orange T-Shirt mit dieser Art von Tropic-Mango-Beach-Aufschrift, das besonders Leute, die noch nie an so einem Strand gewesen waren, gerne trugen, oder das buntverschmierte Gesicht, durch das kobaltblaue Wimperntusche in kleinen Rinnsalen am pink geschminkten Mund vorbeifloss. Die Frau war ja eine wandelnde Farbtherapie.

»Ach du grüne Scha… ups, Sie wissen schon!«, das bunte Wesen wedelte wild mit noch bunteren Fingernägeln umher, die wahrscheinlich in so etwas wie Ramonas Nagelstübchen ihren Ursprung hatten. »Gucken Sie bloß nicht so genau hin, ich geh schnell ins Bad!« Sie verschwand im Badezimmer und machte sich am Waschbecken zu schaffen.

»Kein Problem«, rief Konstanze ihr nach, während sie dachte, dass »schnell ins Bad« da nicht wirklich ausreichen konnte. Warum verunstalteten sich Menschen so? Rehakliniken waren wie Krankenhäuser, Tankstellen, Kioske mit langen Öffnungszeiten und Wahllokale für alle Bevölkerungsschichten gleichermaßen geöffnet. Alles hochdemokratische Einrichtungen.

Und sie teilte sich nun hochdemokratisch ein Zimmer mit jemand, der wusste, wie es in so etwas wie Ramonas Nagelstübchen von innen aussah und der offensichtlich eine Neigung zu Knallfarben und Tiermustern hatte. Das war ja wirklich ein Glückstag.

Sie rollte ihren Aluminium-Rimowa-Koffer Richtung Schrank, neben dem eine Leopardentasche auf dem Tisch thronte, und sah sich im Zimmer um. Unter geschmackvoller Einrichtung, mit der die Georgsklinik im Prospekt geworben hatte, verstand sie etwas anderes. Dieses penetrant gutgelaunte Gelb der Wände und der Gardinen. Sie konnte Gelb sowieso nicht leiden. Und dieses entsetzlich zuversichtliche Sonnengelb erst recht nicht. Und natürlich van Goghs Sonnenblumen in schmalem Goldrahmen. Wenn der arme Mann wüsste, wofür die immer herhalten mussten. Das Zimmer war beinahe quadratisch, eine Seite bestand aus einem großen Fenster mit Balkontür, und der Blick ins Grüne war vielleicht ganz hübsch, wenn man die Vorhänge aufzog. Wenigstens war es hell. Es gab zwei Einbaubetten mit integriertem Nachttisch und Leselampen, alles Buche furniert, und einen kleinen Tisch mit zwei schmalen braunen Ledersesseln vor dem Fenster. Sie rief laut Richtung Bad, um das fließende Wasser zu übertönen:

»Haben Sie sich denn schon ein Bett ausgesucht?«

Das Wasser wurde abgedreht. »Nö, welches wollen Sie denn?«

»Suchen Sie sich zuerst eins aus, ich bin sowieso nur eine Nacht hier.«

»Warum das denn?« Zwei kobaltblaue Koalabär-

Augen sahen verdutzt aus einem tropfenden Gesicht aus der Badtür heraus. Jacqueline kniff die Augen zusammen, als sie sich im gegenüberliegenden Spiegel sah. »Das Zeug geht gar nicht mehr ab, ich glaube, ich muss Seife nehmen.«

»Um Gottes willen, nehmen Sie lieber Ihre Reinigungsmilch …«

Konstanzes Warnung kam zu spät, sie hatte sich das Gesicht anscheinend schon eingeseift, denn sie fing an zu schimpfen. Das hätte Konstanze ihr gleich sagen können, dass das brennt. Seufzend ging sie zu der bunten Dame ans Waschbecken. Wenigstens war das Bad in Blau-Weiß gehalten. Nur die Handtücher leuchteten ihr sonnengelb entgegen. Sie griff rasch nach einem, das neben der Tür hing.

»Jetzt reiben Sie es sich nicht auch noch alles in die Augen, Hände weg! Warten Sie mal.«

Sie ließ das Handtuch in ihren hohlen Händen voll Wasser laufen. »Kopf übers Becken und Gesicht hier rein«, wies sie ihre neue Zimmergenossin an, die gehorsam den Kopf senkte. »Nicht reiben, nur spülen!« Dann badete sie das Gesicht, das sich irgendwo unter der blondierten Mähne verbarg, eindeutig zu hell blondiert, wie sie fand, bis die Seife ordentlich weggespült war, und reichte ihr dann die trockene Seite des Handtuchs zum Abtrocknen.

»Nur tupfen! Seife am Auge ist ganz verkehrt! Warum haben Sie denn nicht erst Ihre Reinigungslotion ausgepackt?«

Ihre Mitbewohnerin sah sie mit leicht verquollenen, rotgeränderten Augen an. »Weil ich keine habe.«

Konstanze zog die Brauen hoch. »Dann sollten Sie vielleicht nicht ganz so drastische Farben wählen.«

»Ich nehme immer wasserlösliche, damit ich das Geld für so Abschminkzeugs sparen kann. Aber die hier ist voll klebrig. War ein Sonderangebot.«

Genau so sah sie auch aus, dachte Konstanze.

»Da konnte ich nicht dran vorbeigehen. Ich fand das Blau so krass, ist doch voll krass, oder?«

»Ja«, Konstanze nickte. »Das ist wirklich krass«, und sie hatte das deutliche Gefühl, mit diesem Wort etwas anderes zu meinen als ihr Gegenüber.

»Kannst du gerne mal benutzen! Steht dir bestimmt voll gut. Wir duzen uns doch, oder? Ich bin Jacqueline. Jacki. Sagen die meisten. Ist so 'n langer Name, dieses Jacqueline, also: Jacki. Geht schneller.«

»Wenn Sie meinen.« Oh Gott, ging das schnell mit der Verschwisterung. Sie bereute schon ihren Einsatz am Waschbecken. Einmal geholfen, und schon machte die Gute auf Freundin. Na, egal. Morgen würde sie ja schon ein eigenes Zimmer bewohnen und Jacqueline in diesem großen Haus wahrscheinlich nie wiedersehen. »Ich bin Konstanze.«

»Auch so 'n langer Name! Ich nenn dich Konni. Sagt bestimmt eh jeder, oder? Passt doch super. Konni und Jacki. Darauf trinken wir einen!« Sie begann in ihrer Leopardentasche zu kramen und holte einen kleinen Flachmann hervor.

»Mensch, voll schade, dass du morgen schon in ein anderes Zimmer ziehst. Wir lernen uns doch grad erst kennen.« Als Jacqueline Konstanzes skeptischen Blick angesichts des Flachmanns bemerkte, wedelte sie schnell abwehrend mit ihren bunten Nagelstübchennägeln umher.

»Nicht, dass du jetzt denkst, ich trinke oder so. Ist nur für Notfälle. Falls ich nicht schlafen kann, kleines Schummerschlückchen, weißt du.«

»Dann heb dir das doch lieber auf«, wehrte Konstanze ab. »Für Notfälle. Ich bin gar nicht so für …«

Jacqueline streckte ihr die Flasche energisch zu. »Dies ist ein Notfall! Komm, auf unser Kennenlernen, Prost!« Notgedrungen nahm Konstanze die Flasche und setzte an. Fast hätte sie wieder ausgespuckt, das Zeug brannte ihr wie Feuer die ganze Kehle hinunter. Sie hustete, und Tränen schossen ihr in die Augen, so dass sie fast keine Luft mehr bekam. Mein Gott, was war das denn für ein Teufelszeug!? Da konnte man ja ebenso gut Desinfektionsmittel trinken. Jacqueline klopfte ihr unbekümmert auf den Rücken. »Wirkt, oder? Am besten gleich noch einen hinterher!« Noch immer hustend winkte Konstanze ab und griff nach ihrer Evianflasche, um mit Wasser nachzulöschen, so gut es ging.

»Und was hast du gemacht?«, fragte Jacqueline, nachdem sie einen großen Schluck genommen hatte, völlig ohne zu husten, wie Konstanze fast beeindruckt bemerkte. Sie war anscheinend schon abgehärtet.

»Warum ich hier bin?«

Jacqueline nickte, während sie sich ungeniert aus ihrer türkisfarbenen Hose schälte und in eine Jeans mit Glitzerapplikationen schlüpfte. Konstanze deutete auf ihr Bein: »Treppe runtergefallen, komplizierte Unterschenkelfraktur. Und du? Bandscheibe?«

Jacqueline sah sie überrascht an. »Wie kommst du denn darauf?«

»Zwischen Lendenwirbel 2 und 3, oder?«

»Steht das draußen an der Tür, oder was?«

»Das sehe ich an deiner Haltung«, sagte Konstanze. »Und in den meisten Fällen ist es die Bandscheibe zwischen Lendenwirbel 2 und 3.«

»Ey, bist du Hellseherin? Das ist mir jetzt aber unheimlich!« Jacqueline starrte Konstanze neugierig an.

»Ich bin Ärztin.«

»Ärztin? Kein Scheiß?« Sie riss die geröteten Augen auf.

»Nein.«

»Eine Ärztin in der Klinik?!«

Jacqueline prustete los, und Konstanze seufzte ergeben. Ja, das fand sie auch witzig. Sehr witzig.

»Bist du auch Ärztin für Bandscheiben?«

Konstanze schüttelte den Kopf. »Kardiologie.«

Jacqueline sah sie fragend an.

»Herzen«, setzte sie erklärend nach. »Ich bin Herzchirurgin.«

Jacqueline riss die Augen noch weiter auf. »Echt jetzt?!«

Als Konstanze nickte, schüttelte Jacqueline entsetzt den Kopf.

»Das ist ja noch viel unheimlicher als Hellseher! Du schnippelst Leuten am Herzen herum? So richtig mit Messer und Blut und dann, igitt! Und du fasst die an? Am Herz? Nimmst sie raus und setzt sie wieder rein und so?«

Konstanze nickte. »Unter anderem, ja.«

»Wow.« Jacqueline senkte die Stimme. »Und hast du schon mal einem das Leben gerettet?«

Konstanze nickte wieder. »Wenn es ums Herz geht, geht es oft um Leben und Tod.«

»Berufe gibt's. Hast du da nicht furchtbar Angst, was falsch zu machen? Wow, ich meine, ein falscher Schnitt und schwups. Ich würde mir ins Hemd machen vor Panik.«

Konstanze schüttelte den Kopf. »Nein. Erstens darf man keine Angst haben. Zweitens habe ich Erfahrung, ich weiß ja, was ich tue. Und drittens bin ich im OP hochkonzentriert. Da macht man keine Fehler.«

Jacqueline sah sie beeindruckt an. »Wie bist du bloß darauf gekommen? Hast du als kleines Mädchen schon gedacht, wenn ich groß bin, werde ich … Kado… äh …«

»Kardiologin.«

Jacqueline nickte. »Genau, das Wort meinte ich.«

Konstanze zuckte die Achseln. »Das hat sich so ergeben.«

»Hat sich so ergeben!«, rief Jacqueline. »Ich wusste gar nicht, dass sich so was einfach so ergeben kann.«

»Ich wollte schon immer Ärztin werden. Auch als kleines Mädchen. Ich habe Medizin studiert, und dann hat sich die Kardiologie als das Gebiet herauskristallisiert, was mich am meisten fasziniert hat.«

»Wow«, entfuhr es Jacqueline noch einmal. Sie schaute Konstanze mit staunenden Augen an, die, wie Konstanze bemerkte, vor allem ohne die schrille blaue Wimperntusche sehr hübsch waren, und Konstanze lächelte vage.

6 Konstanze war es gewohnt, dass Leute überrascht reagierten, wenn sie erfuhren, dass sie Herzchirurgin war. Das Herz wurde von vielen Menschen – ihrer Meinung nach von *zu* vielen Menschen – maßlos mystifiziert, dabei war es auch nur ein Organ. Ein kompliziertes und besonderes Organ, aber eben nur das. Nicht mehr und nicht weniger. Die Leute hatten zu viele Schnulzen gehört, die vom Herzen und der Liebe und der Seele sangen, und hatten eine Art von Ehrfurcht vor dem Herzen, die unangemessen war, weil sie sich aus Mythen speiste, aus Aberglauben und völlig an den Tatsachen vorbeiging. Dabei hatte Konstanze selbst Ehrfurcht vor dem Herzen, eine durchaus große Ehrfurcht sogar. Es war für sie das faszinierendste Organ, es leistete unermüdlich wahnsinnig viel. Es war zunächst eine Pumpe, die mit einem ausgeklügelten Druck- und Pumpsystem, wie man es sich besser nicht hätte ausdenken können, auch die äußersten kleinsten Gefäße mit Blut versorgte. Das Herz war ein komplexer Elektromotor, mit einem Reizleitungszentrum, das, wenn es nicht gerade gestört war, genau die richtigen Impulse gab, damit die Pumpe perfekt funktionierte.

Als sie bei einer Operation am offenen Herzen assistiert hatte, sah sie es zum ersten Mal: Man konnte ein Herz stilllegen, um es zu operieren, während der Blutkreislauf durch eine Maschine am Laufen gehalten wurde. Doch dieser Moment, in dem das Herz nach dem Eingriff einfach erneut zu schlagen begann, diese Selbstverständlichkeit, mit der es seiner anstrengenden Aufgabe einfach wieder nachkam, war das Faszinierendste, was Konstanze im Krankenhaus je gesehen hatte. Als hätte ein Herz eine innere Uhr, die ihm sagte, dass es noch weiter zu schlagen hatte. Es sprang einfach wie von selbst wieder an. Das, hatte Konstanze völlig ergriffen gedacht, musste das Leben sein. Das Leben an sich. Etwas Eigenwilliges, das sich nur bis zu einem gewissen Punkt beeinflussen ließ. Denn umgekehrt funktionierte es ganz genauso: Ein Herz, das nicht mehr schlagen wollte, dessen Uhr abgelaufen war, ließ sich auch durch noch so viele Maßnahmen nicht dazu bewegen, seine Arbeit wieder aufzunehmen.

Früher hatte Konstanze sich geweigert, dies zu akzeptieren. Sie hatte dagegen angekämpft, verbissen, fast manisch hatte sie gekämpft und nicht akzeptieren können, dass ein Herz nicht mehr schlagen wollte. Manchmal hatten Kollegen sie vom OP-Tisch wegziehen müssen, weil sie nicht aufhören konnte, nicht aufgeben wollte, auch wenn es überhaupt keinen Sinn mehr hatte. Doch in letzter Zeit hatte sich etwas verändert. Sie kämpfte noch immer, und noch immer verbissener als mancher Kollege, weil sie es eigentlich nicht ertragen konnte, bei irgendetwas nicht zu gewinnen. Sie tat alles Menschenmögliche, um ein Herz zum Weiterschlagen zu bewegen. Aber wenn ein Herz dann stillstand und trotz der endlosen Wiederbelebungsversuche nicht mehr schlug, dann respektierte sie es auf eine Art, die ihr früher völlig fremd gewesen war. Vielleicht weil sie es inzwischen spürte, dass dieses Herz wohl einfach nicht mehr konnte. Dass dieses Herz am Ende angelangt war. Genau darin lag die gesamte Faszination.

Konstanzes Vater, ein niedergelassener Internist mit ruhigem Blick und – wie es ihr als Kind erschien – unermesslichem Wissen, war immer ihr großes Vorbild gewesen. Dr. Keller war ein beliebter Arzt, und in der Kleinstadt, in der sie aufgewachsen war, kannte ihn so gut wie jeder. Er wurde auf der Straße von allen gegrüßt, wenn es an der Tür klingelte, wurden oft als Dankeschön kleine Geschenke abgegeben, und Konstanze war stolz auf ihren Vater. An seiner Hand war die Welt in Ordnung.

Die Praxis des Vaters befand sich im Parterre des Einfamilienhauses, das die Familie Keller bewohnte. Als kleines Mädchen konnte Konstanze immer nach unten gehen, um sich unauffällig in der Praxis in der Nähe des Vaters aufzuhalten. Sie liebte den Geruch von Desinfektionsmittel, sie liebte die gestärkten weißen Kittel, die ihr Vater und die Sprechstundenhilfen trugen, sie liebte es, die wartenden Patienten zu sehen, die er alle gesund machen würde. Als siebenjähriges Mädchen war sie nach einem Streit mit ihrer Mutter einmal weggelaufen und hatte sich, nachdem die Praxis geschlossen war, genau da verkrochen. Sie hatte kein Licht gemacht, denn es hätte sie verraten, und im Schein der Straßenlaternen vor dem Fenster hatte sie völlig versunken begonnen zu spielen, dass sie Ärztin sei, hatte einen Patienten nach dem anderen untersucht, diagnostiziert, geheilt und dabei völlig die Zeit vergessen. Als ihr Vater sie später fand, sah er ihr zunächst eine Weile zu, bevor er sie auf seinen Schoß zog und sie fragte, ob sie eigentlich auch Ärztin werden wolle. Natürlich, hatte Konstanze geantwortet. Was für eine Frage!

Später hatte er ihrer Mutter gegenüber für mildernde Umstände gesorgt und sich gleich eine Auseinandersetzung mit ihr eingehandelt. Ihre Mutter fand, dass er Konstanze viel zu sehr verwöhnte. Bei einem Einzelkind musste man ihrer Meinung nach ständig gegensteuern, damit das Kind gut geriet, da konnte man ihm doch nicht einfach durchgehen lassen, dass es sich in der Praxis versteckte! Ihr Vater hatte dann dafür plädiert, dass sie »zur Strafe« in der Praxis Arbeiten übernehmen musste, und ihr zugezwinkert. Am nächsten Tag sortierte Konstanze also gutgelaunt neue Pflaster und Mullbinden ein, sie durfte sogar die Patienten im Sprechzimmer aufrufen. Gerade als sie begann, sich zu fragen, was sie wieder anstellen könne, um erneut so eine super Strafe zu bekommen, rief ihr Vater sie in sein Sprechzimmer. Als ob er ihre Gedanken lesen könnte, schaute er sie mit gespielter Strenge an und verordnete, dass sie immer freitags nach den Schularbeiten zwei Stunden in der Praxis auszuhelfen hatte. Konstanze strahlte.

Sie liebte die ruhigen und zuversichtlichen Hände ihres Vaters. Wenn sie krank war, sank ihr Fieber allein dadurch, dass er ihren Kopf mit seinen kühlen Händen hielt. Sie war davon überzeugt, dass seine Hände alles heilen konnten, was sie berührten. Prellungen, Fieber, Knochenbrüche, Prüfungsangst und Magengrimmen. An seiner Hand wurde alles gut. Der Platz neben ihm war der sicherste Ort der Welt gewesen. Nur sich selbst hatte er nicht heilen können. Und sie ihn auch nicht.

7

»Ich begrüße die neuangereisten Gäste herzlich in der Georgsklinik und wünsche allen einen angenehmen Aufenthalt und natürlich gute Genesung. Wir werden hier alles tun, damit Sie sich wohlfühlen. Bitte nutzen Sie diese Zeit nicht nur, um Ihre orthopädische Rehabilitation voranzutreiben, genießen Sie diese Auszeit für sich, nutzen Sie unsere Freizeit- und Entspannungsangebote, finden Sie heraus, was Ihnen guttut, gerne auch durch Gespräche mit unseren Therapeuten. Nicht jede Entspannungstechnik passt zu jedem, aber wir haben herausgefunden, dass es niemandem schadet, Neues auszuprobieren, um damit die richtige Entspannungstechnik zu finden. Auch und gerade diejenigen, die der Meinung sind, damit sowieso nichts anfangen zu können.«

Jacqueline schielte zu Konstanze hinüber, die die ganze Zeit schon unruhig mit ihrer Krücke wippte und laut ihre Meinung kundtat.

»Ich gehe davon aus, dass ich hier alle Angebote finde, möglichst schnell wieder fit zu werden, das ist genau das, was mich am meisten entspannen wird, und genau deshalb bin ich hier.«

Der junge Mann mit dem Ziegenbärtchen, der die kleine, bunt zusammengewürfelte Truppe der Neuankömmlinge durch die Klinik führte, lächelte wohlwollend. »Das denken viele, die hier frisch anreisen, doch nach ein, zwei Wochen Auszeit stellt sich oft eine Art des Umdenkens ein, auch Sie werden das erleben.«

Jacqueline sah an Konstanzes Augenbrauen, die sich kaum merklich hoben, dass ihr diese Antwort überhaupt nicht gefiel. Sein Grinsen brachte Konstanze sogar richtig auf die Palme.

»Wenn ich eine Auszeit bräuchte, hätte ich einen schönen Urlaub gebucht. Und wenn ich zur Entspannung Om singen will, melde ich mich zu einem Om-Sing-Kurs an. Ich bin hier, um eine medizinische Reha zu machen.«

Alle Köpfe drehten sich zu ihrer Mitbewohnerin, die das achselzuckend aushielt. Für Jacquelines Geschmack hätte sie etwas mehr Farbe gebrauchen können. Rot würde Konni bestimmt gut stehen, zu den dunkelbraunen Haaren. Oder Orange. Dieses helle Zeug, das Konni anhatte, hatte bestimmt eine schöne Stange Geld gekostet, aber es war so langweilig. Und empfindlich. Bei ihr wären da gleich überall Flecken. Das war schon so, wenn sie mal eine weiße Bluse anzog. Zack, hatte sie Kaffee drauf, oder Ketchup. So hell und blass, das war nichts für sie. Und bunt war ja auch viel fröhlicher.

Konni sah grade nicht besonders fröhlich aus. Farbe würde da echt helfen. Wenn sie ihren roten Lippenstift mithatte, der genauso rot war, wie richtige rote Rosen, die sie noch nie geschenkt bekommen hatte, musste Konni den unbedingt mal probieren. Vielleicht könnte sie ihre neue Mitbewohnerin überhaupt mal ein bisschen beraten. Wahrscheinlich hatte jemand, der den ganzen Tag Herzen aufschnitt und wieder zunähte, gar keine Zeit, sich Gedanken über Lippenstifte und Farben zu machen. Jacqueline seufzte. Es war schon immer ihr Traum, diese ganzen Minijobs, mit denen sie sich und die Kinder über Wasser hielt, loszuwerden und

Kosmetikerin zu werden. Dann könnte sie sich den ganzen Tag mit schönen Farben und Düften beschäftigen. Und alle Leute wären glücklich und schön, wenn sie bei ihr gewesen wären. Träume halt. Das würde sich für sie niemals erfüllen. Das Geld für die Kosmetikschule würde sie nie zusammenkriegen. Auf ihrem Weg zur Kneipe, wo sie abends hinterm Tresen stand, kam sie immer an einer Kosmetikschule vorbei. Einmal hatte die Tag der offenen Tür gehabt, und sie war reingegangen und hatte sich am Eingang Informationsblätter mitgenommen. Klang alles super, dachte sie, als sie sich die Prospekte später genauer angeschaut hatte. Aber die Schule kostete jeden Monat Geld. Und zwar ordentlich. Und wahrscheinlich war sie auch nicht clever genug, um überhaupt die Prüfungen zu machen. Sie hatte ja schon die Schule kaum geschafft. Da musste man viel lernen, wie viele Hautschichten es gibt, was man bei trockener Haut draufschmieren darf, was nicht. Und das alles noch mit Fachausdrücken. Aber wäre das nicht ein Traum? Jeden Tag Leute schön machen? Ihnen Masken ins Gesicht pinseln und lauter hübsche Cremetöpfchen haben, leise Musik anmachen, und alles würde gut riechen. Im Discounter an der Kasse roch es nie gut. Der Laden selbst roch schon nicht gut, und an der Kasse saß sie viel zu nah am Trockenfutter für Haustiere, und das war echt keine Duftschleuder. Und die Leute, die bei ihr an der Kasse anstanden, um zu bezahlen, rochen auch nicht alle so super. In der Beziehung war sie empfindlich geworden in den letzten Jahren. Vielleicht saß sie einfach schon zu lange neben dem Tierfutter. Oder jobbte schon zu lange in der Kneipe, wo es nach abgestandenem Bier, kaltem Fett und kaltem Rauch stank, bevor ihre Schicht dort überhaupt begann. Es war einfach schöner, wenn alles gut duftete. Als Konstanze vorhin in ihr Zimmer gekommen war, war ihr gleich aufgefallen, dass sie ein tolles Parfum benutzte, und beinah hätte Jacqueline sie schon gefragt, was das für ein total leckerer Duft war. Aber vielleicht hätte Konni das komisch gefunden. Und wahrscheinlich könnte sie sich das Parfum ja sowieso nicht leisten.

Der Typ laberte noch immer begeistert, wie toll es hier war und was es alles gab, und sie schielte heimlich auf ihre Uhr. Das würde noch ein Weilchen dauern. Sie versuchte, ein interessiertes Gesicht aufzusetzen, und ließ den Blick über die Gesichter schweifen, die in dem Grüppchen um sie herum standen. Sie stellte sich vor, wie sie die einzelnen Frauen schminken würde. Gegenüber stand so eine Frau ohne Wimpern, die hatte nur ganz kurze blasse Härchen. Ein bisschen Wimperntusche, und die Augen würden gleich strahlen. Sie fragte sich, warum nicht jeder Schminke benutzte? Sie konnte sich gar nicht vorstellen, sich nicht zu schminken. Nackt würde sie sich vorkommen. Das gehörte für sie dazu wie waschen und anziehen. Auch wenn sie nur mit den Kindern zu Hause rumhing, schminkte sie sich ein bisschen. Etwas Make-up, damit sie nicht so blass war, Wimperntusche, rosa Labello. Fertig. Sonst war sie nicht sie selbst. Wie krass manche Frauen aussahen, wenn sie so richtig toll geschminkt waren. Selbst Models waren ja oft ganz graue Mäuse, wenn man die ohne Schminke sah. Ein bisschen Farbe hier, ein Strich da, und plötzlich waren die Schönheiten am Start.

Die Frau neben ihr knabberte vor Langeweile an ihrem Zeigefinger, und Jacki schubste sie leicht an und schüttelte den Kopf. Die Frau sah überrascht zu ihr.

»Nicht«, zischte Jacqueline ihr zu und deutete auf ihre Hände. »Du brauchst Gelnägel«, flüsterte Jacqueline. »Ist teuer. Aber dann hörst du damit auf und hast total schöne Nägel.« Die Frau sah sie etwas befremdet an, aber sie ließ immerhin die Hand sinken. So was konnte Jacqueline einfach nicht sehen. Maniküre war ja sowieso ihr Ding. Nägel machen konnte sie schon. Das hatte sie in einem Wochenendkurs gelernt, der war gar nicht so teuer gewesen, diese Investition hatte sich jedenfalls gelohnt. Freitags hatten sie gelernt, wie man die Hände und die Nägel pflegt, und alles bei sich gegenseitig ausprobiert. Am Samstag war dann lackieren und schmücken dran gewesen, da hatte sie ein paar gute Tricks gelernt, und sonntags noch Gelnägel. Seitdem konnte sie sich zweimal die Woche richtig etwas dazuverdienen. Das waren die schönsten Tage der Woche, wenn sie dienstag- und mittwochnachmittags in Ellas Nagelstudio arbeitete. Sie hatte schon ein paar treue Stammkundinnen. An diesen beiden Tagen war es ihr völlig egal, wie der Marktleiter im Discounter in der Blücherstraße drauf war, bei dem sie ihren 450-Euro-Job an der Kasse neben dem Tierfutter hatte. Da freute sie sich so sehr auf den Nachmittag, dass sie den Kindern beim Mittagessen Schlager vorsang. Was die Mädchen liebten. Nur Timmi schien es ein bisschen peinlich geworden zu sein. Der Junge wurde halt auch groß. Früher hatte er einfach gestrahlt, wenn sie rumgeträllert hatte. Aber wenn man acht war, wurden trällernde Mamas eben peinlich. Der süße Kerl. Mein Gott, diese Mädchenhose, die er ihr gekauft hatte. Ihr Herz zog sich zusammen, und sie hatte plötzlich solche Sehnsucht nach ihren Kleinen, dass sie gar nicht wusste, wie sie es hier die ganze Zeit ohne ihre Kinder aushalten sollte. Und das Ziegenbärtchen da vorne redete noch immer. So lange konnte doch kein Mensch irgendwem zuhören.

»Jede Krankheit, die uns zum Innehalten zwingt, bietet uns eine Chance.«

»Ich bin nicht krank, ich hatte einen Unfall. Und die einzige Chance, die ich brauche, ist eine anständige Rehabilitation, um dessen Folgen zu bekämpfen. Nicht mehr und nicht weniger.«

Ho, ihre Konni war echt mutig. Die gab dem Grinsetyp ordentlich Paroli. Jacqueline dachte an ihre beiden Mädchen und an Timmi und fand das Gerede von Innehalten auch blöd. »Richtig!«, rief sie. »Wir wollen ja schnell wieder nach Hause!« Sie nickte Konstanze bekräftigend zu und stellte sich demonstrativ neben sie. Ein paar aus dem Grüppchen schauten tuschelnd zu ihnen herüber. Jacqueline blickte beifallheischend zu Konstanze, aber die würdigte sie keines Blickes. Könnte ruhig mal lächeln, die Gute, schließlich hatte sie gerade öffentlich zu ihr gehalten. Vielleicht war sie sich auch zu fein? Musste man noch rausbekommen. Vielleicht hatte sie auch nur Hunger. Sie selbst hatte jedenfalls ein ordentliches Loch im Bauch.

Während der junge Mann da vorne noch immer redete und redete und sie dabei immer weiter durch ein völlig verwirrendes Labyrinth von Gängen, Treppenhäusern und Abteilungen führte, fragte sich Jacqueline, wie sie sich jemals hier zurechtfinden sollte. Rechts und links war sowieso noch nie ihre Stärke gewesen, und wenn Orientierung ein Schulfach gewesen wäre, hätte sie wahrscheinlich noch nicht mal den Hauptschulabschluss geschafft. Sie brachte es sogar fertig, sich auf ihrer täglichen Zeitungsstrecke zu verlaufen, wenn sie frühmorgens Zeitungen im Viertel austrug. Das war ihr erster schlecht bezahlter Minijob des Tages. Wenn sie mal wieder ein bisschen träumte, um sich den Alltag schöner zu denken, als er nun leider war, und in eine falsche Straße einbog, dann bekam sie gleich in der Früh schon den Turbostress. Denn die Zeit, die sie für die Strecke brauchte, war genau so bemessen, dass sie bei zügigem Schritt pünktlich um Viertel vor sieben zu Hause war, um die Kinder zu wecken und ihnen Frühstück zu machen, bevor sie in die Schule gingen. Einmal verlaufen hieß, dass sie fast rennen musste, zweimal verlaufen hieß, dass sie die Schulbrote nicht pünktlich fertig hatte und die Kleinen zum Kindergarten und zur Schule hetzen musste. Und hier in dieser Klinik hieß Verlaufen wahrscheinlich, dass sie niemals pünktlich zu ihren Anwendungen käme und hinterher ihr Zimmer in den seltensten Fällen wiederfinden würde. Pläne lesen konnte sie auch nicht. Allein vom Draufgucken wurde ihr schon schwindelig.

Das Schwimmbad mit dem Behandlungsbecken und die Bäderabteilung lagen tiefer als alles andere, aber sie hatte jetzt schon vergessen, durch welches der vielen Treppenhäuser man dorthin gelangte. Und sie hatte auch keinen blassen Schimmer, wie sie jemals wieder zur Krankengymnastik, dem Geräteraum und der Turnhalle finden sollte. Und dann gab es noch all die anderen Räume. Ernährungsberatung, Psychotherapie, Schmerztherapie und Entspannungsräume, Musiksaal, Bibliothek, Malzimmer, Bastelzimmer, Töpferstube, das waren alles Orte, die sie niemals ohne fremde Hilfe wiederfinden würde, da war sie sich sicher. Wobei sie sich nicht sicher war, ob sie so etwas wie eine Töpferstube überhaupt wiederfinden musste? Ihr Magen knurrte laut. Jetzt könnte die Führung aber echt mal vorbei sein. Vor allem, weil sie irgendwie zu nichts führte. Jacqueline war müde, ihr Rücken tat weh und sie hatte einen Wahnsinnshunger. Was es hier wohl zu essen gab?

8

Der Speisesaal hatte etwas von einer Kantine, die ein Innenarchitekt versucht hatte aufzuhübschen. Das hätte er lieber lassen sollen, dachte Konstanze, die eine geradlinige Funktionalität eher schätzte als diesen halbherzigen Versuch, mit Pflanzeninseln, unterschiedlich farbigen Sitzgruppen und Blumenbildern an den Wänden eine Heimeligkeit zu erzielen, die nicht darüber hinwegtäuschen konnte, dass in diesem Speisesaal täglich dreihundert Essen über die Theke gingen. Abends, so erfuhren sie noch von ihrem ziegenbärtigen Klinikführer, bevor er sie in den Speisesaal entließ, gab es stets zwei Suppen zur Auswahl und eine kalte Platte, Vegetarier sollten sich bitte gleich melden, denen würde dann schon mal keine Schlachtplatte vorgesetzt, keine

Angst, haha, mittags gab es drei Menüs, einmal normale Mischkost, einmal vegetarisch und einmal leichte Kost für alle, die hier ihr Gewicht reduzieren wollten. Außerdem sei es üblich, dass man feste Plätze einnahm, um dauerhafte Bekanntschaften schließen zu können. Die Neulinge müssten nur ihre Zimmernummer suchen gehen, die auf einem Kärtchen auf dem jeweils freien Platz vermerkt war.

»Und am Ende dieser kleinen Schatzsuche wartet nun Ihr Abendessen. Ich wünsche guten Appetit!« Mit eindeutig zu gutgelaunten Wünschen verabschiedete er sich, und Jacqueline strahlte Konstanze an. »Dann sitzen wir ja schon mal zusammen! Ich such unseren Platz, dann musst du nicht alles abhumpeln hier. Hast du auch so einen Hunger?«

Damit schwirrte sie davon, und Konstanze war ihr einen Moment lang sogar dankbar, dass sie sich nicht mit ihren Krücken durch den gesamten Saal arbeiten musste, um ihren Sitzplatz zu finden. Feste Plätze. So was konnte ganz schön schiefgehen. Hoffentlich saßen nicht so furchtbare Langeweiler an ihrem Tisch. Bei der Glückssträhne, die sie gerade hatte, war bestimmt genau das der Fall. Sie schaute sich um und betrachtete ihre Mitpatienten. Jede Altersgruppe war vorhanden und auch jede Gehaltsklasse, wie die Qualität der Jogginganzüge zeigte, die hier anscheinend zum Dresscode gehörten. Sehr viel lila-grünes Synthetikgeknitter mit weißen Socken in Plastikbadelatschen, quietschbunter Nicki war auch relativ oft vertreten. Dazwischen Escada Sport und vereinzelt ein paar unvermeidliche Abercrombie-&-Fitch-Jacken bei den etwas jugendlicheren Rehabilitanten. Es ging auf alle Fälle äußerst farbenfroh zu.

»Huhu!!! Konni! Hierher!« Jacqueline hatte offensichtlich ihren Tisch gefunden und unterstrich ihre unnötig lauten Rufe mit noch unnötigerem ausladenden Gefuchtel, so dass schon der halbe Saal zu ihr hinüberschaute. Sie hatte so eine Ahnung, dass sie diese Jacqueline nur schwer wieder loswerden würde. Das war bestimmt eine ganz Anhängliche. Wie sie sich eben während der Führung schon an ihre Seite geklebt hatte. Hoffentlich lag ihr neues Zimmer ganz weit entfernt auf einem anderen Flur, und hoffentlich wurde ihre neue Zimmernummer dann auch an einem anderen Tisch platziert. Sie hob seufzend eine Krücke, um Jacqueline zu signalisieren, dass sie durchaus verstanden hatte, und bahnte sich langsam den Weg durch den sich allmählich füllenden Saal zu ihrem Platz.

An ihrem Tisch war für fünf Personen gedeckt, zwei davon waren schon da und schauten ihr zusammen mit Jacqueline erwartungsvoll entgegen. Ein überaus korpulenter, bärtiger Mittvierziger, den sie – wenn er ihr Patient gewesen wäre – als Allererstes auf Diät gesetzt hätte, bevor sie ihn überhaupt in eine Reha überwiesen hätte, stellte sich als Günther vor. Dann fügte er noch mit gerunzelter Stirn »Knie« hinzu, »und zwar alle beide«. Konstanze wusste zwar nicht, warum sie einen erwachsenen Mann mit zwei Knien, dessen orangebraun gemustertes Hemd kein bisschen zu der blauen, mit Grün abgesetzten Jogginghose passte, beim Vornamen nennen sollte, aber sie nickte ihm dennoch zu.

»Konstanze Keller-Stein, guten Abend.«

»Ich nenn sie Konni«, platzte Jacqueline ungefragt dazwischen. »Das ist viel einfacher, oder?«

Die ältere Dame im rosa Nickianzug, die neben Günther saß, lächelte freundlich. »Willkommen, Konni, ich bin Irene Müller. Also, gerne Irene. Hüfte.«

Bevor sie sich darüber wundern konnte, dass sich hier offensichtlich alle mit Körperteilen vorstellten, klingelte das Telefon in ihrer Jackentasche. Es war Lotte, sie klang entnervt und plapperte gleich los. »Mama, wo ist meine dunkelgraue Kapuzenjacke? Ich hab sie überall gesucht … im Schrank, im Wäschekorb, in deinem Schrank, bei Malte … ich brauch die …«

»Hallo, mein Schatz, wie geht es dir? Und danke, ja, ich bin gut angekommen.«

»Mama …« Lotte wollte keine Unterhaltung. Sie wollte ihre Jacke.

»Im Wäschekorb im Keller. Die müsstest du waschen, wenn du sie anziehen willst.«

»Ich brauch sie aber jetzt! Jetzt sofort!« Die Verzweiflung in Lottes Stimme klang so, als ob sie erfrieren müsste, wenn sie die Jacke nicht sofort anziehen könnte.

»Dann musst du eine andere anziehen. Die dunklen Sachen müssen erst noch gewaschen werden. Ich habe euch die Wäsche doch noch vorsortiert gestern und dir gezeigt, wie du welches Programm einstellen musst, 40 Grad und …«

»Und was soll ich machen?«

»Waschen. Und bis dahin eine andere anziehen. Die blaue ist ganz frisch gewaschen, die helle auch …«

»Ich will aber die graue!«

»Dann wasch sie! Schatz, ich muss auflegen, hier gibt es jetzt Essen. Grüß Papa und Malte, ich melde mich später noch mal, okay?«

»Und was kann ich essen?«

»Ich habe heute Morgen noch eine Quiche gebacken für euch, steht im Kühlschrank, kannst du dir ganz schnell warm machen, eine Minute an der Uhr einstellen, den unteren Zeiger an der Micro senkrecht nach oben und dann …«

»Hab keine Zeit mehr, ich muss los.«

»Iss erst noch was …«

»Tschüs.«

Sie steckte kopfschüttelnd das Handy wieder ein. Es würden viele solcher Anrufe kommen, da war sie sich sicher. Philipp würde bestimmt nicht hinterherkommen mit allem, und Lotte war sowieso das personifizierte Chaos. Wusste noch nicht mal, was zu essen da war, obwohl sie ihnen einen Zettel geschrieben hatte, und hetzte nun hungrig zum Klavierunterricht.

»Ich weiß nicht, wie die zu Hause zurechtkommen wollen. Da ist man gerade mal fünf Stunden weg, und gleich bricht das Chaos aus.«

»Seien Sie froh, dass Sie nicht dabei sind und es nicht sehen! Da muss man es schaffen, einmal alle fünfe gerade sein lassen.« Irene, die Hüfte, lächelte Konstanze tröstend zu, und Jacqueline nickte bestätigend. »Stimmt. Am besten gar nicht dran denken.«

»Dafür bin ich nicht der Typ«, erwiderte Konstanze knapp und strich sich die helle Leinenbluse glatt, bevor sie die Serviette ausbreitete, auf ihren Schoß legte und den mit Frischhaltefolie verpackten Teller inspizierte, den eine weißbekittelte Küchenhilfe mit lautem Geschepper vor jedem abstellte. »Suppe kommt gleich!«, rief sie im Weggehen, während sie bereits den Nachbartisch mit den gleichen ausholenden Gesten versorgte.

»Hoffentlich mit etwas weniger Schwung«, bemerkte Konstanze. »Ich halte viel von gesundem Essen«, betonte sie, als ob sich das, was sich auf dem Teller befand, dadurch verzaubern lassen könnte. »Wenn man gute Leistungen bringen will, muss man auch gut essen. Jetzt rennt meine Tochter hungrig in den Klavierunterricht, da weiß man doch schon, bevor sie anfängt, dass sie völlig unkonzentriert sein wird.«

Jacqueline entfernte mit einem Griff die Folie von ihrem Teller. »Hmm, lecker, Frikadellen. Supi, oder? Man bekommt das Essen einfach hingestellt und muss nichts selbst machen.« Sie war offensichtlich weit weniger skeptisch.

»Gesund und ausgewogen ist jedenfalls etwas anderes.« Unglücklich starrte Konstanze auf ihren Teller. »Die Gürkchen hier sollen wohl das Gemüse sein. Wie vitaminreich. Und dazu eine Portion Cholesterin pur.«

Jacquelines Begeisterung angesichts ihrer Frikadelle übertrug sich nicht auf Konstanze. Im Gegenteil. Hackfleisch, von dem man nicht wusste, wo es herkam, landete normalerweise nie auf ihrem Teller.

»Wie alt ist denn deine Tochter?« Jacqueline biss herzhaft in ihren Fleischklops und schob eine kleine Gurke nach.

»Dreizehn.«

»Und spielt Klavier. Wow. Krass, wenn man ein Instrument spielen kann. Hätte ich immer gern gelernt, ging aber nicht. Ich singe so ein bisschen. Das kostet wenigstens nichts. Fänd ich aber toll, wenn meine Kinder Instrumente lernen könnten. Timmi würde so gerne Gitarre spielen, dann wären wir schon eine halbe Band, aber das kriegen wir nicht hin. Vor allem kann ich den Unterricht ja nicht nur einem bezahlen, wir sind immer gerecht, sonst geht das nicht mit so wenig Geld. Man muss zusammenhalten. Alle oder keiner.«

»Wie viele Kinder hast du denn?« Konstanze nahm nun auch die Folie von ihrem Teller ab, aber davon sah er auch nicht besser aus als mit. Sie angelte sich ein Gürkchen.

»Timmi ist acht, Mandy fünf und Nicki ist drei.«

»Die sind ja noch richtig klein!« Konstanze schaute Jacqueline interessiert an. »Wie schafft das denn dein Mann ganz alleine, während du hier bist?« Sie bezweifelte ja schon, dass Philipp es mit der dreizehnjährigen Lotte und dem elfjährigen Malte hinbekommen könnte.

»Och, wenn ich überhaupt einen Mann hätte, wäre das schon mal ein Riesenvorteil.«

Irene schaute bedauernd zu Jacqueline.

»Sie Arme! Drei Kinder und kein Mann! Das musste meine Mutter auch schaffen, aber da war Krieg, und mein Vater war früh gefallen, ist denn … Ihr Mann … also … ach, Verzeihung, ich bin ja fürchterlich indiskret!«

Sie schlug entsetzt über ihre eigene Neugier die Hand vor den Mund, aber Jacqueline lachte nur.

»Ach, ich gerate immer an die Falschen.«

»Und wo sind deine Kinder jetzt?«

Konstanze sah Jacqueline fragend ab, während sie unentschlossen ihre Gürkchen über den Teller schob und dann in das Radieschen biss, das als gutgemeinte Verzierung dazwischen saß.

»Zu Hause. Mike passt auf sie auf. Meistens. Wenn er da ist. Das ist mein, na ja, sagen wir mal so, eigentlich *war* er mein Freund, eine Weile ..., er hat sich schlecht benommen, und ich hab ihn rausgeschmissen. Aber dann kam das mit den Bandscheiben, und nun ist er bei den Kindern und deshalb, na ja. Ich meine, ich kann doch nicht – ich hab jedenfalls niemand anders.«

Sie zuckte entschuldigend die Achseln.

»Aber Timmi kann schon viel. Der passt super auf die Mädchen auf. Auf den ist echt Verlass.«

»Das kann man doch einem Achtjährigen nicht aufbürden!« Konstanze sah Jacqueline entgeistert an. »Der ist ja selbst noch ein kleines Kind. Die kannst du doch nicht miteinander alleine lassen! Und was heißt das denn: Mike passt ›meistens‹ auf sie auf, wie oft ist dein Freund denn da?«

»Meistens eben. Also jeden Tag. Wenn er nicht arbeitet. Und das ist meistens. Aber die Kids sind das gewöhnt, ich arbeite ja auch und bin nicht immer da.«

»So kleine Kinder können doch nicht alleine bleiben!«

Konstanze war fassungslos, wie locker diese Frau das nahm.

»Was muss, das muss.«

»Du hast eine Aufsichtspflicht als Mutter, wenn etwas passiert, hast du ruck, zuck ein Verfahren anhängen. Vernachlässigung. Das ist nicht ohne.«

Das Wort ›Kinderschutzbund‹ sprang schon in Konstanzes Kopf umher, als Irene von ihrem Teller aufschaute.

»Wir waren früher auch viel alleine«, wandte Irene ein. »Unsere Mutter musste ja Geld verdienen, nach dem Krieg, da hatte jedes Kind seine Aufgaben, und das hat immer funktioniert.«

»Das waren komplett andere Zeiten!« Konstanze hatte das Gefühl, mit Verrückten am Tisch zu sitzen. »Das ist doch nicht vergleichbar. Warum hast du denn keine Ganztagsbetreuung für die Kinder, wenn du arbeitest?« Konstanze wandte sich wieder an Jacqueline, die sie mit großen Augen ansah.

»Von was soll ich das bezahlen? Das ist viel zu teuer. Außerdem geht es ja. Bleib mal ganz ruhig!«

»Tut mir leid. Da kann ich nicht ruhig bleiben.« Konstanze und Jacqueline funkelten sich aufgebracht an.

»Ich auch nicht. Jetzt pass mal auf.« Jacqueline holte tief Luft und begann sich zu rechtfertigen. »Ich mach den Mäusen morgens, wenn ich vom Zeitungsaustragen komme, Frühstück, und dann bringe ich sie zum Kindergarten und in die Schule, dann geh ich arbeiten, und Timmi holt nach der Schule die Kleinen im Kindergarten ab, und die warten dann zu Hause auf mich. Wenn ich Kohle hätte, könnten sie den ganzen Tag im Kindergarten bleiben. Aber wenn ich Kohle hätte, bräuchte ich auch nicht so viel arbeiten, also! Alles paletti! Und Timmi ist super. Auf den ist Verlass.«

»Man bekommt doch eine staatliche Unterstützung, wenn man den Kindergartenplatz nicht bezahlen kann.

Unsere Familienministerin verkündet doch immer, dass alles so geregelt wird, dass jedes Kind betreut werden kann.«

Jacqueline lachte kopfschüttelnd.

»Zwei Ganztagskindergartenplätze kosten trotzdem immer noch mehr, als ich habe. Du glaubst doch wohl nicht, was diese Nasen dir im Fernsehen erzählen?«

»Das sollte man auch besser nicht tun!«, tönte es links oberhalb von Konstanzes Schulter, und alle sahen auf zu dem gerade an ihren Tisch getretenen Neuankömmling. Günther, das zweifache Knie, nutzte die dabei entstehende kurze Gesprächspause, um auf Konstanzes Teller zu zeigen.

»Wenn du die nicht willst …?«

Ohne ihre Antwort abzuwarten, stieß er zielsicher mit seiner kleinen Gabel zu, um die Frikadelle aufzuspießen.

Wäre Konstanze nicht abgelenkt gewesen, hätte sie sich wahrscheinlich sofort empört, doch Konstanze war abgelenkt. Denn der Mann, der gerade neben ihr Platz nahm und freundlich in die Runde lächelte, versprach allein schon dadurch, dass er weder Jogginghose noch Knallfarben, noch Badelatschen trug, etwas Niveau in diese Tischrunde zu bringen.

9

Nach dem Nachtisch, der aus einer etwas zu rosarot gefärbten Creme bestand, die nur Jacqueline und Günther mit Begeisterung aufaßen, während der Rest sich etwas Obst aus der Schale am Buffet nahm, wusste die

Tischgruppe bereits, dass der Fünfte an ihrem Tisch Theo Reinhardt hieß und dass ihn ein Herzinfarkt hierher gebracht hatte, der ihn aus der Parallelwelt seines Schreibtisches – er war Soapschreiber für das Vorabendfernsehen – direkt in die Parallelwelt der Krankenhäuser katapultiert hatte. Sie wussten, dass Theo einundfünfzig Jahre alt war, was seiner Meinung nach das Alter war, in dem man zwangsläufig melancholisch zu werden drohte, weil man mit fünfzig plötzlich von der eigenen Vergänglichkeit wachgeküsst wurde. Wie einst Dornröschen durch den erlösenden Kuss des Prinzen aus der Bewusstlosigkeit des Zauberschlafs erwachte, sei auch er aus dem Schlaf erwacht. Jedoch nur, um festzustellen, dass das Leben endlich war und der körperliche Verfall nun rapide voranschreiten würde. Zack, hatte sein Körper ihm schon wenige Monate später recht gegeben! Seine süße Bewusstlosigkeit sei also leider durch das Bewusstsein ersetzt worden, dass der Spaß irgendwann ein Ende hat. Weswegen man ja aber trotzdem nicht auf ihn verzichten sollte. Im Gegenteil, seit dem Herzinfarkt sei er mehr denn je überzeugt davon, dass man so viel Spaß haben sollte wie möglich. Weswegen er sich nun kurz verabschieden würde, um eine gepflegte Zigarette vor den Toren der Klinik zu rauchen. Man könne sich ja später an der Bar treffen.

»Zigaretten nach einem Herzinfarkt?«, Konstanze schüttelte den Kopf. »Warum machen Sie überhaupt eine Reha? Die können Sie sich getrost sparen, wenn Sie einfach weiterrauchen.«

»Ich habe ja schon aufgehört«, erwiderte er. »Nur ganz ohne Illusion geht es leider noch nicht.« Während er sprach, zog er eine Elektrozigarette aus der Jackentasche und hielt sie hoch. »Ein kleines Wunderwerk, das dafür sorgt, dass ich nicht mehr rauche, mich dafür aber so bescheuert fühle, dass ich es hoffentlich bald ohne dieses Ding schaffe.«

»An welcher Bar?«, fragte Jacqueline, und Theo erläuterte, dass man ihm auf Nachfrage, wo man abends etwas trinken könne, die Bar empfohlen habe. »Wahrscheinlich ist es eher so etwas wie Flaschenbier unter Neonröhren. Aber besser als nichts, oder?«

Irene amüsierte sich köstlich. Seit Theo mit am Tisch saß, lachte sie ständig. »Sie meinen sicher die Cafeteria. Bar ist wirklich zu viel gesagt. Es gibt ein paar Getränke und Nüsschen, Kaffee aus dem Automaten. So was halt.«

»Wow«, Konstanze seufzte. »Klingt so, als könnte man sich auch getrost ins Bett legen.«

»Die Abende ziehen sich«, Irene sah Konstanze lächelnd an. »Und im Bett hab ich schon lange genug gelegen, es ist auf alle Fälle eine Abwechslung!«

»Da spricht die Partyqueen! Irene, wir zwei stoßen nachher noch an, abgemacht?« Theo strahlte sie an, so dass Irene sogar ein bisschen errötete und nickte. »Abgemacht!«

»Und ist das so was wie 'n Date bei euch beiden, oder kann ich auch mitkommen?« Jacqueline hatte offensichtlich Interesse an der Bar. Und vielleicht auch an Theo, Konstanze konnte es nicht genau sagen. Als das Wort Fernsehen fiel, hatte sie leuchtende Augen bekommen und förmlich an seinen Lippen gehangen, als er ihr erklärte, für welche Fernsehserien er schrieb.

Konstanze kannte keine Einzige davon. Anscheinend lief alles, was er schrieb, zu Zeiten, in denen sie noch in der Klinik war oder auf dem Heimweg rasch Besorgungen machte. Ihr ging er jedenfalls jetzt schon auf die Nerven. Er konnte unterhaltsam erzählen, sah ganz gut aus mit seinen braunen Knopfaugen und trug Lederschuhe, was ihn angenehm aus der Masse der Adilettenträger abhob, er hatte jedoch von allem etwas zu viel. Dieses betonte Spaßgehabe, das er vor sich her trug, war ihr unangenehm.

»Klar kommst du mit, lasst Frauen um mich sein! Kommst du auch, Konstanze? Ein Nüsschen in Ehren? Und Günther, du sagst doch bestimmt nicht nein zu einem Bierchen, oder?«

Günther nickte. »Bierchen geht immer.«

Doch Konstanze schüttelte den Kopf. »Ich bin zu müde. Ich möchte nur noch einen Kräutertee und ein Bett. Aber euch allen viel Spaß. An der ›Bar‹!«

Damit hievte sie sich aus ihrem Stuhl und ärgerte sich, dass sie durch die Krücken keinen schwungvollen Abgang hinlegen konnte. Als ihr auch noch eine Krücke aus der Hand fiel, bückte sich ausgerechnet Theo, um sie ihr zu reichen. Sie erwartete schon einen seiner flotten Sprüche und wappnete sich innerlich. Doch der Spruch blieb aus. Und sein Blick, als er den ihren traf, war anders als seine aufgesetzte Munterkeit. Der Blick war einfach nett und ruhig und warm. Und sie musste beim Weghumpeln noch daran denken.

10 Konstanze war heilfroh, endlich alleine zu sein. Nachdem sie mühselig ihr Zimmer erreicht hatte, war selbst das innerste Mark in ihren Knochen hundemüde, und ihr Bein und ihr Rücken schmerzten von der ungewohnten Anstrengung. Was für ein schrecklich anstrengender Tag.

Sie hatte heiß geduscht, ihren Schlafanzug angezogen und sich zwischen all dem Buchenfurnier vor gelben Wänden so verlassen gefühlt, dass sogar der tröstlich vertraute Duft ihrer Nachtcreme sie erfreut hatte. Diese Erfahrung hatte sie im Krankenhaus schon gemacht und jedes Mal wieder gestaunt, wie heimelig es sich anfühlte, wenn sie ein T-Shirt anzog, das einfach nur nach dem Waschmittel roch, das sie zu Hause benutzten.

Sie legte sich in das fremde schmale Bett in diesem fremden Zimmer und dachte, dass sie sich vor dem Unfall gar nicht hatte vorstellen können, wie einsam man sich nachts in einem Krankenhaus fühlte. Vor allem dann, wenn man selbst nicht zu schlafen vermochte und dabei die ganze Zeit dem gleichmäßigen Atem einer selig schlummernden Bettnachbarin lauschen musste. Wie viele unzählige Nachtdienste lang hatte sie schon im Krankenhaus in einem Bereitschaftsbett gelegen und gehofft, wenigstens mal für zwei Stunden am Stück schlafen zu können. Und wie oft hatte es nicht geklappt, und sie hatte sich danach gesehnt, einfach ein bisschen liegen bleiben zu können, wenn der Pieper sie weckte und zu einem Notfall rief. Und nun hatte sie schlaflos im Bett gelegen und sich gewünscht, der Pieper würde losgehen und sie müsste etwas tun, damit sie eine Bedeutung hätte und nicht so verloren war in der Nacht. Für einen Patienten fühlte sich ein Krankenhaus eindeutig anders an als für einen Arzt.

Sie schaute auf die Uhr. Es war erst neun, bestimmt war Philipp noch nicht fertig damit, die Küche nach dem Abendessen aufzuräumen und sich um die Kinder zu kümmern. Aber sie musste trotzdem sofort zu Hause anrufen, weil sie so müde war, dass sie garantiert gleich einschlafen würde, wenn sie nur die Augen schloss. Hoffentlich hatte Philipp nicht vergessen, Lotte vom Klavierunterricht abzuholen, mit dem Bus brauchte sie so lange, und dann war sie zu müde für die Hausaufgaben, die sie bestimmt noch nicht alle erledigt hatte. Und Malte saß wahrscheinlich auch noch an den Aufgaben. Hoffentlich hatte er seine Vokabeln gelernt. Sie musste Philipp daran erinnern, in Maltes Schultasche zu schauen. Sonst wuchs darin nach ein paar Tagen organisches Leben. Sie kannte ihre Pappenheimer. Das Telefon klingelte lange, bis Philipp endlich dranging.

»Wo hab ich dich denn hergeholt?«

»Ich war grad noch bei Malte, wir haben uns die Vokabeln angeschaut. Sag mal, das ist ja ein Schwachsinn, wie die das regeln, zwei Mal pro Woche ein Test? Aber wie man Vokabeln lernt, bringt ihnen keiner bei. Wusstest du das?«

»Natürlich. Ohne Test würden die niemals Vokabeln lernen. Ein Test wird angesagt, der andere kommt überraschend. Das haben wir zusammen mit dem Lehrer auf den Elternabenden so besprochen.«

»Aber er kann die ja gar nicht alleine lernen! Er weiß offensichtlich gar nicht, wie …«

»Na, das ist ja toll, dass du das auch mal mitbekommst. Das geht schon ewig so, Schatz. Seit Malte Englisch hat.«

»Aber das muss man doch ändern.«

»Weil du einmal miterlebst, wie nervig das ist? Was willst du denn gleich verändern?«

»Er muss doch in der Lage sein, alleine Vokabeln zu lernen.«

»Er ist elf! Und es fällt ihm schwer, da kann man ihm auch einfach helfen! Die Kinder müssen genug selbständig leisten. Viel zu viel für das Alter, wenn du mich fragst, und dein Sohn ist nicht der Typ, der auf Anhieb alleine mit allem zurechtkommt. Ich weiß auch nicht, woher er das hat …«

Stille am anderen Ende der Leitung.

»Danke für die Aufklärung.« Philipps Antwort war knapp. Konstanze seufzte. Jetzt war er eingeschnappt. Was für ein Kindergarten. Sie wechselte das Thema.

»Habt ihr euch das Essen warm gemacht? Ich mach mir echt Gedanken, wie das gehen soll, ich glaube, ich hätte euch mehr vorkochen und einfrieren sollen. Lotte hat vorhin angerufen, da hatte sie Hunger, ach ja, und du musst noch den dunklen Stapel Wäsche waschen, damit sie ihre graue Jacke wieder anziehen kann. Sie schien kurz vorm Erfrierungstod. Weißt du, der liegt im Waschkeller direkt vor der Maschine. Hatte ich euch noch vorsortiert.«

»Du brauchst mir nicht vorzubeten, was alles zu tun ist.«

»Na, sie ruft *mich* an, um nachzufragen. Nicht *dich*. Da gehe ich davon aus, dass *ich* euch eine Antwort geben muss.«

»Die Wäsche hat sie schon selbst angestellt.«

Konstanze stutzte. Lotte hatte sich alleine um die Waschmaschine gekümmert?

»Hast du kontrolliert, ob sie die Gradzahl richtig eingestellt hat, wenn nicht, dann …«

»Dann lernt sie aus Erfahrung. Aber komm, was interessiert dich denn unsere Wäsche?« Philipp versuchte, das Thema zu wechseln. »Bist du gut angekommen, wie gefällt es dir?«

»Es ist furchtbar.«

Konstanze gab eine witzige Version ihres katastrophalen Tages zum Besten. Es gab wenig, was sie mehr hasste, als bedauert zu werden. Mitleidige Blicke, tröstendes Armtätscheln. Da konnte sie richtig aggressiv werden. »Und morgen bekomme ich mein eigenes Zimmer und kann etwas tun für mein Bein, also: Licht am Horizont.« Während sie redete, versuchte sie sich selbst davon zu überzeugen, dass alles bestens war. »Denkst du daran, wegen der Dachrinne zu telefonieren? Die Nummer liegt auf meinem Schreibtisch oben, der Mensch heißt Hüther. Mit th.«

»Mit th«, wiederholte Philipp. »Okay.«

»Und Schatz, versuch bloß nicht, in der Klinik alleine den Dienstplan zu regeln, die fressen dich mit Haut und Haar, wenn du nicht aufpasst, tu dir das nicht an, ja? Grüß die Kinder, gib ihnen einen dicken Kuss von mir.«

Als sie auflegte, passte ihr inneres Gefühl nicht zu

der gutgelaunten, kompetenten Stimme, mit der sie eben noch behauptet hatte, alles sei gut. Eine Woge von Selbstmitleid kam von irgendwoher angerollt und erfasste sie. Und auch wenn es ihr gelang, sie weitgehend wegzudrängen. Es blieb ein kleiner grauer, verwaschener Fleck in ihrer stringenten Welt.

Sie schob das Gefühl, so gut sie konnte, beiseite und griff nach dem Stapel von Zetteln, die auf dem Nachttisch lagen. Ganz oben der Essensplan für die Woche. Sie überflog ihn schnell. Einige Gerichte klangen ganz gut, aber wie sie hier ihre fünf frischen Gemüseportionen pro Tag erhalten sollte, plus der eiweißreichen Kost, die sie bevorzugte, weil sie sich damit einfach fitter fühlte, das war ihr ein Rätsel. Hoffentlich gab es irgendwo in der Nähe eine Möglichkeit, zusätzliches Obst und Gemüse zu erstehen. Ein paar frische Radieschen und Tomaten wären ihr allemal lieber als kalte Frikadellen. Und die Suppe hatte nach Maggi geschmeckt.

Die Zusatzangebote der Klinik waren zahlreich. Entspannung stand hier anscheinend ganz oben, das Loblied der Entspannung hatte das Ziegenbärtchen während der Führung schon mit fast religiöser Überzeugung gesungen. Und Entspannung war nun wirklich überhaupt nichts für sie. Das wusste sie genau. Das Einzige, wovon sie etwas hielt, war Yoga. Das war anstrengend, das war kräftigend und bewirkte etwas in ihrem Körper, wenn sie dazu kam, es regelmäßig zu machen. Was selten genug der Fall war. Von dem Esoterikgequatsche, das es da ab und an auch gab, hielt sie zwar herzlich wenig, aber dann hörte sie eben weg. Sie hatte gehofft, dass es so eine Art orthopädisch angeleitetes Reha-Yoga geben würde, mit dem sie sich trotz ihres Beines hätte fit halten können, da sie nun Zeit dafür hatte, aber dem war nicht so.

Auf einem weiteren Zettel standen ihre Termine für den morgigen Tag. Diese Vorausplanung schien jedenfalls schon mal besser zu funktionieren als die Belegungsabteilung. Hoffentlich waren morgen alle gesund und am Platz, die für ihre Umbelegung zuständig waren. Um zehn Uhr hatte sie ihr Erstgespräch bei dem für sie zuständigen Arzt, einem Herrn Dr. Niedlich, wenn der Name mal kein Programm war. Dann hatte sie einen Termin in der Physiotherapie und nach dem Mittagsessen eine Veranstaltung im Hörsaal. »Bewegung« – was immer das auch war. Anscheinend ein Vortrag. Und dann schon wieder Abendessen. Das hieß, dass morgen viel besprochen und noch nichts therapiert werden würde, wahrscheinlich erst übermorgen. Noch so ein seltsamer Übergangstag.

Morgen würde sie erst einmal erkunden, wo sie hier überhaupt war. Irgendwo mittendrin im grünen mittelhessischen Bergland, seitlich der A5 und der ICE-Strecke, die zur Nordsee führte. Ziemlich seitlich. Denn hier war sie weit weg von Autobahnen und ICE-Strecken, die zu Orten führten, die sie kannte. Hier gab es nur Regionalzüge, die durch winzige Ortschaften bummelten, von denen sie noch nie gehört hatte und deren Bahnhöfe so verlassen aussahen, dass man sich fast wunderte, dass ein Zug überhaupt hielt. Alles hier war sanft und idyllisch. Sanfte Hügel, niedliche

Fachwerkhäuser, dazwischen kleine Kirchen mit roten Dächern. Sie hatte gelesen, dass die Gegend vulkanischen Ursprungs war, aber davon war nichts mehr zu spüren. Vulkane, Dörfer und wahrscheinlich auch ihre Bewohner wirkten eher verschlafen.

Sie hatte sich vorgenommen, sich einen Spazierweg zu suchen, auf dem sie ihr Bein trainieren konnte, den wollte sie jeden Tag gehen, um selbst ihre Fortschritte zu überwachen. Sie wollte, dass sich ihr Bein am liebsten sofort wieder normal anfühlte und sie wieder normal funktionierte. Wie immer. Ohne dieses Gefühl, zu funktionieren, alles im Griff zu haben und etwas zu leisten, aktiv und dabei gut zu sein, war sie nur ein halber Mensch. Morgen würde sie eine Rezept- und eine dazu passende Einkaufsliste für die Lieben zu Hause aufschreiben. Philipp war ja schon am ersten Abend vom Vokabellernen gestresst. Wie wollte er das bloß alles alleine wuppen? Sie würde einfach von hier aus mithelfen, egal wie oft Philipp widersprach. Sonst war nach ein paar Tagen zu Hause schon Land unter.

Als sie das Licht ausschaltete und sich in ihr Kissen sinken ließ, dachte sie noch, dass es eigentlich viel zu dick gefüllt war. Dabei wusste doch jeder, wie viel gesünder ein flaches Kissen für die Entspannung der Wirbelsäule war. Aber es war trotzdem so gemütlich, dass sie spürte, wie sie noch beim Nachdenken über die Kissendichte hinüberglitt in einen ersten Traum. Und in diesem Traum gab es einen Mann, der sie mit einem netten, warmen und ruhigen Blick einfach ansah. Und als sie versuchte wegzuschauen, konnte sie den Kopf nicht drehen.

11

Nachdem Philipp den Hörer aufgelegt hatte, musste er tief durchatmen. Ihm war klar, dass Konstanze das meiste zu Hause regelte, aber deshalb musste sie ihn wirklich nicht wie einen Vollidioten behandeln, der alleine nichts auf die Reihe bekam. Hoffentlich war Malte bald mit den Vokabeln durch, er musste noch nach Lotte sehen und die Küche aufräumen.

»Lern schon mal die nächste Seite!«, rief er Malte zu. »So wie ich es dir gezeigt habe. Anschauen. Abdecken. Raten. Lernen.« »Das geht nicht«, tönte es ungeduldig von oben. »Geht nicht, gibt's nicht!«, rief Philipp die Treppe hoch. »In fünfzehn Minuten frag ich dich ab.«

Während er die Spülmaschine einräumte, wunderte er sich, wo das ganze Geschirr herkam. Was für Berge sich da ansammelten. Morgen sollten sie Pizza bestellen. Dann gab es hinterher wenigstens nur Pizzakartons zu entsorgen. Konstanze rümpfte bei Pizza immer die Nase, es war ja durchaus lobenswert, dass sie sich Gedanken machte, dass sich alle gesund ernährten und nicht zu Fast-Food-Junkies wurden. Aber manchmal war es ihm schon zu gesund. Warum sie abends noch abgehetzt Möhrchen raspeln und Paprika hacken musste, war ihm ein Rätsel. Statt eine viertel Stunde am Wok zu stehen, hektisch den Tisch zu decken und alle verrückt zu machen, könnte man sich doch auch gemütlich vom Tag entspannen. Füße hoch, ein Glas Rotwein und ein Stück Pizza auf dem Sofa, das wäre für ihn völlig in Ordnung. Und von dem Glas Rotwein abgesehen, wäre das für die Kinder wahrscheinlich auch in Ordnung. Denen könnte man die Möhrchen ja in die

Frühstücksbox packen. Das war überhaupt eine Idee. Genau so würde er es machen. Grünzeug zum Schulfrühstück, abends Pizza. Als er die Spülmaschine anstellte, stand plötzlich Lotte in der Tür und sah ihn irgendwie bedrückt an. »Papa …«

Er lächelte sie aufmunternd an. »Was ist los, Maus?«

»Die Wäsche.«

»Ja und?«

»Da ist was schiefgegangen.«

Als er vor dem Wäschekorb stand, in dem sich nicht nur deutlich geschrumpfte, sondern auch deutlich verfärbte Wäsche knäuelte, versuchte er sich kurz zu erinnern, was er vorhin zu Konstanze gesagt hatte, als sie so skeptisch war bezüglich Lottes Waschkünsten. Es war wohl so etwas im Sinne von: Aus Schaden wird man klug. Nur hatte er da noch nicht ahnen können, dass der Hauptteil des Schadens, aus dem Lotte klug werden würde, seinen grauen Kaschmirpullover und zwei seiner weißen Hemden betraf. Der Pullover passte vielleicht einem Kleinkind, und die weißen Hemden waren schmuddelig hellgrau. Wenn sie wenigstens gleichmäßig uni hellgrau durchgefärbt wären. Aber nein. Sie waren fleckig. Und die Nähte waren immer noch weiß.

Nachdem die Türen der Kinderzimmer irgendwann geschlossen waren, der Trockner die graue Wäschepracht getrocknet und er sie anschließend zusammengelegt hatte, die Spülmaschine fertig gelaufen war und es so aussah, als könne er jetzt endlich zu dem Sofa-Füße-hoch-Rotwein-Programmteil des Abends übergehen, sah er auf dem Sofatisch die Arztbriefe liegen, die er sich aus der Klinik mitgebracht hatte. Er schaute auf die Uhr und beschloss, sie genau dort liegen zu lassen, wo sie sich befanden. Niemand musste nach halb elf noch Arztbriefe diktieren. Morgen war schließlich auch noch ein Tag. Konstanze war immer so diszipliniert, die hätte das jetzt wahrscheinlich noch weggearbeitet. Und wenn sie am nächsten Tag alle Arztbriefe fertig diktiert hatte und der Sekretärin mit Schwung das Diktaphon auf den Tisch legte, dann konnte er nicht gut zurückstehen, dann fühlte er sich stets ein bisschen unter Druck, zumindest das Gleiche geleistet haben zu müssen wie sie. Obwohl er es insgeheim völlig daneben fand, nach einem vollen Tag in der Klinik auch noch abends zu Hause weiterzuarbeiten. Arztbriefe gehörten einfach in die Arbeitszeit und nicht in die Freizeit. Konstanzes Argument war dazu stets, dass die Kollegen ohne Kinder und Familienleben die nötige halbe Stunde problemlos dranhängen könnten. Es war ja egal, ob sie die Klinik um Viertel nach fünf oder um sechs verließen. Bei ihr war es noch nicht einmal egal, ob sie die Station um 17.12 Uhr oder um 17.17 Uhr verließ. Sie musste nämlich, so wie sie es darlegte, die Station um Punkt 17.12 Uhr verlassen, denn dann kam sie um Punkt 17.16 Uhr aus der Umkleide und drehte um Punkt 17.20 Uhr im Auto den Zündschlüssel, um vor dem Abendessen noch all das auf die Reihe zu bekommen, was sie zu tun hatte. Er fand das meist unnötig und viel zu viel. Warum musste sie nach einer vierstündigen Herz-OP, dem Einkauf und einem frisch zubereiteten gesunden Familienabendessen auch noch Kuchen für das Schulfest backen und dabei Arztbriefe diktieren? Man könnte auch jemand anderen die Kuchen backen lassen. Oder einen beim Bäcker kaufen. Aber so war sie eben. Sie wollte alles perfekt hinbekommen. Und das gelang ihr auch. Und der Kuchen, das wusste er genau, war jedes Mal perfekt. Was nicht so perfekt war, war die Richtung, in die sich ihre Ehe allmählich entwickelte. Konstanze und er waren eigentlich nur noch damit beschäftigt, irgendwelche anstehenden Aufgaben zu bewältigen, bevor sie ihnen über den Kopf wuchsen. Zeit hatten sie nie. Die Abende waren voll mit Dingen, die noch zu tun waren, die Wochenenden waren meistens verplant, da galt es, all das zu erledigen, was in der Woche nicht geklappt hatte, irgendwas war immer am Haus oder im Garten, dann gab es irgendwelche Fußballspiele oder die Musikschule lud ein, auch da musste man hin, dann mussten Freundschaften gepflegt und Verwandte eingeladen werden, und der Arbeitsstress der Woche verwandelte sich in Freizeitstress. Ohne Terminkalender verlor man am Wochenende komplett den Überblick. Er kam sich schäbig vor, wenn er dachte, er wolle am allerliebsten einfach mal abhängen, chillen, wie die Kinder das nannten. Chillen hatte bei ihnen einen hohen Stellenwert. Konstanze machte das wahnsinnig, aber ihm würde es gefallen, am Wochenende auch mal ein bisschen zu chillen. Davon würde man gewiss nicht gleich in die soziale Verwahrlosung treiben. Wenn Konstanze und er abends ins Bett fielen, waren sie so froh, endlich zu liegen, dass es schon zu viel Anstrengung kostete, sich einfach nur zueinander zu drehen, um gute Nacht zu sagen. Von so etwas wie einer zärtlichen Berührung ganz zu schweigen.

Da er Konstanzes Perfektionsanspruch sowieso nicht

genügen würde und sie ja auch nicht da war, um es zu bemerken, würde er nun alles ein bisschen lockerer nehmen. Der geschrumpfte Kaschmirpulli tat ihm zwar weh, aber zu viel Perfektion tat ja irgendwie auch weh. Es gab gewisse Dinge, die sich in ihren Alltag eingeschlichen hatten, die er verändern wollte. Er musste nur die Kinder dazu bekommen mitzuziehen.

Seine eigenen Eltern hatten ihn früher zum Beispiel niemals durch die Gegend kutschiert. Wenn er früher zum Sport wollte, dann hatte er eben sehen müssen, wie er hinkam. Und wenn es zu weit oder er zu müde war – dann musste er es eben bleiben lassen. Auch Malte war alt genug, nach dem Fußballtraining mit dem Bus alleine nach Hause zu fahren. Konstanze fand, dass man das nicht mit heute vergleichen konnte, da die Anforderungen an Kinder viel härter geworden waren. Malte würde es nie zum Fußball schaffen, wenn die Mutter seines Fußballfreundes ihn nachmittags nicht mitnahm, und wenn sie die Jungs dann nicht immer vom Training abholte, um sich zu revanchieren, würde das ganze Gefüge platzen. Und Konstanze war der Meinung, dass man Kindern alles ermöglichen müsse, Malte nicht zum Fußball gehen zu lassen war für sie keine Option. Er schüttelte den Kopf, man musste schließlich auch eigene Grenzen respektieren. Morgen würde er erst mit Malte reden und dann mit der Mutter des Freundes. Eventuell auch mit dem Trainer. Vielleicht konnte man andere Lösungen andenken. Und die hießen: öffentliche Verkehrsmittel und das Training etwas nach hinten verschieben. Oder eine größere Fahrgemeinschaft bilden.

Vielleicht war Konstanze wegen ihrer Berufstätigkeit den Kindern gegenüber doch viel stärker von einem schlechten Gewissen geplagt, als sie es zugeben wollte, und versuchte, es durch Kindertaxidienste wieder wettzumachen? Er schenkte sich ein Glas Wein ein und lehnte sich im Sofa zurück. Endlich Feierabend. Während die Wirkung des Rotweins sich wohlig in ihm ausbreitete, kam ihm das Gespräch mit seinem Chef heute Nachmittag wieder in den Sinn. Als er der Sekretärin des Chefs eine Akte vorbeigebracht hatte, war die Tür des Chefbüros weit offen gestanden, was relativ selten der Fall war. Im Weggehen hatte er Jeckel kurz gegrüßt und war daraufhin gleich ins Büro hineingewinkt worden.

Professor Dr. Dr. Jeckel sah aus, wie ein Chefarzt auszusehen hatte: Weißes Haar, eine feine Brille, eine gesunde Gesichtsfarbe vom vielen Golfspielen, und wenn man ihn ohne Kittel sah, stets in tadellosem englischen Zwirn. Er hatte schon seit einigen Jahren das Rentenalter erreicht, sich aber immer noch jung genug gefühlt, seinen Beruf weiterhin auszuüben. Was ihm natürlich nicht nur wohlwollendes Verständnis einbrachte. Ein paar der »alten Hasen«, zu denen Philipp, wie er mit Erschrecken festgestellt hatte, selbst auch schon gehörte, fühlten sich durchaus in der Lage, ihn zu beerben, und warteten gespannt, wann der Tag wohl käme, an dem er den Weg freimachen würde. Vor einigen Wochen hatte Jeckel verkündet, zum Jahresende seinen Posten in der Klinik zu verlassen, und den Kollegen in Aussicht gestellt nachzurücken. Es war immer möglich, dass die Klinikleitung jemanden von außen berufen würde, aber es war genauso möglich, dass die Nachfolge der eigenen Abteilung entstammen könnte, wozu er sie ermutigen wolle.

Er und Konstanze hatten fast eine Woche lang kein Wort darüber verloren, ob einer von ihnen sich vielleicht dafür bewerben sollte. Es war schließlich nicht so einfach. Sie arbeiteten beide in der gleichen Abteilung, sie waren beide etwa gleich lang da. Konstanze hatte nach ihren Zeiten des Mutterschutzes wieder voll aufgeholt und stand ihm um nichts nach. Sie war, im Gegenteil, eine extrem gute Chirurgin. Wenn er jemals etwas am Herzen hätte, was eine OP erforderte, würde er sich nur von ihr operieren lassen. Aber Konstanze war – wie er fand – viel zu angespannt, um eine gute Chefin zu sein. Sie war wahnsinnig schnell und effizient, und sie war wahnsinnig ungeduldig und ungnädig, wenn jemand nicht so schnell und effizient war wie sie. Rein professionell gesehen fürchtete er auch um die gute Stimmung in der Abteilung, wenn sie sich bewerben und die Stelle bekommen sollte. Und rein privat gesehen fürchtete er ganz genauso um die gute Stimmung. Ob er damit klarkäme, dass seine Frau seine Vorgesetzte war? Und wie würde es umgekehrt sein? Ob sie damit klarkäme, wenn er sich bewerben und die Stelle bekommen würde?

Nachdem sie eine ganze Woche umeinander herumgeschlichen waren, hatte Konstanze eines Abends beim Einräumen der Spülmaschine innegehalten, sich aufgerichtet, den Rücken durchgestreckt und ihn angesehen. »Ich habe mir überlegt, mich auf die Chefarztstelle zu bewerben. Was meinst du?« Er hatte einen Moment gezögert und dann, obwohl er es bis zu diesem Moment noch gar nicht so genau für sich entschieden hatte, genickt und gesagt, dass er sich eigentlich ebenfalls bewerben wollte. Sie hatten sich eine Weile angestarrt, sich zugenickt, hatten versucht sich anzulächeln, aber die Spannung war deutlich zu spüren gewesen. Sie hatten sich dann zumindest äußerlich ganz sachlich darüber verständigt, dass es doch toll war, dass sie beide dafür in Frage kamen, dass sie sich deshalb natürlich beide bewerben würden, dass sie erwachsen und selbstbewusst mit der Situation umgehen würden und sich doch freuen könnten, dass der Posten mit großer Wahrscheinlichkeit in die Familie fiele. Seitdem hatten sie nicht mehr darüber geredet.

Heute Mittag hatte Jeckel ihn zuerst nach Konstanzes Befinden gefragt, um sich dann zu erkundigen, wie sie beide mit der Konkurrenzsituation umgingen. Philipp hatte kurz gezögert, bevor er antwortete, dass sie sich darüber verständigt hatten und ihre Bewerbungen auf einem gemeinsam gefassten Entschluss beruhten. Doch Jeckel hatte das kurze Zögern natürlich bemerkt.

»Es ist eine sehr persönliche Entscheidung, die jeder selbst treffen muss, welchen Stellenwert Beruf und Familie oder auch die Partnerschaft hat. Und das Haus hat natürlich großes Interesse daran, Sie beide zu behalten. Wie immer es auch ausgeht.«

»Also, das kann ich Ihnen zusichern.« Philipp wusste nicht, wie seine Stimme geklungen hatte. Er hoffte, dass er einen festen und zuversichtlichen Eindruck gemacht hatte, der den Chef darin bestätigen würde, sich für einen von ihnen einzusetzen. »Wir fühlen uns in der

Klinik beide sehr zu Hause. Und wir würden uns freuen und uns gegenseitig voll unterstützen, wenn einer von uns diese verantwortungsvolle Aufgabe übernehmen könnte.« Er war ganz froh, diesen Satz noch untergebracht zu haben, denn ihm war klar, dass die Klinik im Zweifelsfall lieber jemand von außen holen würde, als einen von ihnen beiden zu verlieren. Sie waren ja auch ein gutes Team. Als Ärzteteam funktionierten sie hervorragend. Auch wenn er nicht sicher war, ob sie momentan privat ein ebenso gutes Team abgaben. Und ob eine Entscheidung für den einen und gegen den anderen ihrer Ehe und Partnerschaft so gut bekommen würde, wie er es dem Chef gegenüber dargestellt hatte.

12

Es war erst sieben Uhr morgens, aber Konstanze war bereits fix und fertig mit den Nerven. Diese Jacqueline plapperte ja ohne Punkt und Komma, seit sie vorhin ihre etwas verquollenen Augen aufgeschlagen hatte, wo sich zwischen den Wimpern noch immer vereinzelte blaue Farbbrösel versteckten. Theo hin, Theo her. So ein toller Mann. Und beim Fernsehen. Und so gelacht. Wie lange nicht. Ach, dieser Theo. Ob sie das Lied kenne, dieses Theooooo, wir fahrn nach Lodz. Haha. Sie hat es abends noch gesungen. In der Bar. So lustig. Wenn Mike mal so lustig wäre. Vielleicht, also, Kichern, vielleicht könnte er sie ja entdecken. Nochmaliges Kichern. Fürs Fernsehen. Konstanze verdrehte die Augen. Ganz bestimmt. »Träum weiter«, empfahl sie ihr nüchtern und dankte dem Himmel, dass sie über die weiteren Folgen der Serie mit dem Titel »Jacqueline, Theo und das Fernsehen« nicht mehr informiert werden würde. Weil sie nämlich gleich ein anderes Zimmer und hoffentlich auch einen neuen Tisch zugewiesen bekäme. Bei diesem fröhlichen Dauergeschnatter konnte man ja nicht mal mehr geradeaus denken. Während Konstanze ihren Koffer packte, stellte sie ihre Ohren auf Durchzug. Gutgelaunt plappernde Menschen am Morgen fand sie unerträglich. Zum Glück waren in ihrer Familie alle Morgenmuffel, die stumm den Toast oder das Müsli in sich hineinschoben, das sie ihnen hinstellte. Sie packte stumm weiter und hoffte, dass nicht alle beim Frühstück so redselig waren. Aber sie hatte sowieso nicht vor, lange dort am Tisch zu sitzen. Gleich nach dem Frühstück würde sie die Zimmerfrage klären.

»Echt schade, dass du nicht hierbleibst, Konni.«

»Ist vielleicht besser«, erwiderte Konstanze. »Auf Dauer kann ich mit morgendlicher Logorrhö nicht gut umgehen.«

»Was ist das denn?« Jaqueline hatte wieder die blaue Wimperntusche aufgelegt, wahrscheinlich, um Theo zu beeindrucken, und schaute sie mit großen Augen unter blauen Fächern an.

»Wortdurchfall.«

Jacqueline stutzte einen Moment. Dann verstand sie. Sie wandte Konstanze den Rücken zu und beschäftigte sich damit, sorgfältig ihr Bett aufzuschütteln. Eine Wolke süßen Parfums wedelte dabei zu Konstanze, die schon versucht war, das Fenster zu öffnen. Dann ließ

Jacqueline die Decke fallen und drehte sich zu ihr um. »Das ist echt gemein.«

Sie war verletzt, und Konstanze seufzte. »Ich bin auch nicht hier, um nett zu sein, sondern um eine Reha zu machen. Wenn schon morgens so viel geredet wird, bekomme ich Herzrasen.«

Beleidigt drehte Jacqueline sich auf dem Absatz um und stürmte nach draußen, die Tür flog hinter ihr ins Schloss. Konstanze lauschte dem Knall nach, der langsam verhallte. Nun war es still. Endlich. Vielleicht sollte sie lieber schon vor dem Frühstück ins Belegungsbüro gehen. Sich jetzt gleich an den Tisch mit den ganzen Genossen von gestern Abend zu setzen wäre eine Zumutung. Vielleicht müsste sie sich dann überhaupt nicht mehr an den Tisch setzen. Es war zwar nicht sicher, dass der neue Tisch, an den man sie platzieren würde, besser war, aber dem morgendlichen Gequassel von Jacqueline aus dem Weg zu gehen konnte gar nicht falsch sein.

Konstanze machte sich auf den Weg zur Rezeption, wo Frau Unterkofer sie sogleich erkannte und beim Anblick ihres Schrittes, der trotz der Krücken recht forsch war, rote Flecken am Hals bekam.

»Wie komme ich zum Belegungsbüro?«, fragte Konstanze ungeduldig, ihre Laune war heute Morgen wirklich nicht die beste. »Ich hoffe, es ist inzwischen besetzt? Oder vertritt hier wieder irgendwer irgendwen?«

»Guten Morgen!«, verkündete Frau Unterkofer, wahrscheinlich weniger, um freundlich zu sein, als um Konstanze auf ihre fehlenden Manieren aufmerksam zu machen. Konstanze rollte die Augen, ihre Nerven waren sowieso schon überreizt.

»Ich schaue gerne nach, ob die Frau Sämann zurück ist.« Frau Unterkofer machte sich mühsam am Computer zu schaffen und wählte dann eine Nummer. Das war garantiert eine Hinhaltetaktik. Die konnte doch nicht im Ernst erst nachgucken müssen, welche Telefonnummer die Belegungszentrale hatte.

»Sagen Sie mir doch besser gleich, wo ich den Chef finde. Irgendjemand muss ihn anscheinend mal auf die Außenwirkung aufmerksam machen, die das hier alles hat.«

Frau Unterkofer warf Konstanze einen kurzen Blick zu, erwiderte aber nichts. Stattdessen griff sie zum Telefon.

»Ich schick Ihnen mal die Frau Keller-Stein vorbei, die hat ein Problem mit ihrem Zimmer, ja?« Frau Unterkofer legte den Hörer neben ihre Tastatur und schaute Konstanze herausfordernd an. »Zimmer 314B im Verwaltungstrakt. Mittlerer Aufzug, und dann links. Frau Sämann erwartet Sie.«

Kaum war Konstanze im Aufzug verschwunden, griff Frau Unterkofer noch mal zum Hörer und flüsterte etwas hinein. Und dann legte sie mit einem kleinen Lächeln der Genugtuung wieder auf.

Als Konstanze nur wenige Minuten später unverrichteter Dinge aus dem Belegungsbüro trat, war sie auf hundertachtzig. Es hatte eine Reihe von Doppelbuchungen gegeben, weil der Computer besetzte Zimmer als freie gemeldet hatte, aber zum Glück hatte man ja genug Doppelzimmer zur Verfügung, so dass niemand heimgeschickt werden musste. Warum das auch Privatpatienten passiere, wollte Konstanze wissen, nur um zu erfahren, dass der Computer mit der Unterscheidung privat/gesetzlich nichts anzufangen wisse. Und es wäre doch ungerecht, wenn nur eine bestimmte Klasse von Patienten den Computerfehler allein ausbaden müsse, oder?

Konstanze erwiderte, dass sie gespannt sei, wie ihre Kasse das sähe, hinsichtlich der zukünftigen Antragsbewilligungen, die die Georgsklinik beträfen, und wie Frau Sämanns Chef es gefiele, wenn die Auslastung aufgrund solcher Computerfehler zurückginge. Doch bei Frau Sämann biss selbst Konstanze auf Granit. Völlig unbeeindruckt hielt sie Konstanzes Bissigkeiten in all ihrer Leibesfülle stand und versprach ihr lächelnd, sie bei den nächsten Abreisen zu berücksichtigen. Sie könne allerdings nicht mit Sicherheit sagen, wann das sei, machte sich einen entsprechenden Vermerk in ihren Computer und äußerte freundlich die Hoffnung, dass sich Konstanze trotzdem wohlfühle.

Bestimmt. Konstanze fühlte sich so wütend und hilflos zugleich, dass sie, kaum dass sie wieder alleine auf dem Flur war, spürte, wie ihr Tränen in die Augen schossen. Verdammt noch mal. Warum war sie in letzter Zeit nur so dünnhäutig? Das kannte sie nicht von sich, dass sie mit Tränen zu kämpfen hatte. Seit diesem Beinbruch war sie nicht mehr ganz sie selbst. Sie kramte nach ihrem Handy, um zu Hause anzurufen. Philipp klang gehetzt, als er ans Telefon ging. »Schatz, ich melde mich, wenn ich in der Klinik bin. Nach der Visite. Okay? Alles bisschen hektisch hier. Bis später!«

Klar war alles ein bisschen hektisch. Sie seufzte, das

war es immer. Schön, dass er es auch mal bemerkte. Kopfschüttelnd schnäuzte sie sich, verstaute ihr Taschentuch zusammen mit der unerwünschten Gefühlsregung in einer tiefen Hosentasche und streckte den Rücken durch. Dann mal auf ins Gefecht des Frühstückstisches. Vielleicht hatte sie ja Glück und die anderen waren schon fertig. Vielleicht war der Kaffee sogar erträglich. Allein für erträglichen Kaffee lohnte es schon, sich in den Speisesaal zu bewegen. Und falls dicke Luft herrschen sollte, weil Jacqueline über sie hergezogen war, damit wurde sie fertig. Konstanze war in ihrem Leben schon mit mehr fertig geworden als mit dicker Luft.

Und die Luft war dick. Irene, Günther, Theo und Jacqueline schienen sich bereits verbündet zu haben. Gegen Konstanze.

»Oh, guten Morgen«, Theo ergriff als Erster das Wort. »Jetzt fühlen wir uns beschenkt und beglückt, dass die schöne Frau, die das morgendliche Schweigen liebt, sich dennoch zu uns setzt. Man fragt sich natürlich, ob sie das tut, weil sie nicht anders kann oder weil sie sich doch heimlich auf unsere Gesellschaft freut und nicht ohne uns frühstücken will.« In seinen Augen blitzte der Schalk. Konstanze blickte ihn an, ohne die Miene zu verziehen.

»Das Erstere. Gepaart mit großem Kaffeedurst. Und besten Dank für das ›schön‹.« Sie sah zu Jacqueline. »Es tut mir leid, aber wir müssen uns weiterhin das Zimmer teilen, es muss erst wieder jemand abreisen, bevor es ein freies Einzelzimmer geben wird.«

Jacqueline zuckte die Achseln. »Mich hast du eh

nicht gestört. Ich habe dich gestört. Aber ich löse mich nicht in Luft auf, damit die Madame ihre Ruhe hat.« Sie setzte ihre Tasse ab und sah Konstanze herausfordernd an.

Konstanze goss sich Kaffee ein. Er roch gar nicht so schlimm, wenn er auch ein bisschen dünn in der Tasse stand. »Das ›Madame‹ ist wirklich fehl am Platz, ich bin morgens einfach noch nicht …«

»Fehl am Platz! Weißt du, was fehl am Platz ist? So was wie ›Wortdurchfall‹! Wenn wir schon mal dabei sind.«

»Vielleicht ist die schöne Frau ja einfach ein Morgenmuffel?« Theo grinste sie über sein Marmeladenbrötchen hinweg an. Wieder blitzte es in seinen Augen, als er sie ansah.

»Nennt es, wie ihr wollt«, Konstanze wollte jetzt nichts anderes als endlich einen Schluck Kaffee. »Ich brauche morgens einfach Ruhe. Wenn ich Hochleistungen erbringen will, und das muss ich jeden Tag, kann ich nicht schon morgens entfesseltem Geplapper lauschen, das raubt mir die Konzentration. Ich will meinen Verstand beieinanderhaben.«

»Hier brauchst du keine Hochleistung zu erbringen, hier ist Kur, ja?«

»Stimmt!« Irene pflichtete Jacqueline bei.

»Ich bin es aber gewöhnt, bei klarem Verstand zu sein. Das kann übrigens niemandem schaden. Nie.«

»Mensch, lass echt mal locker.« Jacqueline schüttelte den Kopf.

»Tut mir leid. Damit ihr euch wohler fühlt, werde ich nicht zu einem anderen Menschen werden.«

»Vielleicht fühlst du dich dann ja selbst wohler. Lockerer …«

Theo grinste schon wieder so, als ob es ihm wirklich großartigen Spaß machte, ihnen zuzuhören.

»Lockerer! Wohlfühlen! Wenn man nach diesen Maximen leben will, bringt man es nie zu etwas. Wenn ich immer locker gelassen hätte, würde ich nicht zu den Top-Herzchirurgen in Deutschland gehören.«

»Aber *locker* und *Liebe*, die fangen doch beide mit den gleichen Buchstaben an …«, warf Theo ein.

»*Locker* und *Loser* auch.«

Konstanze verteilte mit schnellen Strichen Butter auf ihrem Brötchen und strich Marmelade darauf, während Theo sie begeistert ansah.

»Oh, das ist toll, das werde ich mir aufschreiben. Das kann ich mal verwenden … darf ich?«

Konstanze warf ihm einen düsteren Blick zu, und Jacqueline schüttelte seufzend ihre blondierte Mähne in den Nacken. »Deine armen Kinder.«

Konstanze sah Jacqueline verdutzt an.

»Was haben bitte meine Kinder damit zu tun?«

»Kindern tut es gut, wenn es zu Hause mal ein bisschen *lockerer* zugeht. Haben die morgens auch Mundverbot, wenn sie ihrer Mama was erzählen wollen?«

Konstanzes Augen wurden schmal. Was bildete sich diese Person eigentlich ein? »Arme Kinder. Das sagt ja die Richtige!«

»Wie meinst du das denn?«

»Deine Kinder tun *mir* leid. Die haben keine feste Bezugsperson, und das scheinst du für meinen Begriff etwas *zu* locker zu nehmen.«

»Meine Kinder bekommen von mir alles, was ich geben kann, und das wissen die. Bei uns muss am Frühstückstisch keiner den Mund halten, meine Kinder müssen nie den Mund halten.«

»Das Duell der Löwenmütter!«

»Spar dir deine Kommentare bitte fürs nächste Drehbuch«, fuhr Konstanze Theo an und griff nach der Kanne, um sich Kaffee nachzugießen. Die Kanne war leer. Entnervt stellte sie sie wieder ab und sah in die Runde.

»Wie bekommt man hier Nachschub?«

»Füllt man dort nach.« Jacqueline deutete seelenruhig auf einen Tisch am anderen Ende des Raumes, wo einige sehr große Kaffeebehälter aufgereiht waren, wohl wissend, dass es für Konstanze mit den Krücken mühsam war, die leere Kanne dorthin und die gefüllte Kanne wieder zurückzutragen. Sie blieb provokativ sitzen.

»Aha.«

Konstanze erhob sich innerlich fluchend, aber sehr bemüht, sich nichts anmerken zu lassen. Theo legte ihr eine Hand auf die Schulter.

»Bleib sitzen. Ich will auch noch Kaffee. Ich hol ihn.«

Konstanze reichte ihm die Kanne und ließ sich durch den sanften Druck von Theos Hand wieder in den Sitz sinken. Jacqueline, die natürlich gesehen hatte, wie Theo ihr die Hand auf die Schulter gelegt und mindestens drei Sekunden dort gelassen hatte, warf Konstanze einen düsteren Blick zu, und die Stimmung war auf null.

13

Jacqueline und Konstanze saßen zusammen im Wartebereich vor dem Sprechzimmer des Orthopäden, Dr. Niedlich, der sie nun gleich untersuchen würde, um dann die Ziele für ihre jeweilige Rehabilitation zu besprechen. Gerade war erst jemand hineingerufen worden, wenn es sich da auch um ein Aufnahmegespräch handelte, dann würde es noch ein Weilchen dauern, bis sie drankamen. Als sie nach dem Frühstück wieder in ihrem Zimmer eingetroffen waren, hatten sie versucht, eine Art Waffenruhe herzustellen und sich irgendwie miteinander zu arrangieren. Konstanze hatte ihren Koffer wieder ausgepackt und gehofft, dass es sich damit so verhielt wie mit den Schirmen. Wenn man einen dabeihatte, regnete es nie. Und wenn sie richtig auspackte, würde sie hoffentlich schneller ein eigenes Zimmer bekommen.

»Aber wenn dein Mann Arzt ist, warum arbeitest du dann auch? Der verdient doch bestimmt genug, oder?«

»Darum geht es nicht! Du klingst wie meine Mutter!«, sagte Konstanze kopfschüttelnd. »Das sind keine heutigen Ansichten, die du da pflegst.«

Jacqueline lachte. »Ob die von heute oder morgen sind, ist mir schnurzpiepe!«

»Ich dachte eher an gestern«, fügte Konstanze rasch ein, aber Jacqueline nahm diesen Einwurf gar nicht wahr, so sehr ereiferte sie sich.

»Ich kann nicht anders, weißt du, ich muss die Kohle ranschaffen, macht sonst keiner. Aber ich würde echt lieber morgens in Ruhe mit den Kröten frühstücken, sie in den Kindergarten bringen, aufräumen und in

Ruhe Mittagessen machen, anstatt vier Mal die Woche zur Tafel zu rennen, Mann, was hätte ich für ein gemütliches Leben, wenn ich einen Kerl hätte, der uns ernährt. Arzt auch noch! Uns ging's gold, sag ich dir!«

»Da würdest du dich doch freiwillig abhängig machen!«

»Na und?«, Jacqueline zuckte die Achseln. »Abhängig bin ich sowieso. Ob ich jetzt von einem Mann abhängig bin, der gut zu mir ist und mich und die Kinder versorgt, oder von so Idioten von Chefs, die machen können, was sie wollen, und mich ausnutzen können, wie sie wollen, weil sie wissen, wie sehr ich den Job brauche. Da werde ich doch lieber versorgt!«

»Das würde ich keine drei Monate aushalten! Was ist mit Selbstverwirklichung? Versorgt werden. Das macht dich doch auf Dauer nicht glücklich.«

»Doch. Da wäre ich voll glücklich. Echt jetzt. Ich würde gerne mehr zu Hause sein. Und meine Kinder wären auch glücklich.«

»Kinder brauchen nicht immer ihre eigene Mutter. Und vor allem nicht den ganzen Tag. Was Kinder brauchen, sind feste Bezugspersonen, ein anregendes Umfeld und zufriedene Mütter. Und ich bin nur dann zufrieden, wenn ich noch andere Aufgaben habe, als die Kinder zu bespaßen und den Haushalt zu machen. Was haben denn Kinder davon, wenn sie dabei zuschauen, wie jemand die Spülmaschine ein- und ausräumt? In einem Kindergarten bekommen sie mehr geboten.«

Jacqueline kaute an einer ihrer blondierten Strähnen und überlegte: »Du brauchst ganz schön viel, um zufrieden zu sein, oder? Ich glaub, ich meine damit etwas anderes.«

In dem Moment ging die Tür auf und Dr. Niedlich verabschiedete den Patienten, der gerade vor ihnen ins Sprechzimmer gerufen worden war, und schaute zu ihren Stühlen herüber. »Frau Holter?«

Jacqueline erhob sich und folgte seinem weißbekittelten Rücken. Kurz bevor sie im Sprechzimmer verschwand, drehte sie sich um. »Bis gleich, Konni! Nicht weglaufen, ja?!« Konstanze grinste kopfschüttelnd. Weit würde sie mit ihren Krücken ja sowieso nicht kommen.

Was meinte sie mit ›zufrieden‹? Zufrieden war sie, wenn sie gute, nein, nicht gute, wenn sie hervorragende Arbeit leistete, wenn sie für die wichtigsten OPs eingeteilt wurde und sie perfekt bewältigte, wenn es ihr gelang, ein Herz wieder zum Schlagen zu bringen. War das viel? Zufrieden war sie, wenn sie zu Hause … Sie musste kurz nachdenken. Zu Hause war es schwieriger, zufrieden zu sein. Sie wäre zufrieden, dachte sie, wenn alles ein bisschen ruhiger wäre. Wenn die Kinder ihre Hausaufgaben selbständiger hinbekämen und sich besser alleine organisieren könnten, wenn sich die Küche von selbst aufräumen würde nach dem Abendessen, das immer gehetzt war, weil alles immer zu spät war, wenn Philipp mal mitdenken würde und nicht alles immer nur an ihr hängenbliebe. Dieser ganze Kleinkram. An die Geburtstage denken. Blumen für die Schwiegermutter, ein Buch für Philipps Schwester. Kontakte pflegen. Wenn er wenigstens das übernehmen würde. Wann soll sie abends auch noch telefonieren? Beim bloßen Gedanken an ein belangloses Telefonat mit ihrer Freundin Marit war sie oft schon genervt. Früher hatten sie mindestens dreimal pro Woche telefoniert, jetzt schafften sie es ungefähr alle drei Wochen einmal. Meist rief Konstanze aus schlechtem Gewissen heraus an und nicht, weil sie Lust auf einen Plausch hatte. Ihr Kommunikationsbedarf war abends schlichtweg gedeckt. Durch den Beinbruch hatten sie ein bisschen aufgeholt, weil Konstanze endlich Zeit hatte. Sie hatte sich eine Liste erstellt und nach und nach ihre Telefonschulden abgearbeitet. Aber im Alltag war es einfach zu viel verlangt, wenn sie sich nach den Patienten, um die sie sich kümmerte, nach den Angehörigen der Patienten, um die sie sich ebenfalls kümmerte, nach der Organisation der Station, der Organisation des Familienlebens und der Organisation der ganz profanen Dinge wie Essen, Wäsche, Hausaufgaben, Garten auch noch Marits Geschichten über deren Praxiseröffnung anhören müsste. Sie wäre auch zufrieden, wenn sie regelmäßig in ihr Fitnessstudio oder zum Yoga käme. Wenn sie und Philipp mal wieder ins Kino gehen könnten oder einfach abends zusammen durch die Stadt laufen. Wie früher. Ein kleines Lächeln huschte über ihr Gesicht, als sie sich erinnerte. Früher, mein Gott, das war lange her. Früher waren sie oft abends spät noch spazieren gegangen. »Konstanze, pack die Bücher weg, wir gehen raus!« Philipp war immer derjenige gewesen, der sie vom Schreibtisch weggezerrt hatte. Sie waren im Dunkeln Hand in Hand durch die Straßen gelaufen, manchmal stundenlang, hatten in erleuchtete Fenster geschaut, sich unterhalten und Gedanken ausgetauscht, sich erzählt, was sie beschäftigte, und sich unter Laternen geküsst. Ob das alles je wieder in ihr Leben hineinpassen würde? Wenn die Kinder groß waren, vielleicht?

Momentan war sie schon froh, wenn sie abends überhaupt noch ein bisschen Ruhe fand, aber sie fühlte sich fürchterlich dabei. So eingeschlafen. Nichts sehen. Nichts hören. Nicht bewegen. Es kam ihr eher kläglich vor. Das war nicht das erfüllende Leben, das sie führen wollte. Man musste doch so viel wie möglich wollen! Und alles davon so perfekt wie möglich. Dann wäre sie zufrieden.

Dass Jacqueline, eine Frau von heute, die gleiche Ansicht teilte, wie ihre Mutter sie vor dreißig, vierzig Jahren vertreten hatte und bis heute vertrat, erstaunte Konstanze. Ihre Mutter Gisela war der festen Überzeugung, dass man eben nicht alles haben konnte im Leben. Man konnte Giselas Meinung nach nicht einen Beruf ausüben und gleichzeitig Kinder großziehen, einen Haushalt führen und dazu noch ein harmonisches Familienleben aufrechterhalten. Außerdem musste der Mann, der die gesamte Familie ernährte, ihrer Meinung nach unbedingt unterstützt und entlastet werden.

»Man muss sich entscheiden, Kind, ob man eine Familie will oder einen Beruf! Beides geht nicht. Nicht, wenn man es richtig machen will.«

Das war ihr Credo gewesen, und Konstanze hatte es so oft gehört, dass sie gar nicht anders gekonnt hatte, als dagegen zu rebellieren. Sie hatte schon früh verkündet, dass sie beides wolle. Ihre Mutter hatte sie mit dieser gewissen, heiteren Überheblichkeit angeschaut, die ihr zu eigen war, um dann achselzuckend zu sagen, dann müsse sie das eben versuchen. Aber ihrer Meinung nach war es unmöglich.

Nichts war unmöglich, das wusste Konstanze. Man musste es als Erstes wollen, dann musste man es zweitens planen, und dann musste man drittens mit den damit einhergehenden Anforderungen umgehen. Das erforderte viel Disziplin, aber wenn einem etwas wichtig war, dann hatte man die eben zu erbringen.

Konstanze hatte nie verstehen können, warum ihre Mutter, die ebenfalls Medizin studiert hatte, ihren Beruf niemals ausübte. Wann immer es in der Praxis des Vaters mal knapp zugegangen war, hatte Gisela aushilfsweise vormittags die Stelle am Empfang in der Praxis ihres Mannes übernommen. Für Gisela war das selbstverständlich, aber Konstanze hatte es immer gehasst. Ihr war es peinlich, wenn ihre Mutter ihr Licht unter den Scheffel stellte.

»Du bist aber doch selbst Ärztin!«, hatte Konstanze bereits als Kind widersprochen und nicht verstanden, dass ihre Mutter das mit einer lässigen Handbewegung abtat.

»Ich wäre Ärztin geworden, wenn ich euch nicht bekommen hätte. Aber nun habe ich Kinder, und deshalb bin ich viel lieber Hausfrau und Mutter und helfe eurem Vater, wo ich nur kann. Ich habe mich für die Familie entschieden und bereue es nicht.«

Konstanze hatte es nie glauben können, dass ihre Mutter das wirklich so meinte. Aber sie verstand durchaus, dass ihre Mutter dies behaupten musste, um diesen riesigen Verzicht irgendwie vor sich zu rechtfertigen. Und wahrscheinlich hatte sie es sich dann so lange eingeredet, bis sie es irgendwann selbst glaubte. Der Mensch konnte sich ja viel einreden. Ihrer Mutter war das damals nicht unmöglich gewesen, Ärztin und Mutter zugleich zu sein, ihrer Mutter war es vielmehr unmöglich erschienen. Wenn Frauen wollten, waren sie schließlich vor hundert Jahren schon ihren eigenen Weg gegangen. Es kam eben darauf an, was einem wichtig war.

»Warte mal ab, bis du selbst Familie hast«, hatte Gisela oft gesagt, wenn Konstanze ihren Unmut darüber kundtat, dass ihre Mutter wegen der Karriere ihres Mannes so zurückgesteckt hatte. »Warte ab, dann wirst du genau verstehen, warum es völlig selbstverständlich ist, das zu tun.« Diesen Punkt hatte Konstanze jedoch nie erreicht. Sie fand es noch immer ungeheuerlich, wie ihre Mutter sich hinter ihrem Mann in Unscheinbarkeit aufgelöst hatte. Das würde ihr niemals passieren.

Konstanze hatte studiert, sie hatte ihre Praktika absolviert, sie hatte dabei Philipp kennengelernt, sie hatten zusammen gearbeitet, zusammen ihren Facharzt gemacht, und als erst Lotte und dann noch Malte auf die Welt kamen, war völlig klar, dass Konstanze natürlich nicht aufhören würde zu arbeiten. Der Lebensentwurf ihrer Mutter war ein Auslaufmodell. In Konstanzes Generation konnte man gar nicht mehr *nicht* arbeiten. Und eine Halbtagsstelle in der Kardiochirurgie – wie sollte das denn gehen? Sollte sie mitten in einer OP auf die Uhr schauen, das Besteck weglegen und einen Kollegen bitten, mal eben weiterzumachen? Die OPs, die sie wirklich interessierten, wären ihr nicht mehr zugeteilt worden. Der Beruf war ein Teil ihres Lebens, wie die Familie ein Teil ihres Lebens war. Es gab in der Generation ihrer Mütter nicht rasend viele Vorbilder, die ihnen vorgemacht hätten, wie es geht. Genau deshalb lag es nun an ihrer Generation, dies zu verändern. Irgendwo mussten die Vorbilder ja herkommen.

Deshalb verstand Konstanze auch die Frauen nicht, die erst mal ewig zu Hause blieben, bevor sie wieder in den Beruf zurückkehrten. Man hatte doch heutzutage die vielfältigen Möglichkeiten der Kinderbetreuung, warum sollte man die nicht ausnutzen? Sie erinnerte sich an diese Grüppchen von Frauen, die oft plaudernd mit ihren Kindern vor dem Kindergarten standen, wenn sie schnell aus der Klinik gedüst kam, um Lotte und später auch Malte auf den letzten Drücker abzuholen. Oft waren die Gespräche verstummt, wenn sie an diesen Vollzeitmüttern vorbeipreschte, die der festen Überzeugung waren, dass sie es bei ihr mit einer entsetzlichen Rabenmutter zu tun hatten. Das konnte man an ihren Blicken sehen. Sie engagierten sich im Elternkreis des Kindergartens, sie diskutierten ausgiebig, ob der Mittagstisch aus Biokost bestehen solle oder nicht, und tauschten sich mit so ernsten Mienen über Sonderangebote bei Kindergummistiefeln aus, als ginge es dabei um Weltpolitik. Sie war nicht der Meinung, dass die Kinder der Vollzeitmütter glücklicher waren als ihre eigenen, sie weinten oder lachten genauso oft wie Malte oder Lotte. Aber sie hatte immer das Gefühl, sich rechtfertigen zu müssen. Dabei hätten sich ihrer Meinung nach die Tratschgrüppchenmütter rechtfertigen müssen, warum sie immer noch lebten wie ihre eigenen Mütter.

Wenn Gisela zu Besuch kam, betrachtete sie Konstanzes Leben stets mit einer in Sorgenfalten gelegten Stirn. Das nachfolgende Geseufze konnte Konstanze schon lange nicht mehr hören. »Ach Kind, du bürdest dir viel zu viel auf! Wie lange willst du das denn durchhalten?« Konstanzes Standardantwort war stets die gleiche: »Ich schaff das schon, Mama.« Denn so war es ja auch, und so war es schließlich normal. Die Arme, wie hart musste das sein, sich diese Niederlage einzugestehen, wenn die Tochter ihr dreißig Jahre später vorlebte, dass alles möglich gewesen wäre, auch für sie. Dass auch sie alles hätte haben können: Karriere, Kinder und ein harmonisches Familienleben dazu. Natürlich bekam man das nicht geschenkt. Konstanze musste hart dafür arbeiten, aber mit Disziplin und gutem Management war es nun wirklich kein Ding der Unmöglichkeit. Ihre heimliche Meinung dazu war, dass es genug Frauen gab, die einfach nicht belastbar waren. Typ Prinzessin. Sie hatte genug Freundinnen gehabt, die immer die Prinzessin sein wollten, sie kannte die Sorte. Selbst als kleines Mädchen hatte sie selbst es schon wahnsinnig langweilig gefunden, im Turmzimmer zu sitzen und zu warten, bis der Prinz nach bestandenen Abenteuern vorbeikam, um die Prinzessin zu befreien. Die Rolle des Prinzen war ihr wesentlich lieber gewesen. Und wenn sie die Mütter vor dem Kindergarten sah, dann dachte sie, dass es sich hier durchweg um Prinzessinnen handelte, die versuchten, die Tatsache, dass sie einfach nicht belastbar waren, mit an den Haaren herbeigezogenen Argumenten für das Wohl des Kindes zu rechtfertigen. »Ich bleibe zu Hause, es geht Lina einfach viel besser, wenn sie sich auf mich als feste Bezugsperson verlassen kann.« »Felix ist noch zu klein. Der ist noch nicht so weit.« Ihr Lieblingsspruch war: »Dann brauch ich doch kein Kind zu bekommen, nur um es dann wegzugeben.« Wie oft ihr der zu Ohren gekommen war. Das, fand sie, war total verlogen. Man bekam auch kein Kind, um sein eigenes Glucken-Muttersein zu rechtfertigen. Sollten sie doch zugeben, dass sie es einfach nicht schafften. Das wäre ehrlicher, als sich auch noch als die ›Guten‹ aufzuspielen, die den ›Rabenmüttern‹ ein schlechtes Gewissen einzureden versuchten.

Und jetzt fing Jacqueline auch noch damit an. Obwohl sie schließlich selbst berufstätig war. Wahrscheinlich gehörte sie eigentlich zu den Prinzessinnen, konnte es sich aber ohne einen Prinzen nicht leisten, musste deshalb arbeiten und träumte davon, es nicht tun zu müssen und ihrer wahren Bestimmung wieder nachzukommen. Blondiert genug war sie ja schon mal.

14

Dr. Niedlich war supernett. Niedlich eben. Er hatte etwas die Augen gerollt, als Jaqueline ihm das eben gesagt hatte, klar, bei dem Namen hörte der das bestimmt öfter, hätte sie sich eigentlich denken können. Er guckte ihre Akte an, er guckte ihre Operationsnarben an und meinte dann grinsend, da hätte sie ja Glück gehabt, dass das Tattoo genau darunter endete. Daraufhin erzählte sie ihm, dass sie schon überlegt hatte, mal abzuwarten, wie die Narben so aussähen, und dann könnte man die doch super mit einbeziehen. Der Tattookünstler, und das war echt ein Künstler, der ihr das da gemacht hatte, der hatte oft so gute Ideen. Aber es war ja noch genug Zeit. Jetzt musste sie eh erst mal wieder was ansparen.

»Diese Bandscheiben haben alles aufgefressen, was ich zur Seite gelegt hatte.«

Dr. Niedlich sah auf.

»Ohne indiskret sein zu wollen, über was für ein Einkommen verfügen Sie denn regelmäßig?«

Jacqueline seufzte. »Na ja. Es reicht eigentlich nie.« Als Dr. Niedlich sie weiterhin fragend ansah, zuckte sie die Achseln. »Wenn's gut läuft, komme ich auf fast tausend.«

»Und wenn nicht?« Der ließ aber auch nicht locker.

»Achthundert.«

»Und wenn's gar nicht läuft?«

Jetzt rollte Jaqueline die Augen, und Dr. Niedlich lächelte. Aber er schaute immer noch ernst.

»Es gibt hier einen Sozialdienst, die Damen sind sehr hilfsbereit und stellen alle Anträge für Sie, die Ihnen weiterhelfen könnten …«

Doch Jacqueline fiel ihm gleich ins Wort.

»Ohne mich. Ich brauche keine Ämter. Und ich stelle mich bestimmt nicht an, um zu betteln. Da wartest du zwei Stunden, und dann musst du los, weil der Kindergarten zumacht, und am nächsten Tag musst du arbeiten und kannst nicht hin, und hinterher kriegst du zu hören, dass du es so nötig wohl nicht brauchst, von wegen Fristen und so. Nein danke. Echt nicht. Und dann wird ständig irgendwas geändert, und du machst wieder alles falsch und stehst da wie ein Idiot. Das schaff ich schon alleine, für mich und meine Mäuse zu sorgen.«

Dr. Niedlich sah sie über seine silbergeränderte Lesebrille hinweg an.

»Daran habe ich überhaupt keine Zweifel, wenn ich Sie so vor mir sehe. Aber manchmal ist ein bisschen Hilfe durchaus sinnvoll. Verschenkt wird heutzutage sowieso nichts, da brauchen Sie keine Angst zu haben. Mir geht es eher um Ihre Gesundheit.«

»Dafür bin ich doch jetzt hier, oder?«

»Sie müssen an die Zukunft denken. Was ist nach der Reha? Bestimmte Sachen sind dann tabu. Sie sollen nicht durch den Bandscheibenvorfall ins finanzielle Aus geraten. Das wäre sonst unfair, oder?«

Bei dem Wort ›unfair‹ horchte Jacqueline auf. Unfair war verdammt viel.

»Auch für Ihre Kinder, oder?«

Jetzt nickte Jacqueline. Unfair war diese ganze Geschichte hier ja vor allem für die Kinder.

»Was meinen Sie, wie mir das stinkt, dass mein Timmi nicht auf Klassenfahrt mit kann, weil ich im Krankenhaus das Tagegeld berappen musste.«

Dr. Niedlich nickte und machte sich einen Vermerk. »Lassen Sie sich beraten. Warum sollten Sie die Zuschüsse, die es dafür gibt, nicht in Anspruch nehmen? Ich sorge dafür, dass Sie später einen Anruf von der Sozialstelle hier im Haus bekommen. Die sind genau dafür da. Es wäre nur fair für den Jungen.«

»Für Timmi, ja.« Jacqueline schluckte. Für Timmi

wäre es fair. Und wegen Timmi würde sie hingehen und mit der Sozialtante sprechen. Wenn er dann doch noch mit auf Klassenfahrt könnte, das wär schon was. Aber bloß nicht zu früh freuen. Erst mal abwarten, um was es überhaupt ging. Sie wollte nichts geschenkt bekommen. Geschenke kamen nie ohne Bedingungen. Deshalb hatte sie auch nie Hartz IV beantragt. Allein diese Anträge. Sie schrieb sowieso alles in die falschen Spalten, und dann gab es immer Hickhack. Immer. Sabrina von nebenan machte das. Die verdiente als Friseuse mit einer vollen Stelle so wenig, dass sie ihr Gehalt mit Hartz IV aufstockte. Und ihr Typ ging gar nicht arbeiten. Der saß den ganzen Tag auf dem Sofa, weil er sich fragte, warum er überhaupt arbeiten sollte, wenn sein Lohn niedriger war als Hartz IV. So etwas war ihre Sache nicht. Vom Rumsitzen würde sie das große Heulen kriegen. Außerdem war man doch für sich selbst verantwortlich. Und was war, wenn die Politiker dann doch wieder alles änderten? Dann war am Ende ganz schnell Schluss mit allem. Und dann hatte sie wenigstens immer einen Job gehabt und wusste, wie es geht.

Es war ihr schon ein böser Schlag gegen den eigenen Stolz, drei- bis viermal die Woche mittags mit den Kindern zur Tafel zu gehen. Das fand sie so peinlich. Nicht genug zu haben, um die eigenen Kinder satt zu kriegen. Und jeder da konnte das sehen. Es hatte sie eine Wahnsinnsüberwindung gekostet, vor allem die ersten Male, aber die Kinder fanden es super. Es gab etwas Warmes, und es war lecker, die Leute waren nett und schauten auch gar nicht so auf einen herab, wie sie sich das immer vorgestellt hatte, und sie musste auch nichts dafür tun. Es war ein echtes Geschenk. Und wenn sie ehrlich war, half es ihr ziemlich. Drei Mittagessen für vier Köpfe pro Woche, das war schon was. Sie steckte jedes Mal, wenn sie zur Tafel gingen, einen Euro in ein Sparschwein, und das war das, was sie als Reserve ansparen konnte. Genau die Reserve, die nun das Krankenhaustagegeld komplett weggeschluckt hatte.

Dr. Niedlich sah sie fragend an.

»Und Sie gehen dahin, ja, Sie sprechen mit unseren Damen? Die wollen doch auch mal gebraucht werden.«

»Geht klar«, nickte Jaqueline. Wenn sie echt etwas wiederbekommen würde, dann würde sie es dieses eine Mal annehmen. Für Timmis Klassenfahrt.

Dr. Niedlich brummte ihr ein Riesenprogramm auf. Erst mal Rückenschule, da sollte sie lernen, wie sie sich am besten für ihren Rücken bewegte. Ein bisschen wusste sie das ja schon, aber Dr. Niedlich meinte, ein bisschen mehr könne nicht schaden. Und hier hätte sie doch mehr Zeit für so etwas als zu Hause. Dann gleich noch Krankengymnastik, um den Rücken zu stärken. Und drei Mal die Woche sollte sie nach Möglichkeit rückenschwimmen, ob sie denn richtig rückenschwimmen könne? »Ich gehe nicht direkt unter«, sagte Jacqueline, »aber wenn man es richtig können kann oder falsch können kann, dann bin ich mir nicht so sicher.« Dann sollte sie zur Wassergymnastik, zum autogenen Training, und sie sollte nicht nur mit der Sozialtante reden, sondern auch noch mit einer Psychotante, wie man am besten den Alltag managt und mit Belastung umgeht.

»Da komm ich ja überhaupt nicht mehr zu meinem

Mittagsschlaf!«, rief Jacqueline aus, als sie die Liste mit diesen Verordnungen sah.

»Machen Sie den denn regelmäßig?«, fragte Dr. Niedlich, und Jacqueline musste grinsen. »Seit ich im Krankenhaus war, jeden Tag.«

»Und vorher?«, er schaute sie fragend an.

»Wann denn?«, lachte Jacqueline. »Vor elf komme ich nie ins Bett! Um fünf klingelt der Wecker, und dann geht's wieder pausenlos durch bis nachts. Mittagsschlaf ist was für Rentner.«

Sie seufzte.

»Oder für junge dynamische Frauen nach OPs!« Dr. Niedlich reichte ihr lächelnd einen Zettel. »Schauen Sie mal, hier ist ein Beispiel für einen möglichen Tagesablauf. Und sehen Sie das hier?«

Er deutete auf einen Balken in der Mitte.

»Das ist die Mittagspause. Ab 12 Uhr gibt's Mittagessen. Vor halb drei wird es nie Termine geben. Und die haben Sie auch nicht jeden Nachmittag. Sie können also wunderbar Ihr tägliches Nickerchen halten! Und das sollten Sie auch. Ärztliche Anweisung.«

Jacqueline lächelte ihn an. »Wird befolgt, Herr Doktor!«

15

»Mittagsschlaf?«

Konstanze saß Dr. Niedlich erstaunt gegenüber.

»Ich muss gestehen, dass ich im Krankenhaus nach der Bein-OP ab und zu mittags die Augen zugemacht habe, aber ich bin schon dabei, mir das abzugewöhnen.«

»Das sollten Sie nicht tun. Genießen Sie die Ruhe. Wenn Sie es nicht bräuchten, würde Ihr Körper Ihnen keine Müdigkeit signalisieren.«

Dr. Niedlich sah sie ernst an, aber Konstanze lachte.

»Daran kann man sich viel zu schnell gewöhnen, und plötzlich geht es nicht mehr ohne. Ich muss nach der Reha wieder so leistungsfähig sein wie vorher. Es gibt genug Techniken, wie man so ein kleines Müdigkeitstief überbrücken kann.«

»Wenn man zu viele kleine Müdigkeitstiefs überbrückt, kann das aber auch schiefgehen.«

Er studierte ihre Akte und sah sie dann über seine Brille hinweg an.

»Ich sage mal etwas provokant: Man kann zum Beispiel eine Treppe runterfallen.«

»Ich bitte Sie.« Konstanze schüttelte den Kopf. »Sind Sie mein Orthopäde oder mein Küchenpsychologe?«

»Als Orthopäde in einer Rehaklinik entwickelt man ein Bewusstsein dafür, dass die Psyche oft mitspielt.«

»Bei Unfällen …«

Konstanze sah ihn herausfordernd an, und um ihre Lippen spielte ein leicht spöttisches Lächeln, das Dr. Niedlich jedoch überhaupt nicht zu tangieren schien.

»Manchmal stellt sich jemand unbewusst ein Bein, um sich aus einer Situation zu katapultieren, die eigentlich lange schon zu anstrengend ist.«

»Ja«, Konstanze nickte. »Das mag vorkommen. Es mag Menschen geben, die stellen sich vielleicht wirklich ein Bein. Aber ich wüsste nicht, warum ich mich die Treppe runterwerfen sollte.«

»Ich auch nicht.«

Dr. Niedlich lächelte und schaute weiter in Konstanzes Akte.

»Wenn ich mich schon irgendwohin katapultieren würde, dann bestimmt nicht in einen OP in meiner Klinik.«

Dr. Niedlich nickte.

»Ich weiß, was Sie meinen. Als Arzt selbst Patient zu sein, und dann noch im eigenen Krankenhaus, das ist eine der härtesten Übungen.«

»Wenn ich ehrlich bin, ist es in einer Rehaklinik auch nicht viel besser.«

»Können Sie es nicht als eine Art Urlaub betrachten?«

»Da ich im Urlaub normalerweise keine Jugendherbergszimmer mehr buche, die ich mit Fremden teile: nein. Kann ich nicht.«

»Hm. Verstehe.«

Dr. Niedlich zog die Stirn in Falten und sah sie an.

»Sie sind unserem Computerfehler zum Opfer gefallen. Ausgerechnet eine Kollegin. Das tut mir leid.«

»Das ist nett von Ihnen, aber noch netter wäre es, wenn man daran etwas ändern könnte.«

»Wenn Sie mir jetzt gestehen, dass Sie besonders ruhebedürftig sind, und wir Sie zusätzlich zur orthopädischen Reha in unserem Antistresszentrum mitbehandeln, geht das ganz schnell mit dem Einzelzimmer. Dann haben wir eine medizinische Indikation.«

Er schaute sie fragend an. Doch Konstanze schüttelte sofort energisch den Kopf.

»Da treffen sich der Chef Ihres tollen Antistresszentrums und mein Chef zufällig beim Golfen und plaudern am siebten Loch über die Keller-Stein, die nicht belastbar ist, und dann gute Nacht! Sie wissen doch, wie schnell so etwas geht.«

»Sie haben eine verantwortungsvolle Aufgabe. Und Familie, oder? Das allein reicht eigentlich schon. Jeder, aber gerade Frauen sind zwischen dreißig und fünfzig besonders gestresst. Das sind die anstrengenden Jahre. Rushhour des Lebens. Klassische Doppelbelastung, man zieht die Kinder groß und baut an seiner Karriere, na ja, wem sag ich das …«

»Mein Mann ist auch Kollege, dem geht es ganz genauso. Es gibt keinen Grund, das alles wieder nur den Frauen zuzuschieben.«

»Tut ja niemand. Aber Sie sind hier, nicht Ihr Mann. Und Sie könnten deshalb von unserem Programm profitieren. Und das Einzelzimmer dazubekommen.«

»Lieber nicht mit dieser Begründung.«

»Verstehe. Unabhängig davon sollten Sie trotzdem teilnehmen. Man lernt hilfreiche Strategien. Ich schreibe es in Ihren Plan, damit es in Ihrem Kalender auftaucht, den Sie von uns bekommen. Und keine Angst. Die Chefin spielt nicht Golf.«

Er notierte etwas in seinem Computer.

»Schreiben Sie mir lieber genug Physio auf, damit ich schnell fit werde. Ich hab's nicht so mit dem ganzen Entspannungskram. Wenn ich mich entspannen und Om sagen soll, bekomme ich Herzrasen.«

»Haben Sie das öfter?«

»Was?«

»Herzrasen.«

»Gelegentlich. Wenn ich mich aufrege. Nicht auffällig. Falls Sie das meinen.« Konstanze lächelte. »Mein Herz wird ständig von einer Kardiologin überwacht.«

»Verstehe. Machen Sie eigentlich Sport?«

»Wann immer ich dazu komme.« Sie seufzte. »Na ja, um ehrlich zu sein, sind die Zeiten des regelmäßigen Sports – wie sagten Sie gerade so treffend? – der Rushhour des Lebens zum Opfer gefallen.«

»Darf ich Ihren Blutdruck messen?«

Konstanze lächelte und schob den Ärmel ihrer Bluse hoch. »Wenn Sie glauben, dass das für den Trainingsplan meines Beines von Bedeutung ist.«

Dr. Niedlich ignorierte diese kleine Spitze, befestigte die Manschette und maß ihren Blutdruck.

»Relativ hoch. Dachte ich mir. Und Ihr Puls ist auch flott.«

»Kein Wunder, nach allem, was mir hier heute schon widerfahren ist! Aber vielleicht verschreiben Sie mir mal ein paar Mineralstoffe, wollte ich sowieso prophylaktisch einnehmen.«

»Ich verschreibe Ihnen erst mal ein 24-Stunden-EKG, und Blutdruck messen wir auch gleich mit, dann haben wir verlässliche Werte.«

»Bei allem Respekt, Herr Kollege. Als Kardiologin kann ich bestimmt besser beurteilen als ein Orthopäde, ob mein Herz-Kreislauf-System der gesteigerten Aufmerksamkeit bedarf.«

»Da ich hier für Sie verantwortlich bin, möchte ich das lieber überprüfen.«

Dr. Niedlich beugte sich leicht nach vorne über seinen Tisch und fügte in einem etwas vertraulicheren Ton hinzu:

»Es muss doch sowieso mal gemacht werden. Wie alt sind Sie? Zweiundvierzig. Hier kennt Sie keiner. Niemand tuschelt, wenn Sie mit dem Messgerät herumlaufen. Nutzen Sie aus, was Sie hier mitnehmen können.«

Konstanze seufzte und lehnte sich in ihrem Stuhl zurück, um den vertraulichen Abstand zwischen ihnen wieder zu reduzieren.

»Können wir zur Abwechslung die weitere Therapie für mein Bein besprechen? Deshalb bin ich ja eigentlich hier. Wenn ich mich recht entsinne.«

»Gerne!«

Dieser Niedlich blieb die ganze Zeit über gelassen und freundlich und ging ihr damit extrem auf die bereits gereizten Nerven. Er verordnete ihr lediglich den normalen Physiotherapieplan und ließ sich nicht zu einer Erweiterung überreden, die Konstanzes Meinung nach den Muskelaufbau beschleunigen und damit ihre Mobilität immens verbessern würde. Im Gegenteil, er betonte auch noch, wie kontraproduktiv es sei, zu früh zu viel zu tun. Dieses Ausbremsen! Sie fühlte sich sowieso schon entsetzlich ausgebremst, jetzt sollte sie sogar noch ihre Reha mit gezogener Bremse beginnen, dabei wollte sie nichts anderes, als das Gaspedal wieder bis zum Anschlag durchzutreten. Und dazu musste sie sich auch noch verkabeln lassen, sich die Entspannungstechniken anschauen, um eine zu finden, die für sie funktionieren könnte, und war speziell aufgefordert worden, den Standardtermin mit der Psychologin keinesfalls unter den Tisch fallen zu lassen, wie sie eigentlich vorgehabt hatte. Grauenhaft war das alles. Ganz und gar grauenhaft. Dieser Tag war wirklich nicht der ihre. Wenn sie an Astrologie glauben würde, müsste sie von einer ganz schlechten Sternenkonstellation sprechen. Und dann hoffen, dass sie sich ganz schnell wieder auflösen würde. Aber da sie an Sternenkram überhaupt nicht glaubte, war ihr auch diese Hoffnung nicht vergönnt.

Als Konstanze sich das Messgerät umschnallte, und Dr. Niedlich überprüfte, ob auch alles so saß, wie es sitzen sollte, fragte er, ob es nicht schwierig für sie sei, zusammen mit ihrem Mann im gleichen Fachgebiet und dann noch in der gleichen Abteilung zu arbeiten. Nachdem Konstanze sich zunächst gewundert hatte, dass er das überhaupt wusste – sie hatte ihm schließlich nur verraten, dass Philipp Kollege war –, kam sie zu dem Schluss, dass der Klinikfunk bestens zu funktionieren schien. Irgendjemand hatte es ihm wohl erzählt. Sie war doppelt froh, dass sie nicht zugestimmt hatte, wegen Ruhebedürftigkeit in ein Einzelzimmer verlegt zu werden. Sie würde auf der Hut bleiben müssen und vielleicht sogar ein paar Tage stillhalten wegen des Zimmers, sonst würde es am Ende noch gegen sie verwendet werden. Noch eine Bremse! Es war zum Schreien. Das Messgerät würde vierundzwanzig Stunden piepsen, sie steckte mit einer buntgeschminkten Plappertasche im Doppelzimmer fest und musste auch noch alles dafür tun, dass sie nicht gestresst wirkte. Unfassbar.

Ob es schwierig war, mit ihrem Mann zusammenzuarbeiten? Was hatten diese Leute bloß für Vorstellungen? Es war doch viel schwieriger, aus komplett anderen Bereichen zu kommen. Da fragte nie jemand nach. Ihr fiel auf, dass sie durch diese Bemerkung des Arztes schon zum zweiten Mal an diesem Tag an ihre Mutter erinnert worden war. Sie hielt nicht so viel von den Meinungen ihrer Mutter, dass sie diese gerne ständig zitiert bekam. Erst Jacqueline, dann Niedlich. Wahrscheinlich würde sich Gisela hier total wohlfühlen, umringt von Gleichgesinnten! Wer rausfiel, war sie.

Als Konstanze sich entschlossen hatte, Kardiologin zu werden, hatte ihre Mutter sofort daran herumkritteln müssen. »Dass du auch noch im gleichen Fachgebiet wie dein Mann arbeiten musst. Das tut einer Ehe nicht gut, das kann nicht gutgehen, Kind. Das kannst du nicht machen!«

Mutters Meinung hin oder her, sie hatte es gemacht. Philipp und sie sorgten dafür, dass es schließlich schon eine ganze Weile gutging. Konstanze war fest davon überzeugt, dass Philipp es stinklangweilig finden würde, wenn sie ihm abends vom Einkaufen und von neuen Kuchenrezepten erzählen würde, anstatt mit ihm Fachgespräche führen zu können. Dadurch, dass sie den gleichen Beruf hatten, kannten sie ihren gegenseitigen Arbeitsalltag, wussten, was den anderen beschäftigte. Dass es da Konkurrenz gab, war ganz normal. Das hielt schließlich fit und wach und verhinderte, dass man abschlaffte. Dass ihr betreuender Arzt nun auch noch darauf abhob, fand Konstanze seltsam. Bestimmt hatte Dr. Niedlich so eine Mutti zu Hause, die ihm den Rücken freihielt, und konnte in Wahrheit gar nicht damit umgehen, dass eine Frau Karriere an der Seite ihres Mannes machte. Oder ihn sogar dabei überholte. Konstanze fand, dass Konkurrenz eigentlich ein ganz belebender Stachel sein konnte, der einen immer wieder mal pikste und zu Höchstleistungen anspornte. Wie gerade jetzt, wo sie sich im Endspurt des Laufs um die Chefarztstelle der Abteilung befanden. Ein Lauf war momentan zwar ein extrem unpassendes Bild, denn ein Endspurt um einen Posten konnte kaum zugunsten einer Halblahmen mit Krücken ausgehen. Dabei sah sie sich insgeheim recht weit vorne. Wenn nicht gar an der Spitze. Konstanze war sich ziemlich sicher, dass sie die besseren Chancen auf die Stelle hatte. Sie war die beste Chirurgin der Abteilung, die für die kompliziertesten OPs eingeteilt wurde, und außerdem war sie schon länger für die Dienstpläne und die effiziente Organisation der Abteilung verantwortlich. Beides bewies ihrer Meinung nach, dass sie die benötigte Kompetenz besaß, eine Abteilung sowohl fachlich als auch organisatorisch zu leiten. Philipp konnte das nicht so gut wie sie. Er war kein Planer. Und er war zu weich. Kein Alphatyp, eher der beliebte Kollege, ein Kumpel. Keiner, der durch Führungskompetenzen herausstach. Das Einzige, was ihr ihrer Meinung nach einen Strich durch die Rechnung machen könnte, wäre die Entscheidung der Klinik, einen Bewerber von außen zu nehmen. Aber warum sollte die Klinik das wollen? Schließlich kannte man sie und wusste, was man bekam, wenn man sich für sie entschied. Bei jemandem von außen kaufte man die Katze im Sack.

Ob dieser Dr. Niedlich davon wusste? Am Ende hatte er den indirekten Auftrag bekommen, sie einzuschätzen. Man konnte nie wissen, wer wen kannte. Vielleicht waren es gar nicht die Chefs, die zusammen

Golf spielten. Vielleicht war Niedlich ein Studienkollege von irgendjemandem. Lammel? Oder sogar jemand im Vorstand? Sie würde ihm gegenüber auf der Hut bleiben müssen. Vielleicht wäre es sogar besser, den Antistresszirkus freiwillig mitzumachen, um zu beweisen, dass sie so etwas überhaupt nicht nötig hatte. Bei der bloßen Vorstellung wurde ihr schon ganz anders, sie hatte die Flyer dazu ausliegen sehen. Atmen, Tautreten und Seidenmalen … am Ende auch noch Töpfern und sich danach in der Gruppe darüber austauschen, was diese Erfahrung mit ihr gemacht hatte. Nein, heute war überhaupt nicht ihr Tag.

16

Jacqueline wartete vor der Tür von Dr. Niedlich auf Konni. Nachdem sie sich vergewissert hatte, dass sie beide die gleichen Termine hatten, hoffte sie, es ausnutzen zu können, dass Konnis Orientierung besser war als ihre, und sie zusammen mit ihr überall hin- und vor allem von überall wieder zurückfinden würde. Ihr eigener Orientierungssinn war so grottenschlecht, der ihrer Zimmergenossin musste zwangsläufig besser sein. Auch wenn es ihr nicht gefiel, gerade nach dem Streit von heute Morgen auf Konni angewiesen zu sein. Wie konnte man denn schon direkt nach dem Aufstehen so schräg drauf sein? Zickenalarm pur. Wenn das immer so war, konnte sie nur hoffen, dass Konni bald ein eigenes Zimmer bekam. Vielleicht hielt sie sich für was Besseres. Ärztin und etepetete, und Ruhe brauchte sie, und Höchstleistungen! Blöde Kuh. Und komische

Vorstellungen vom Leben hatte sie auch. Dass sie, Jacqueline, sich abschuften musste, um irgendwie durchzukommen, war klar. Sie hatte ja niemanden. Aber Konni hatte das doch gar nicht nötig. Vielleicht war sie auch so überspannt, weil sie einen wichtigen Beruf hatte. Leben retten. Wie sie sich mit dem Essen angestellt hatte gestern. Vitamine, früh ins Bett und Kräutertee. Klang ganz schön nach Spaßbremse. Konnte ja sein, dass man ein bisschen gaga und arrogant wurde, bei so einem Beruf. Aber musste man das gleich derart raushängen lassen?

Wenn sie gereizt war, versuchte Jacqueline immer, alles runterzuschlucken. Das war auf jeden Fall sicherer, als es rauszulassen. Man wusste nie, was man sich einhandelte. Aber meistens nichts Gutes. Das hatte sie früh gelernt, dass man es besser für sich behielt, wie es einem ging. Konnte echt schiefgehen. Wie früher zu Hause. Jacqueline hatte gerade eigentlich keine Lust, daran zu denken. Sie hatte nie Lust, daran zu denken. Früher zu Hause. Wenn ihr Vater keinen Bock drauf hatte, dass Mutter gereizt war oder patzig, oder beides, dann konnte es nämlich verdammt schiefgehen. Da ging Geschirr zu Bruch. Da gingen Türen zu Bruch. Und wenn es ganz schlimm war, dann gingen auch Knochen zu Bruch. Jacqueline fröstelte. Ihr wurde immer kalt, wenn sie daran dachte. Von innen. Dann fühlte es sich in ihr an, als wäre da ein Kühlschrank eingebaut. Alles dunkel und kalt. Beinahe begann sie sogar zu zittern, aber dann schaute sie schnell auf ihre bunten Nägel und die Glitzersteine, die sie daraufgeklebt hatte, und alle waren heile und funkelten sie freundlich an. Sie liebte

Farben. Wenn es bunt glitzerte, wurde alles fröhlich. Im Spiegel war alles schön. Und der Kühlschrank war nicht zu sehen. Von außen war er unsichtbar.

Als die Tür des Sprechzimmers sich öffnete, stand Jacqueline schnell auf, froh von allem, was in ihrem Kopf herumspukte, abgelenkt zu werden.

»Gehen wir zusammen zum Physodingens? Da musst du doch bestimmt auch hin!«

Konstanze nickte, und zusammen machten sie sich auf den Weg. Jacqueline beglückwünschte sich innerlich zu ihrem Entschluss, gewartet zu haben: Konni musste tatsächlich nur zweimal auf den Wegweiser schauen, humpelte dann aber in einem derartigen Eiltempo los, dass sie kaum mitkam.

»Sag mal, wer geht denn hier auf Krücken, du oder ich?«, rief sie Konstanzes Rücken atemlos hinterher. Konstanze drehte sich zu ihr um und wartete kurz.

»Tut mir leid. Ich bin Tempo gewöhnt.«

»Aber wir haben doch Zeit, wir können trödeln!«

»Trödeln geht mir auf den Keks.«

»Ach komm, mal nicht so rumhetzen zu müssen … das ist doch was. Aber genießen kann ich's trotzdem nicht. Muss immer an zu Hause denken.«

»Geht mir genauso«, pflichtete Konstanze ihr bei. »Und ich weiß genau, was alles nicht klappt. Ich wette, die Kinder haben kein Frühstück mitbekommen und kaufen sich jetzt in der Pause irgendeinen grauenhaft ungesunden Süßkram.«

»Wenn bei mir überhaupt alle im Kindergarten sind und Timmi in der Schule. Ich will Mike schon immer anrufen und nachfragen. Aber dann fühlt er sich am Ende noch kontrolliert und haut ab. Geht gar nicht.«

»Ich hab schon dreimal angerufen heute. Sollen sie sich doch kontrolliert fühlen. Einer muss ja den Überblick behalten.«

»Na ja, ihr seid verheiratet, dein Mann läuft wahrscheinlich nicht so schnell weg wie Mike. Außerdem hütet dein Mann seine eigenen Kinder, Mike nicht.«

Konstanze gab sich Mühe, etwas langsamer zu humpeln. Sie bedankte sich mit einem Lächeln, als Jacqueline ihr die nächste Tür aufhielt, und schaute sie fragend an.

»Seit wann bist du eigentlich mit den Kindern alleine?«

»Och, mehr oder weniger seit immer.«

Als Jacqueline Konstanzes rätselnden Blick sah, zuckte sie bedauernd die Achseln. »Ist halt so.«

»Aber die kleinen sind doch viel jünger als Timmi …?«

»Timmis Papa hat sich aus dem Staub gemacht, da war er noch nicht mal ein halbes Jahr. Dann bin ich wieder nach Hause zu meiner Mutter gezogen, ich musste ja erst mal irgendwo unterkommen. Großer Fehler. Ich dachte, die kümmert sich um den Kleinen, und ich kann meine Lehre beenden. Pustekuchen. Sie hat sich besser um ihre Getränkevorräte gekümmert als um Timmi, und ich hatte Angst, dass das nicht gutgeht. Alkis kannst du nicht trauen. Ich bin dann nix wie weg. Und die Lehre konnte ich knicken. Mit Kind.«

»Das heißt, Timmi hat einen anderen Vater als die beiden anderen Kinder?«

Jacqueline nickte.

»Die Mädchen haben auch jede einen anderen Vater. Hatte echt Pech mit den Kerlen, weißt du.«

»Zahlen sie denn wenigstens?«

Jacqueline zuckte die Achseln. Natürlich zahlte keiner irgendwas. Mandys Vater wusste gar nicht, dass er eine Tochter hatte, und die anderen hatten eh nichts. Und wenn sie etwas hätten, würden sie ihr bestimmt nichts davon abgeben wollen. Aber das brauchte sie Konni jetzt nicht auf die Nase zu binden. Die war ja schön verheiratet. Die verstand das sowieso nicht. Inzwischen waren sie in der Physiotherapie angekommen und setzten sich auf die Wartestühle im Gang.

»Was für eine Lehre wolltest du denn machen, damals, als Timmi kam?«, fragte Konni und lehnte die Krücken an die Wand.

»Was heißt wollen!«, Jacqueline lachte. »Ich hab genommen, was ich gekriegt habe. Verkäuferin. Fleischereifachverkäuferin hätte ich auch lernen können, aber das ging mir gegen den Strich. Jeden Tag auf Fleisch gucken, brrr. Und dann riechst du irgendwann auch noch abends danach und merkst es nicht.« Sie schüttelte sich. »Aber hab ich ja eh abgebrochen. Du kriegst zu wenig Geld in der Ausbildung, und wie soll das gehen mit so einem kleinen Wurm?«

»Und was hättest du am liebsten gemacht, wenn du es dir hättest aussuchen können?«

»Was ich immer noch am liebsten machen würde. Kosmetikerin.«

»Aah«, Konni nickte und lächelte. »Die blaue Wimperntusche …«

»Genau. Leute schön machen, das wär's. Aber ich kann das gar nicht richtig. Da gibt's Schulen, die einen ausbilden, da versteh ich den Zettel mit den Aufnahmebedingungen noch nicht mal. Und die kosten Geld. Na ja, ist so ein Traum.«

»Und hast du inzwischen etwas anderes gelernt?«

»Nichts. Also keinen Beruf, wenn du das meinst. Ich habe halt gearbeitet, da kommst du eher über die Runden als mit einer Ausbildung. Bekommst schneller Jobs, weil sie dich schlechter bezahlen können. Hat alles zwei Seiten.«

Jacqueline sah, wie Konnis Stirn sich in Falten legte.

»Ich war nie gut in der Schule«, fuhr sie fort. »Lesen, rechnen, ist alles nicht so mein Ding.«

»Das ist aber wichtig im Leben.«

»Weiß ich jetzt auch«, seufzte Jacqueline. »Hat mir damals keiner gesagt.«

»Auch nicht deine Mutter?«

»Meine Mutter fand es gut, wenn ich Schule geschwänzt habe, dann konnte sie mich immer schicken.«

Auf Konstanzes fragenden Blick setzte sie nach: »Sprit holen. Darum ging's.«

Jacqueline schwieg einen Moment, dann sah sie Konni an.

»So eine Mutter wollte ich nie sein. Ich tu alles für meine Kinder. Alles, was ich kann.«

Konstanze schaute betroffen zu Jacqueline.

»So hab ich das nicht gemeint gestern. Ich wusste ja nicht … ich hab mir Sorgen gemacht, dass deine Kinder zu klein sind, um alleine zu bleiben.«

Jacqueline blickte auf ihre Hände.

»Mach ich mir auch oft. Am liebsten wäre ich immer bei ihnen. Immer. Aber was soll ich machen?«

Konstanze sah sie von der Seite an.

»Man kann doch bestimmt Zuschüsse bekommen, damit die Kinder in Einrichtungen betreut werden, während du arbeiten musst? Ich bin mir sicher, dass es da etwas gibt.«

»Ich geh nicht auf Ämter betteln. Mach ich nicht.«

»Vielleicht hat das mit Betteln gar nichts zu tun. Es gibt Gesetze, und entweder man fällt in irgendein Programm rein oder nicht. Es würde sich lohnen, das mal zu prüfen.«

Jacqueline winkte ab.

»Da muss man monatelang Papierkram abarbeiten, ich bin nicht so gut, wenn ich so was ausfüllen muss. Ich weiß nie, was wohin gehört, und dann mach ich was falsch und dann klappt es eh nicht, und ich werde doch nur wieder weggeschickt. Und dann fühle ich mich noch schlechter.«

»Ist das so?«, Konstanze sah sie überrascht an. »Ich dachte, in diesem Land bekommt jeder alles, was er braucht.«

Jacqueline lachte bitter auf. »Das haste aber auch nur gedacht! Wo lebst du eigentlich? Nicht im gleichen Land wie ich!«

»Aber du musst doch eine Ausbildung machen können! Das geht doch nicht, dass du ewig ungelernte Jobs machst, da kannst du ja niemals mehr erwirtschaften und etwas aus dir machen? Und wenn du gerne Kosmetikerin werden willst und drei Kinder hast, das ist doch unfair …«

Jacqueline sah Konni achselzuckend an und nickte. »So ist es. Wenn man nicht gerade zu den Schwerverdienern gehört, ist es eben unfair.«

»Das glaube ich nicht.«

»Ist aber so. Unser niedlicher Herr Doktor schickt mich hier zur Beratung, aber was ändert das schon.«

»Das ist gut, dass er das veranlasst hat.«

Ein junger, dynamischer weißgekleideter Mensch trat auf den Gang und sah sie beide an.

»Frau Holter?«

Jacqueline erhob sich. »Das bin ich.«

»Na, dann kommen Sie mal mit, damit wir Ihren Rücken wieder ein bisschen auf Vordermann bringen.«

»Rücken auf Vordermann«, Konstanze musste grinsen. »Aber Sie lassen den Rücken schon hinten an der Frau, oder?«

Jacqueline musste kichern und verdrehte die Augen, als der Mann in Weiß Konstanze ganz ernst antwortete, dass er das vorhabe.

»Wir warten auf uns hier, ja?«, rief Jacqueline im Gehen. »Ohne dich finde ich nie im Leben zurück!«

17

Die Physiotherapie fand Konstanze eindeutig zu unanstrengend und ihre Physiotherapeutin Hanna, ein junges, zartes Ding von vielleicht Anfang zwanzig, war ihrer Meinung nach viel zu lasch.

»Sie müssen mich schon mehr fordern, Hanna. Ich muss doch spüren, dass sich etwas tut.«

Während Konstanze wieder in ihre Schuhe schlüpfte, äußerte sie missmutig ihre Bedenken. Sonst dauerte das hier ja noch Monate! Das war nicht Sinn der Sache. Effizient musste es hier zugehen, wenn man in minimaler Zeit maximale Erfolge erzielen wollte. Wahrscheinlich hatte Hanna weder die nötige Erfahrung noch das nötige Wissen.

Zu frühe Überlastung sei ein viel größeres Risiko, hatte das junge Ding lächelnd geantwortet. Sie müsse schon Vertrauen haben, dass hier alles zu ihrem Besten geschähe. »Ich weiß, Sie sind selbst Ärztin, damit gehören Sie zu den schwierigsten Patienten! Glauben Sie mir, ich habe Erfahrung und weiß, wie wir Sie am besten wieder fit kriegen.«

»So viel Erfahrung können Sie noch gar nicht haben«, wandte Konstanze skeptisch ein. »Dazu sind Sie viel zu jung.«

»Das sieht nur so aus«, hatte Hanna geantwortet. »Gute Gene.«

»Und was haben Sie für einen Werdegang?« Konstanze wollte schließlich wissen, wem sie hier ihr Bein überließ. Vertrauen war gut, Kontrolle besser.

»Das Grundstudium Medizin wurde mir irgendwann zu theoretisch, da habe ich es abgebrochen und bin Physiotherapeutin geworden, Zusatzausbildung Sportphysio angehängt, im deutschen Olympiateam gearbeitet, dann bei Mainz 05, das war genau das Jahr, in dem sie aufgestiegen sind, und dann bin ich in die Reha. Dieser dauernde Leistungsdruck, den die alle hatten, das war nichts für mich. Zu viel Adrenalin und Testosteron. Hier bin ich so etwas wie eine Spezialistin für Beinarbeit. Also, keine Angst, Frau Doktor. Für Herzen sind Sie zuständig, um Ihr Bein kümmere ich mich.«

Dieses Mal musste Konstanze auf Jacqueline warten, die noch nicht wieder da war. Ihr Physiotherapeut war anscheinend gründlicher. Typisch, dass sie wieder die Niete gezogen hatte. Diese Hanna ruhte sich lieber in der Reha aus, als sich dem Leistungsdruck in der wahren Welt da draußen zu stellen. Sie hatte echt kein Glück mit den ganzen Umständen hier.

Sie schaute auf die Uhr. Es war gleich Zeit fürs Mittagessen. An ihrem linken Arm brummte und piepte es, und die Manschette blies sich schon wieder auf, erneut wurde ihr Blutdruck gemessen. Alle fünfzehn Minuten tat sich etwas an ihrem Oberarm, und sie fand nicht, dass man das einfach ignorieren konnte. Dr. Niedlich hatte es schön heruntergespielt. Wie sie damit heute Nacht auch nur ein Auge zubekommen sollte, war ihr ein Rätsel.

»Konstanze!«, ertönte es direkt hinter ihr, und sie drehte sich um. Theo blieb so dicht neben ihr stehen, dass sie seine Körperwärme spüren konnte, was ihr zwar auffiel, aber nicht wirklich unangenehm war.

»Wenn ich es nicht besser wüsste, würde ich mich der irren Hoffnung hingeben, du schnurrtest vor Freude, mich zu sehen …« Er deutete auf ihren Oberarm. »Bekomme ich auch noch in den nächsten Tagen. Nachts nervt es am meisten.«

»Befürchte ich auch.«

»Wir könnten zusammen durchmachen.«

»Welch großzügiges Angebot.«

»Wir könnten auch zusammen mehrere Schlummertrunke nehmen und ein paar Folgen Sandmännchen schauen …«

»Ich komme bei Bedarf darauf zurück.«

Konstanze versuchte ihm knappe Antworten zu geben und ein bisschen schnippisch zu bleiben, um das Gefühl zu überspielen, das seine Gegenwart in ihr auslöste. Sein Gequassel ging ihr auf die Nerven, es war immer von allem ein bisschen zu viel. Andererseits fand sie es auch durchaus amüsant, sich ein wenig unterhalten und ablenken zu lassen. Beunruhigender waren diese braunen Knopfaugen. Kuschelknopfaugen. Vielleicht fühlte sie sich so zu ihnen hingezogen, weil sie sie an ihren alten Teddybär erinnerten. Der Teddybär lächelte.

»Musst du noch zur Physio, oder bist du fertig?«

»Fertig. Ich warte auf Jacqueline. Sie geht verloren, wenn sie mich nicht als Kompass dabeihat.«

»Wie reizend von dir. Darf sie sprechen, wenn du ihr den Weg zeigst, oder hat sie Schweigepflicht?«

»Sehr lustig. Wann hast du zuletzt mit jemandem, den du nicht kennst, ein Zimmer teilen müssen? Wahrscheinlich vor fünfunddreißig Jahren in irgendwelchen Jugendherbergen.«

»Sagen wir vor fünfundzwanzig, ja. So ungefähr.«

»Tut mir leid«, sie musste unwillkürlich lächeln. »Das muss das Licht hier sein.«

Theo grinste ebenfalls. »Wahrscheinlich. Du hast aufgehört zu brummen.«

»Danke für den Hinweis.«

Sie atmete einmal tief durch.

»Wenn mich Jacquelines Gequassel nicht zum Ausrasten bringt, dann wird es das Gerät hier sein.«

»Sagst du mir Bescheid?«

»Weswegen?«

Konstanze sah ihn fragend an.

»Wenn du ausrastest. Konstanze außer Kontrolle. Ist bestimmt beeindruckend. Aus sicherer Entfernung.«

»Ich weiß nicht, was an Kontrollverlust beeindruckend sein könnte.«

»Du bist sehr diszipliniert, und du läufst sehr hochtourig, das klingt nach Feuerwerk …«

»Oh! Theo, der Menschenkenner! Ich kann nur auf Hochtouren laufen. Dieses bedächtige Schleichen und Warten hier bringt mich auf die Palme. Ich habe ein Grundtempo, und das ist schnell. Und? Wo ist das Problem? So funktioniere ich halt. Ich war schon immer schnell.«

»Frühgeburt?«

Konstanze lachte. »Stimmt! Frühgeburt, früher eingeschult, Klasse übersprungen …«

»Studium unter der Regelzeit absolviert?«

»Natürlich.«

»Früh geheiratet. Eine der ersten, die ihren Facharzt hatte.«

»So ist es.«

»Die schnelle Konstanze. Man muss sich wahrscheinlich gut festhalten, wenn man neben dir lebt. Der Fahrtwind …«

Theo sah Konstanze mit seinen braunen Knopfaugen neugierig an.

»Die Frage ist, ob man sich an dir festhalten kann, oder sich besser woanders Halt sucht.«

Er war ernst geworden, aber in den Fältchen um seine Augen saß ein verschmitztes Lächeln, das sie verunsicherte. Er sah sie noch immer unverwandt an, und während sie ihm antwortete, dass es immer besser war, sich auf niemanden zu verlassen, wenn man Halt suche, gelang es ihr nicht, ihren Blick aus seinem zu lösen, und sie dachte: »Mist, wenn mein Herz jetzt schneller schlägt, wird das Messergebnis verfälscht.« Und ihr Herz schlug schneller. Ziemlich schnell sogar. Um die Pupille herum war das Braun seiner Augen etwas heller, der äußere Kranz seiner Iris war dagegen fast schwarz. Seine Augen hielten sie fest wie ein Magnet, und ihr fiel verdammt noch mal kein kluger Witz ein, mit dem sie sich hätte distanzieren können. Ob er sah, wie schnell ihr Herz schlug?

Ein plötzliches Geräusch am anderen Ende des Ganges beendete diesen Moment der Spannung zwischen ihnen. Im Gang mit den Behandlungsräumen öffnete sich eine Tür, und sie hörten Jacquelines Stimme schon, bevor sie sie sahen. Erleichtert wandte Konstanze den Kopf in ihre Richtung.

»... und wie oft willst du mich so quälen? Dreimal die Woche? Das soll gut sein? Ich beschwer mich, Kleiner!« Ihr Physiotherapeut lachte und sagte etwas, was sie nicht verstanden, und dann kam Jacqueline auf sie zu. »Puh, wurdet ihr auch so gescheucht? Ich glaube, morgen kann ich gar nicht mehr laufen. Meine armen Bauchmuskeln. Du musst mich wahrscheinlich aus dem Bett hieven, Konni, sonst komm ich gar nicht raus.«

»Schön wär's«, antwortete Konstanze, zum ersten Mal ganz dankbar für Jacquelines Geplapper, das ihr half, wieder normal weiterzusprechen, als wäre nichts gewesen. Als hätte es diesen Blick zwischen Theo und ihr gar nicht gegeben.

»Wir haben gemütliche Geriatriegymnastik praktiziert, wie ich damit Muskeln aufbauen soll, ist mir ein Rätsel.«

Theo schaute sie schräg von der Seite an, auf eine Art, der sie entnehmen konnte, dass er nicht vorhatte, diesen Blick zwischen ihnen zu vergessen.

»Es war dir nicht hochtourig genug.«

»Stimmt genau«, antwortete Konstanze und stützte sich in ihre Krücken. Da half nur Flucht. »Dann rasen wir mal zum Speisesaal, oder?«

18

Als Konstanze und Jacqueline nach dem Essen wieder in ihrem Zimmer waren, griff Konstanze zum Handy. Philipp hatte gerade seine Mittagspause und war nicht in Gesprächslaune. Konstanze war schon klar, dass es ihm auf die Nerven ging, von ihr ständig an tausend Dinge erinnert zu werden, die er zu erledigen hatte. Aber war das ihr Problem? Genauso könnte sich Philipp auch selbst fragen, ob es ihr nicht auf die Nerven ging, ihn andauernd an alles erinnern zu müssen. Philipp hatte eben keine Ahnung, wie komplex so ein Familienalltag war, und er stellte sich das alles so einfach vor. Eben weil immer alles gut lief. Aber er hatte zum Beispiel keine Ahnung, wann die Putzfrau kam und was vorher zu tun war. Wann was einzukaufen war, welche Geburtstage von Freunden der Kinder anstanden, für die es noch keine Geschenke gab, wofür Kuchen gebacken werden mussten, wer wann mit dem Fahrdienst zum Fußball und zum Reiten dran war, wann die Müllabfuhr kam und welche Tonnen an welchem Tag rausgestellt werden mussten, wann Vokabeln abgefragt werden mussten, wie man Malte dazu bekam, seine Hausaufgaben zu machen, und wo sich Lottes schulische Schwachpunkte verbargen. Und dass man abends die Brotdosen der Kinder aus den Schultaschen holen musste, weil sie sonst kleine Schimmelurwalde mit sich herumtrugen. Es gab so viel, an was sie immer denken musste. Bestimmt vergaß Philipp auch, die Firma wegen der verstopften Dachrinne zu kontaktieren. Sie würde ihn noch einmal erinnern müssen. Sonst lief der Nachbar noch Amok, weil das Wasser beim nächsten Regen an falscher Stelle aus der Dachrinne lief und seinen heiligen Steingarten überschwemmte. Vom Unkraut, das den Garten während ihrer Abwesenheit zweifelsohne komplett überwuchern würde, ganz abgesehen. Und das war ja nur der private Teil. Wenn er ihr gesamtes Alltagsleben selbst im Griff hätte, müsste sie auch nicht ständig mitdenken.

Als sie ihm das gereizt vorhielt, schwieg er kurz. Dann holte er Luft und antwortete mit etwas gepresster Stimme, der sie deutlich anhören konnte, wie sehr er sich zusammenriss, dass sie doch nicht im Ernst glaube, dass er dazu überhaupt eine Chance hätte. Bevor er sich überhaupt Gedanken machen könne, habe sie immer schon vorgegriffen. »Ich bin eben schnell«, erwiderte sie aufgebracht. »Und wenn ich das nicht wäre, würde ja überhaupt nichts mehr geregelt werden!«

»Du bist *zu* schnell!«, verbesserte Philipp sie. »Und wenn du mal langsam machen würdest, wärst du jetzt hier und nicht in der Reha.«

Konstanze zog eine genervte Grimasse. »Wir würden unser Leben nicht bewältigen, wenn ich nicht so wäre, wie ich bin.«

»Wir würden ein anderes Leben führen.«

»Ach, willst du das? Willst du mir am Telefon zwischen Tür und Angel sagen, dass du ein anderes Leben führen willst?«

»Konstanze …« Er zögerte einen kleinen Moment. »Du könntest mir auch mal eine Chance geben.«

»Als ob ich das nicht tue! Wenn ich dir die Chance gebe und warte, dass du etwas von alleine übernimmst, dauert das gewöhnlich bis zum Sankt-Nimmerleins-Tag.«

»Tolle Meinung, die du von mir hast.« Philipp schwieg einen Moment, bevor er weitersprach. »Vielleicht reden wir heute Abend noch mal. Ich muss weiter.«

Konstanze beendete das Gespräch und legte das Handy auf ihren Nachttisch. Keine gute Stimmung. Eigentlich war die Stimmung zwischen ihnen oft so. Etwas zu gereizt. Etwas zu vorwurfsvoll, enttäuscht. Aber sie hatten immer so viel zu tun, da war das wahrscheinlich normal.

»Wie lange seid ihr eigentlich verheiratet?«, fragte Jacqueline, die ebenfalls auf ihrem Bett lag und sich schon zugedeckt hatte für ihren Mittagsschlaf, der ihr schließlich vom Arzt verordnet worden war.

»Fünfzehn Jahre.«

»Wow. Und liebt ihr euch?«

»Natürlich«, sagte Konstanze.

»Es hat sich irgendwie nicht so angehört.«

Eine kleine Stille trat ein.

»Es gibt immer Meinungsverschiedenheiten. Nach fünfzehn Jahren kann man sich nicht mehr ins Ohr säuseln«, rechtfertigte Konstanze sich.

»Aber es wäre schön, oder?«

»Unrealistisch. Braucht man sich nicht den Kopf drüber zu zerbrechen. Nach fünfzehn Jahren hat man keine Illusionen mehr. Man weiß aber auch, woran man ist. Was möglich ist und was nicht, und manchmal nervt einen genau das. Das ist aber der Alltag, oder?«

»So lange war ich noch nie mit einem Mann zusammen. Da kann ich echt nicht mitreden. Aber ich stelle mir vor, dass es einen glücklich macht, jemanden zu haben, den man richtig gut kennt und den man liebt. Und der einen auch liebt. Und dass man sich dann auch was Nettes sagt und froh ist, sich zu haben.«

Konstanze seufzte. Jacqueline war ziemlich naiv. Aber kein Wunder. Bei ihr galten eben andere Maßstäbe.

»Klar wäre das schön. Aber weißt du, nach einem Zehnstundentag in der Klinik, den ganzen Besorgungen, die man noch schnell auf dem Weg zu erledigen hat, dem Wirbel mit den Kindern und abends noch Essen und Hausaufgaben und Arztbriefe und Wäsche, und die Omas wollen noch angerufen werden und irgendwann dazwischen sollte man auch einmal Nachrichten schauen … da wäre es toll, wenn man einfach etwas abgenommen bekommt. Da fällt mir manchmal nicht viel Nettes ein, muss ich gestehen.«

»Wenn jemand so lange schon bei mir wäre, würde ich ihn voll verwöhnen«, sinnierte Jacqueline, während sie sich ihr Kissen zurechtknautschte. »Abends Kerzen anzünden, schöne Musik anmachen, so romantisch, weißt du? Damit er immer weiß, dass ich ihn liebe.«

Konstanze sah Jacqueline seufzend an. »Ach, Jacqueline, Liebe und so eine Kitschromantik, das hat wenig miteinander zu tun.«

»Mehr als du denkst! Dein Mann würde sich freuen, das kann ich dir sagen. Probier's mal, wenn du wieder zu Hause bist«, gab Jacqueline zurück. »Du hast es so gut! Du hast einen Mann, der jetzt grad alles macht, also, ich würde ihm Küsschen durchs Telefon pusten, damit er nicht auf dumme Gedanken kommt, während ich weg bin.«

Konstanze lachte, auch wenn ihr grad nicht besonders fröhlich zumute war. »Der kommt nicht auf dumme Gedanken. Dazu hat der gar keine Zeit.«

»Weißt du's? Wenn ich dem Mike mit so einem Genörgel käme, wär der gleich auf und davon.«

»Was heißt denn hier Genörgel? In einer Partnerschaft kann man etwas voneinander einfordern. Vor allem wenn es eine Schieflage gibt.«

Genörgel. Die stellte sie ja grade hin, als wäre sie Xanthippe persönlich. Der Begriff einer gleichberechtigten Partnerschaft war ihr bestimmt noch nicht untergekommen, armes Ding. Jacqueline kannte den Unterschied zwischen Genörgel und berechtigter Forderung nicht. Kein Wunder, bei all dem, was sie anscheinend erlebt hatte. Aber das war nicht ihr Problem. Und das würde es auch nie werden. Und am besten taten sie wahrscheinlich daran, dieses Thema künftig komplett zu meiden. Fremde Welten. Jacqueline hatte überhaupt keine Ansprüche, weder an sich selbst noch an andere. Konstanzes Ansprüche waren dagegen hoch. Besonders die, die sie an sich selbst stellte. Aber sie fand, dass ihr das auch das Recht gab, hohe Ansprüche an ihre Umgebung zu stellen.

»Glaubst du, dass Theo eine Frau hat?«, tönte es vom Bett gegenüber. »Ring hat er jedenfalls keinen.«

Wie kam sie denn jetzt darauf? »Glaube ich nicht«, sagte Konstanze spontan, wobei sie gleichzeitig zu überlegen begann, warum sie das eigentlich nicht glaubte.

»Ich auch nicht«, stimmte Jacqueline ihr zu. »Der sucht. Das siehst du sofort. Wobei hier bestimmt viele eine Frau zu Hause haben und trotzdem suchen. Aber bei Theo glaub ich das nicht, der ist irgendwie ernsthafter. Obwohl er so lustig ist. Ich glaube, das ist seine Masche.«

Konstanze wusste sofort, was Jacqueline meinte. Obwohl die Masche unterhaltsam war, ging ihr der Humor genau deshalb auch auf die Nerven. Und beunruhigte sie gleichermaßen.

»Ich glaube, der mag mich«, seufzte Jacqueline. »Er schaut mich immer so an. Weißt du.«

»Nein«, sagte Konstanze stirnrunzelnd. »Weiß ich nicht. Wie denn?«

»So wie Männer halt gucken. Günther guckt auch so. Aber Günther hat eine Frau zu Hause. Und Theo wahrscheinlich nicht. Und Theo ist beim Fernsehen. Das spricht für Theo, oder?«

»Eindeutig«, bemerkte Konstanze und dachte, sie müsse vielleicht mal etwas genauer hinschauen, entging ihr da etwas? Schaute dieser Theo hier jede Frau mit seinen Knopfaugen an? Auf der verzweifelten Suche nach einem Kurschatten? Das hatte er doch nicht nötig. Oder am Ende doch? Und dass Günther auf irgendetwas anderes guckte als auf die Fleischportionen auf den Tellern der anderen, war ihr bisher auch entgangen. Vielleicht hatte Jacqueline kleine Halluzinationen. Bei dem scharfen Zeug, das sie in ihrem Fläschchen bei sich hatte, eigentlich kein Wunder.

19

Tautreten! Konstanze konnte es kaum fassen, dass sie tatsächlich heute Morgen vor dem Frühstück, vor allem jedoch vor ihrem ersten Kaffee, mehr oder weniger freiwillig mit zum Tautreten gehen würde. Und das nach der halbwegs schlaflosen Nacht, während derer sich die Manschette an ihrem Arm immer wieder summend aufgepumpt und sie geweckt hatte. Wenigstens versuchte sich Jacqueline tatsächlich etwas zusammenzureißen und nicht ständig zu reden. Es gab immer noch mehr Gespräch, als Konstanze lieb war, aber es war wesentlich erträglicher als am gestrigen Morgen, und Konstanze wusste das durchaus zu schätzen.

Zusammen mit Theo, Jacqueline und ziemlich vielen anderen der Neuangereisten hatte sie gestern Nachmittag den angekündigten Vortrag zum Thema Bewegung gehört, nicht ahnend, dass es sich hier bereits um die Einführung des berüchtigten Antistressprogramms handelte, zu dem ihr Dr. Niedlich so unverblümt geraten hatte. Es schien hier aber auch wirklich jedem angedient zu werden. Frau Schiller, die ihnen den Vortrag gehalten und das Programm vorgestellt hatte, war ungefähr in ihrem Alter, eher etwas älter, und entsprach genau Konstanzes Vorstellung von »Antistress«.

Frau Schiller war schon komplett ergraut und unternahm anscheinend keinen Versuch, ihr Grau zu übertönen, so wie sie selbst das seit einigen Jahren praktizierte. Man wirkte einfach viel jünger und dynamischer, wenn diese ersten Silberfäden unsichtbar blieben. Frau Schiller war dazu aus Überzeugung komplett ungeschminkt und trug eine Art bunten Lagenlook, der ihrer Meinung nach im Zusammenspiel mit den grauen Haaren, die sie am Oberkopf zu einem Dutt zusammengebunden hatte, viel zu jugendlich wirkte. Lotte und ihre Freundinnen trugen ihr Haar auf diese Art. Bei den jungen Dingern sah das ja ganz süß aus. Aber bei jemandem in Frau Schillers Alter sah es so aus, als würde sie gleich ihr Gesicht reinigen wollen. Konstanze fühlte sich sofort in ihrem Urteil bestätigt, dass dieses ganze Antistressgehabe überhaupt nichts für sie war. Wie irgendjemand, aber vor allem, wie sie selbst als gestandene Frau dazu gebracht werden könnte, so einer wandelnden Farbtherapie zu vertrauen und Ratschläge von ihr anzunehmen, war ihr schleierhaft.

Jacqueline hatte etwas von Stilberatung gekichert, und Konstanze hatte überrascht festgestellt, dass sie sich in dieser Hinsicht tatsächlich einig waren. Wenn sich Konstanze auch nicht sicher war, dass Frau Schiller von Jacquelines persönlicher Stilberatung unbedingt profitieren würde.

Nur Theo hatte den Look der Dame vehement verteidigt. Dieser bunte Farbklecks zwischen all den weißen Kitteln, das sei doch mehr als erfrischend für Auge und Seele zugleich, die Aufhebung der konservativen Kleiderordnung, die in Kliniken vorherrsche, sei damit vorangetrieben, was wiederum dem Individuum Mut mache, sich zu verwirklichen und auch unangepasste, eigene geschmackliche Wege zu gehen, sich selbst zu finden und auszudrücken. Eine pädagogische ja, eine fast heilende Art von Kleidung. Jacqueline hatte Theo angestarrt, als käme er vom Mars, und Konstanze hatte zwar grinsen müssen, doch das Wort »Masche« war ihr nicht aus dem Sinn gegangen. Sie hatte letztens gelesen, dass Frauen sich schnell zu Männern hingezogen fühlten, die sie zum Lachen brachten. Hatte er wahrscheinlich auch gelesen. Trotzdem hatte sie das Gefühl, dass sein Humor mehr war als eine Masche, um Frauen rumzukriegen. Eher eine Masche, um überhaupt durchs Leben zu kommen.

»Und worauf lässt mein Kleidungsstil schließen?«, hatte sie ihn gefragt, und er hatte sich zu ihr gedreht, um sie zu mustern, als hätte er sie noch nie vorher angesehen und würde zum ersten Mal schauen, was sie eigentlich trug. Sein Blick wanderte an ihr auf und ab und blieb wieder einen Moment zu lang an ihren Augen hängen. »Helle Naturtöne geben ein Bild von Eleganz, fließende edle Materialien, hinter denen man sich verbergen kann, ein Gefühl von Leichtigkeit wird erzeugt.« Er hatte sie breit angelächelt. »Dabei weiß jeder, wie anstrengend und beschwerlich es ist, mit hellen Klamotten halbwegs manierlich durch den Tag zu kommen. Die Botschaft, die Konstanzes Kleidung an uns sendet ist: Mit Disziplin kann alles gelingen. Auch wenn es nicht immer Spaß macht.«

Frau Schiller hatte über alle Arten von Stress doziert, über aktiven und passiven Burn-out, über Adrenalin, hormonelle Botenstoffe, die Bedeutung von Sport und Bewegung, von Achtsamkeit und Meditation, Anspannung und Entspannung und dabei kein Modewort ausgelassen, das in jeder besseren Frauenzeitschrift zu finden war.

Jacqueline hatte beeindruckt geschwiegen und ihr dann zugeflüstert, dass man das hoffentlich nicht erst alles verstehen müsse, um sich zu entspannen. Denn dann würde bei ihr so schnell nichts daraus.

»Sie spricht von ganz banalen Sachverhalten«, hatte Konstanze zurückgeraunt. Und etwas lauter hinzugefügt: »Wortreichtum ist nicht immer ein Zeichen von komplexem Wissen und Verstand.« Theo hatte ihr daraufhin einen amüsierten Blick zugeworfen, und dann hatten sie alle wieder brav nach vorne geschaut und Frau Schillers Vortrag gelauscht.

Jetzt also Tautreten. Die Kinder würden sich totlachen, wenn sie ihnen später erzählte, dass sie für ihr Achtsamkeitstraining schon vor sieben Uhr morgens barfuß durchs Gras gestakst war. Und Philipp wahrscheinlich auch. Und mit ihm die halbe Kollegenschaft. Vielleicht behielt sie es besser für sich.

Während Jacqueline in ihre unvermeidlichen Tigerleggings schlüpfte, wenigstens nicht in dieses türkise, viel zu kleine Etwas, in das sie sich bei ihrer Ankunft gerade gezwängt hatte, zog Konstanze ihren hellen Jogginganzug an und klemmte sich ein kleines Handtuch unter den Arm.

Gemeinsam gingen sie hinunter ins Foyer, wo sich bereits ein ordentliches Grüppchen versammelt hatte, um auf Frau Schiller zu warten. Konstanze seufzte, als Theo zielstrebig auf sie beide zusteuerte: Für seine wortreichen Anwandlungen hatte sie vor dem ersten Kaffee überhaupt keinen Sinn.

»Theo …«, setzte Konstanze an, und Theo und Jacqueline grinsten verschwörerisch, als Theo ihr sofort ins Wort fiel.

»Keine Sorge. Ich sage lediglich ›Guten Morgen‹, und dann schweige ich still wie das feuchte Gras. Bin auch noch nicht wach.«

»Guten Morgen«, Konstanze ertappte sich bei einem kleinen Lächeln und folgte dem Tross, der sich nun in Bewegung setzte, nach draußen.

Konstanze war schon lange nicht mehr morgens so früh einfach so im Freien gewesen. Wenn sie früh draußen war, dann um rasch die Zeitung reinzuholen, damit man sich beim Frühstück schon mal schnell über den Tag informieren konnte, oder um zum Auto zu laufen und zur Klinik zu fahren. Wenn sie an der Klinik ankam, fuhr sie direkt ins Parkhaus und von dort mit dem Aufzug zu ihrer Station.

Die Luft war frisch und fühlte sich sauber an. Aber kühl. Sie war froh, dass sie noch die warme Jacke übergezogen hatte. Unwillig schlüpfte sie aus ihren Schuhen, um ins kalte, nasse Gras zu treten, wie Frau Schiller sie nun alle anwies. Sie sollten in eigenem Tempo und in absolutem Schweigen langsam über die Wiese gehen und einfach wahrnehmen, was sie umgab. Das Gras war nass und irgendwie glitschig, und Konstanze hatte das Gefühl, schmutzige Füße zu bekommen, und das mochte sie überhaupt nicht. Außerdem war es verdammt kalt. Wenn sie sich bloß keine Erkältung holte. Das musste eigentlich auch einer Frau Schiller klar sein, dass kalte Füße, Erkältung und Blasenentzündung nicht weit voneinander entfernt lagen. Wenn sie sich im nassen Gras etwas einfing, war gleich Schluss mit Achtsamkeit. Sie stützte sich auf ihre Krücken und schaute sich um, was die anderen machten. Manche standen andächtig mit geschlossenen Augen und fühlten gehorsam in ihre Fußsohlen hinein oder in ihre Lungen, die sich laut Frau Schiller nun mit frischer, neuer Morgenluft füllen sollten. Das waren die ganz Braven, die Musterschüler. An denen hatte Frau Schiller bestimmt ihre Freude. Konstanze seufzte. Jacqueline trabte weiter vorne langsam über die Wiese, und Konstanze konnte nicht erkennen, ob sie sich an ihrem frischen, neuen Atem erfreute oder ob ihre Fußsohlen ihr wohl irgendetwas meldeten. Theo stand links neben ihr, schaute konzentriert nach unten und wackelte mit seinen großen Zehen im Gras. Als er bemerkte, dass sie ihn anschaute, drehte er den Kopf zu ihr und zwinkerte ihr mit seinen Knopfaugen zu. Sie schaute seufzend auf ihre eigenen Zehen und dachte, ob sie nun mit ihnen wackelte oder nicht, kalt war es auf jeden Fall. Und sie hätte wirklich lieber warme Füße und einen Kaffee.

»Jeder bleibt nun ganz bei sich, wir schielen nicht nach rechts und links, jeder macht seine eigenen Erfahrungen an diesem Morgen, und auch wenn unsere Gedanken im Kopf kreisen und die Füße keine Wahrnehmungen ins Gehirn melden oder wenn wir uns kalt und unwohl fühlen, wir nehmen es an, wie es ist, und nehmen uns einfach wahr. Jetzt in diesem Moment …«

Konstanze fühlte sich ertappt und schaute skeptisch in die Richtung, aus der Frau Schillers Stimme kam. Hatte Frau Schiller sie schon auf dem Kieker? Doch Frau Schiller schaute sie gar nicht an. Sie sah zum Glück in eine andere Richtung. Schnell nutzte Konstanze die Gelegenheit, einen Blick auf ihre Armbanduhr zu erhaschen. Ewig konnte das hier nicht dauern. Ihr Blutdruckmessgerät, das sie immer noch umgeschnallt hatte, begann wieder eine neue Messung, die Manschette blies sich brummend auf, und Frau Schiller sah wegen des Summens zu ihr herüber.

»Auch wenn uns etwas stört, nehmen wir es einfach wertfrei wahr und fühlen den Unterschied, wenn es wieder vorbei ist.«

Sie nickte ihr freundlich zu und ging dann ein paar Schritte weiter. Danke auch für den Tipp, dachte Konstanze, ganz toll, und sie war froh, dass Frau Schiller nicht noch bei ihr stehen blieb, um abzuwarten, ob sie auch bestimmt den Unterschied fühlen könnte. Sie wartete, bis sich die Manschette wieder geleert hatte und das Brummen verstummte. Hoffentlich mussten sie nicht am Ende noch in der Gruppe darüber reden, was die Wiesenerfahrung mit ihnen gemacht hatte. Welche Weisheiten die Tautropfen ihren Fußsohlen zugeflüstert hatten. Sie ging ein paar Schritte, um vielleicht doch etwas wärmer zu werden, und ließ ihren Blick schweifen.

Die Wiese, auf der sie standen, schwang sich sanft zu einem kleinen Wald hinauf, der sie auf einer kleinen Anhöhe begrenzte. Die Klinik lag schön in dieser weich geschwungenen Hügellandschaft in einem weiten Tal, aus dem verschiedene Wege führten, die alle etwas Einladendes hatten. Wenn man denn laufen konnte. Sie musste sich noch ihren Trainingsweg suchen. Vielleicht könnte sie das heute Mittag in der Ruhezeit machen. Die Wege führten durch Wiesen, Felder, Weiden und Obsthaine, deren Bäume in der frühen Sonne lange Schatten warfen. Eigentlich war es ein freundlicher, blankgeputzter Morgen. Und obwohl es kalt war und Konstanze noch immer fröstelte, fand sie es schön, dass alles so unberührt und frisch vor ihr lag. Sie ging noch ein paar Schritte, in der Hoffnung, wärmere Füße zu bekommen, und erinnerte sich plötzlich an einen Urlaub, der lange her war. Da hatten sie noch studiert, und sie und Philipp waren mit einem Zelt unterwegs gewesen und meistens schon sehr früh mit der Sonne aufgewacht. Wenn sie dann den Reißverschluss des Zelts geöffnet hatten, war die Welt auch feucht von Tau gewesen, genau wie jetzt. Die Wiesen hatten in der Sonne geglitzert, und sie hatte das wunderbare Gefühl gehabt, dass dieser Tag ihr gehörte. Sie dachte an diesen Urlaub, an Philipp, an diese erste gemeinsame Zeit. Es war echt lange her. Da waren sie so verliebt ineinander gewesen. Aber das ließ sich im Alltag unmöglich festhalten. Nach so vielen Jahren. Und man wusste heute auch vieles, was man damals noch nicht wusste und vielleicht auch gar nie wissen wollte, von sich und vom anderen.

Frau Schillers Stimme riss sie aus ihren Gedanken. »Nun atmen wir alle noch einige Mal tief ein und aus und kommen langsam wieder hier zusammen.«

Konstanze schwante Übles. »Zusammenkommen«, das stand bestimmt für Erfahrungsaustausch. Aber zum Glück verabschiedete sich Frau Schiller nur von der Gruppe, bedankte sich kopfnickend, so dass ihr Dutt wippte und Konstanze schon befürchtete, dass er sich auflöste, und tat kund, dass sie hoffe, sie alle morgen früh wiederzusehen und um 16.30 Uhr diejenigen, die sich ihre Schnupperstunde für das autogene Training anschauen wollten.

Als Konstanze sich kurz darauf ihre feuchten Füße mit dem mitgebrachten Handtuch trockenrieb und ihre Socken überzog, stellte sie erstaunt fest, dass ihre Füße warm waren.

20

»Und? Entspannt?« Theo schaute fragend zu Konstanze, als sie zusammen mit den anderen am Frühstückstisch saßen und nach dem morgendlichen Ausflug ins nasse Gras endlich ihren wohlverdienten Kaffee trinken konnten.

»Wie nie zuvor in meinem Leben«, frotzelte Konstanze. »Ein bisschen Tau, und man wird zu einem neuen Menschen, oder?«

»Absolut«, pflichtete Theo ihr bei. »Man sollte viel öfter in einen Dialog mit den eigenen Fußsohlen am frühen Morgen treten.«

»Vielleicht kannst du beim nächsten Mal sogar direkt mitschreiben? Was mein Fuß mir erzählte. Daraus kann Literatur werden.«

»Poesie«, überlegte Theo. »Ein Gesellschaftsroman? Oder könnte es gar eine Liebesgeschichte werden?«

Er warf ihr einen etwas zu intensiven Blick zu, und Konstanze nahm ihr Brötchen in die Hand: »Zwischen dem Zeh und dem Grashalm?«

Während sie herzhaft in ihr Honigbrötchen biss, für das sie heute das Müsli hatte stehen lassen, sah Jacqueline stirnrunzelnd von Theo zu Konstanze. »Ich glaube, ihr zwei habt zu viel frische Luft abgekriegt.«

Irene, heute in fliederfarbenem Nicki, kicherte leise und nickte zustimmend.

»Ich glaube«, sagte Theo, »dass Konstanze trunken von Morgenluft, gerade ihre lustige Seite entdeckt. Und wir dürfen Zeugen sein. Unsere Jacki singt abends in der Bar, und unsere Konni scherzt, wenn sie Morgentau an den Füßen spürt. Jeder hat den Spaß, den er verdient, oder?« Er schaute Konstanze an und zwinkerte ihr liebevoll zu. Günther, das Doppelknie, saß schon die ganze Zeit schweigend vor seinem Brot und hatte Jacqueline fest im Blick. Jetzt fand er anscheinend, dass der richtige Zeitpunkt gekommen war, holte kurz Luft und setzte an zu sprechen.

»Soll ich dir etwas mitbringen, Jacki?«, fragte er sie.

Er wollte am Nachmittag in den Ort fahren. Zum Supermarkt. »Oder auch euch? Wenn ihr etwas braucht?«, setzte er höflicherweise hinzu. »Die Abende sind ja lang. Etwas zum Naschen?« Sein letzter Satz wandte sich wieder nur an Jacqueline.

»Wann fährst du denn?«, fragte sie. »Vielleicht komme ich einfach mit?«

»Naschen …«, seufzte Theo. »Etwas naschen an langen Abenden, klingt irgendwie nach verbotenen Früchten, oder?«

»Da komme ich auch mit«, rief Irene begeistert, und Günther war deutlich anzusehen, dass er es besser gefunden hätte, mit Jacqueline alleine zu fahren.

»Um vier«, sagte er etwas freudlos und sah Jacqueline erwartungsvoll an.

»Mensch, genau da haben wir autogenes Training, wie schade, da geh ich mit Konni hin«, seufzte Jacqueline. »Und mit Theo.« Sie klimperte ihn mit ihren heute dunkel getuschten Wimpern an und wandte sich dann wieder an Günther. »Aber ich überlege mal, ob ich was brauche, und sage dir beim Mittagessen Bescheid, okay?«

»Okay«, seufzte Günther ergeben.

Theo beobachtete Günthers Blicke, die Jacqueline scheinbar unbeteiligt streiften, und zwinkerte Konstanze zu: »Liebesgeschichte, hm …«

»Wenn du meinst …«, Konstanze wiegte grinsend den Kopf hin und her und schaute kurz zu Günther, der sich wieder in sein äußerst deftiges Frühstück vertieft hatte. Gekochte Eier, Leberwurst, Butter und Käse, und drei Brötchen hatte er sich dazu gebunkert.

»Also, ich mag Liebesgeschichten«, sagte Jacqueline und strahlte in die Runde, vor allem aber zu Theo, was Günther dazu brachte, wieder misstrauisch von seinen Wurstscheiben aufzuschauen.

»Egal welche. Und das war doch toll da draußen, oder? Normalerweise hab ich mich um diese Zeit schon mit meinen Zeitungen abgehetzt. Da seh ich überhaupt nicht, wie schön es frühmorgens ist. Alles ganz frisch irgendwie, da fühlt man sich gleich auch so. So neu.«

»Wenn Frau Schiller das gehört hätte, wäre sie bestimmt überglücklich! Aber du hast recht«, fügte Konstanze hinzu. »Es hat etwas, so früh auf einer Wiese zu stehen. Ich habe es mir schlimmer vorgestellt. Trotzdem brauche ich das nicht jeden Morgen. Vor allen Dingen nicht vorm Frühstück.«

Die Manschette brummte wieder, und Konstanze schaute auf die Uhr. Noch eine Stunde, noch vier Mal würde sich die Manschette aufpusten, dann hätte sie wieder Ruhe am Arm und der Niedlich würde sich hoffentlich auch zufriedengeben, wenn er das aufgezeichnete Protokoll durchsah.

Doch als Konstanze am nächsten Tag in Dr. Niedlichs Sprechstunde saß und er das aufgezeichnete Protokoll durchsah, war an Zufriedenheit nicht zu denken. Im Gegenteil. Er schaute sie ernst an.

»Ihr Blutdruck ist zu hoch und Ihr Puls ist zu schnell. Wir machen mal eben ein EKG.«

Er stand auf, und steckte kurz den Kopf ins Nebenzimmer. »Ist das Belastungs-EKG frei? Und Doppler? Tragen Sie uns gleich ein?«

Konstanze schaute ihn irritiert an.

»Ist das nicht ein wenig übertrieben?«

Doch als sie danach zusammen auf das Papier schauten, das die Herzbewegungen aufgezeichnet hatte, musste auch Konstanze erkennen, dass ihr Ruhepuls mit hundert Schlägen pro Minute eindeutig zu hoch war und dass sie tagsüber durchaus auch mal auf hundertsechzig kam. Er hatte recht. Sie war tachykard, und bei diesem Befund würde sie die gleichen Untersuchungen anordnen. Bei anderen Patienten. Aber bei ihr selbst?

»Wir machen ein Labor«, schlug Konstanze vor. »Bestimmt fehlen mir Mineralien. Kalzium- und Magnesiummangel können das auch verursachen.«

»Wir machen auf alle Fälle ein großes Labor. Aber ich wette mit Ihnen, dass sich hinter der Tachykardie ein hyperkinetisches Syndrom versteckt«, widersprach Dr. Niedlich. »Sie haben Stress, und Sie haben wenig Ausgleich, Ihre vegetative Reizleitung ist gestört, und da müssen wir jetzt ansetzen. Sie wissen selbst am besten, was wir nun alles untersuchen müssen, und ich werde grade bei Ihnen ganz bestimmt nichts auslassen. Aber ich bin mir ziemlich sicher, dass wir mit Entspannung und Bewegung viel erreichen. Wir sollten auch an einen niedrig dosierten Betablocker denken, Sie schlafen sicher schlecht, oder?«

»Geht so«, Konstanze nickte. »In letzter Zeit schlafe ich natürlich wirklich nicht gut, aber wer schläft schon gut in Krankenhäusern oder Zweibettzimmern, mit all den Dingen vor Augen, die man eigentlich zu erledigen hätte und nicht kann.«

Dr. Niedlich nickte langsam.

»Wir warten mal die Ergebnisse ab. Und sagen Sie, wie viele Tassen Kaffee trinken Sie am Tag?«

»Vier«, antwortete Konstanze. »Zwei morgens, zwei nachmittags, na ja, vielleicht auch fünf. Wenn ich arbeite, werden es auch mal mehr.«

»Denke ich mir. Kaffee streichen Sie ab sofort schon mal komplett aus Ihrer Ernährung.«

»Niemals. Ohne Kaffee bin ich nur ein halber Mensch!«

»Ohne Kaffee werden Sie erst mal ein ganzer Mensch, wir müssen Ihren Puls senken.«

»Natürlich. Aber mein Kaffee …«, sie seufzte abgrundtief und nickte dann ergeben. »Ich weiß. Kein Kaffee. Ich verordne es meinen Patienten ja auch. Es sagt sich so leicht. Wenn es einen nicht selbst betrifft.«

»Vielleicht tröstet es Sie, dass ich auch keinen Kaffee mehr trinke. Ab und zu mal eine Tasse nachmittags, aber das dauernde Kaffeetrinken, wie das in unseren Kliniken so üblich ist, habe ich mir komplett abgewöhnt.«

»Warum?«

»Hyperkinetisches Herzsyndrom? Nennen Sie es, wie Sie es wollen, Stress und Kaffee und kein Ausgleich. Ich habe mir nicht das Bein gebrochen wie Sie, leider. Das wäre vielleicht meine Chance gewesen, innezuhalten und zu merken, was ich mir eigentlich antue. Ich habe die Zeichen ignoriert, bin dann aber komplett zusammengebrochen. So richtig. Burn-out. Klinik, Kur, Auszeit, das volle Programm. Als ich wieder arbeiten konnte, war die Gefahr groß, sofort in das alte Muster zurückzurutschen. Deshalb bin ich aus der Akutklinik raus, die Dienste, die Überstunden, die Überbelegung, keine Zeit für Patienten, diese ganze Mühle. So bin ich hier gelandet. Seitdem geht es mir gut.«

»Und das erzählen Sie mir alles, weil …?«

»Weil ich das Gefühl habe zu verstehen, wie Sie ticken und wie es Ihnen geht. Ich bin selbst so disponiert. Und weil ich Sie warnen möchte. Nehmen Sie das ernst, was Ihr Körper Ihnen sagt. Die Zeit hier ist eine Chance für Sie.«

»Ich hab's nicht so mit der Psychosomatik.«

»Als Kardiologin? Das Herz ist doch ein Paradebeispiel für Psychosomatik.«

Konstanze zuckte die Achseln. »Ich sehe das Herz anders. Unabhängiger. Schicksalhafter.«

Er sah sie neugierig an, aber Konstanze hatte keine Lust, ihm zu erzählen, was sie über Herzen dachte. »Und ich trinke gerne Kaffee«, fügte sie hinzu. »Sehr gerne.«

»Ich habe damals mit koffeinfreiem angefangen. Und viel Wasser. Jetzt trinke ich morgens grünen Tee, viele Antioxidantien, und immer noch viel Wasser. Alles eine Frage der Gewöhnung.«

»Und wie werden Sie morgens wach?«

»Ich gehe raus.«

»Tautreten?«, fragte Konstanze spöttisch.

Aber Dr. Niedlich schüttelte grinsend den Kopf.

»Ah, Sie waren heute schon bei Frau Schiller. Nein, ich laufe eine Runde. Danach ist man wacher als nach jedem Kaffee. Glauben Sie mir.«

Als Konstanze mit allen Untersuchungen durch war und Dr. Niedlichs Sprechzimmer verlassen hatte, war ihr nicht danach, gleich in ihr Zimmer zu gehen und womöglich auf Jacqueline zu treffen, die sie wieder als Navigator brauchte, um den Weg zur Entspannungsübung zu finden. Entspannung! Wie sollte sie sich denn entspannen? Sie humpelte durch die Gänge, um erst mal nach draußen zu kommen. Sie musste an die Luft.

Vor der Klinik setzte sich auf eine Bank und versuchte, tief durchzuatmen. Das gebrochene Bein war doch wirklich schon genug Pech. Und jetzt auch noch das. Ein zu hoher Puls! Was denn noch, dachte sie. Hyperkinetisches Syndrom. Das war an sich ja nichts Dramatisches. Nicht mehr als ein Sammelbegriff für sämtliche Störungen in der Reizleitung des Herzens. Zudem waren sich die Mediziner über das Krankheitsbild nicht wirklich einig. Fest stand, wenn der Körper bei Stress über zu lange Zeit zu viel Adrenalin produzierte, konnte es irgendwann nicht mehr abgebaut werden, das trieb zunächst den Puls in die Höhe. Genau das war passiert, und sie hatte es nicht gemerkt.

Sie stellte sich ihr Herz vor. Als sie eben im Ultraschall gesehen hatte, wie schnell es schlug, wie pausenlos es pumpte, in einem Wahnsinnstempo, hatte sie plötzlich Angst bekommen. Das hält es nicht lange durch, hatte sie gedacht. Das schafft es doch gar nicht. Warum tat es ihr das an? Sie war doch schnell und gut und belastbar. Warum wollte ihr Herz dabei nicht mitmachen? Warum machte es ihr einen Strich durch die Rechnung, verdammt. Sie spürte, dass ihr Tränen in die Augen stiegen, und wischte sie weg.

Als ihr Telefon klingelte und sie sah, dass es Philipp war, ließ sie es eine Weile klingeln, unschlüssig, ob sie drangehen sollte. Wahrscheinlich wollte er wissen, wie das Ergebnis der Messungen war. Sie wusste noch nicht genau, was sie ihm antworten sollte. Wenn sie ihm sagte, was los war, würde er sich Sorgen machen. Das war eigentlich nicht nötig. Bestimmt bekam sie es in der Zeit, in der sie hier war, wunderbar in den Griff. Die Ruhe, ein paar leichte Betablocker, dann würde das schon wieder werden. Bis sie nach Hause fuhr, war alles Geschichte. Wahrscheinlich, dachte sie, kam das Ungleichgewicht auch durch die plötzliche Umstellung, und natürlich reagierte ein Herz darauf. Sie raste ja stets durch ihren Alltag, Gaspedal ganz durchgedrückt, und dann hatte der Sturz sie von einer Sekunde auf die andere lahmgelegt. Kein Wunder, dass sie inwendig noch auf Tempo programmiert war. Tempo war ihr Leben. Und nun schoss das alles ins Leere. Daran musste sich auch ein Herz erst einmal gewöhnen. Das brauchte Philipp nicht unbedingt zu wissen. Und sehr insgeheim, so dass sie es sich kaum vor sich selber eingestehen konnte, dachte sie, dass es ja auch erst mal niemand aus ihrer Abteilung erfahren musste. Wenn Jeckel, ihr Chef, zum Beispiel nachfragen würde, wie es ihr ginge, und Philipp würde antworten, oh, hyperkinetisches Herzsyndrom … für die anstehende Entscheidung, wer sich zum Chefarzt eigne, würde sie dadurch bestimmt nicht punkten. Wenn Philipp aber gar nichts davon wüsste, könnte er es auch nicht ausplaudern. Das war eigentlich das Beste.

Nachdenklich schaute sie auf das Handy in ihrer

Hand, auf dem nun ein Bild von Philipp leuchtete. Verpasster Anruf: Philipp. Auf dem Bild trug er das hellblaue T-Shirt, das ihm die Kinder zum letzten Geburtstag geschenkt hatten. Das hatten Lotte und Malte ganz alleine hinbekommen. Lotte hatte heimlich ein T-Shirt von Philipp angezogen, das ihm gut passte, und Malte hatte sie mit seinem Handy fotografiert. Dann hatte Lotte in der Stadt T-Shirts anprobiert, sie hatten dies mit der Aufnahme im Handy verglichen und waren dadurch ziemlich clever und dank Smartphone zu einem genau passenden T-Shirt gekommen. Sie musste lächeln. Das Blau stand ihm gut, und er lachte in die Kamera. Aber um seine Augen herum war ein müder Zug, den sie vorher nie richtig wahrgenommen hatte. Verpasster Anruf. Sie klickte das Bild weg und steckte das Handy wieder in ihre Tasche. Später würde sie ihm sagen, dass alles in Ordnung war.

Dabei war ein Ruhepuls über hundert keineswegs in Ordnung. Kein Wunder, dass sie sich immer so gehetzt fühlte. Und so leicht gereizt. Was sie irritierte, war, dass sie es selbst nicht gemerkt hatte. Als Herzspezialistin hatte sie nicht bemerkt, dass ihr eigener Puls zu hoch war. Das gab ihr zu denken. Sie atmete einmal tief durch und versuchte, in sich hineinzulauschen und ihren Herzschlag zu spüren. Es gelang ihr nicht, zu fühlen, wie ihr Herz schlug, aber wenn sie die Augen schloss, spürte sie ihren Puls am Hals klopfen, und als unbestimmtes, aufgeregtes Gefühl im ganzen Bauch. Es war unangenehm. Ihr Körper benahm sich, als wäre sie grade schnell gerannt, dabei saß sie still. Rasch öffnete sie wieder die Augen und sann über die Schicksalhaftigkeit nach, die ein Herz für sie barg. Sie hatte gelernt, auf Herzen zu hören. Wenn ein Herz unbestechlich, letztlich unbeeinflussbar durch hochtechnisierte Medizin aufhörte zu schlagen oder wenn es eigenwillig weiterschlug, selbst wenn manchmal alles dagegensprach, dann hatte sie gelernt, dies zu akzeptieren. Das Herz hatte seine eigene Botschaft. Seine eigene Gewissheit. Was machte ihr eigenes Herz da gerade? Es schlug schnell, weil es nicht anders konnte. Lag es in ihrer Macht, es zu beruhigen? Wieder dachte sie an das Ultraschallbild. Sie musste versuchen, ihr Herz zu beruhigen.

Das war einer der Momente, in denen sie gerne mit ihrem Vater gesprochen hätte. Er hätte ihre Hand in seine genommen und mit seinem Zeigefinger sanft ihren Puls gefühlt. Allein diese Vorstellung beruhigte Konstanze ein wenig. Gerade in solchen Momenten vermisste sie ihn. Obwohl sein Tod schon zwanzig Jahre zurücklag, vermisste sie ihn schmerzlich. Ob er damals etwas bemerkt hatte, bevor sein Herz stehen geblieben war? Nichts hatte darauf hingedeutet, dass ausgerechnet ihr Vater einen Herzinfarkt erleiden könnte. Hatte es Zeichen gegeben? Oder hatte er die Zeichen ignoriert, so wie sie die Zeichen anscheinend auch schon seit geraumer Zeit ignoriert hatte? Ihr fiel die Antwort ein, die sie Jacqueline auf die Frage gegeben hatte, ob sie schon einmal einem Menschen das Leben gerettet habe. »Wenn es ums Herz geht, geht es oft um Leben und Tod.« Wenn sie nur das Leben ihres Vaters hätte retten können.

Vor ihr lag die Wiese, auf der sie mit nackten Füßen

gestanden hatte. Die Sonne stand zu dieser Stunde ganz anders, und der Waldrand, der die Wiese säumte, wirkte dadurch viel dunkler und dichter. Auch das Grün leuchtete intensiver als im Morgenlicht. Sie hatte plötzlich das Gefühl, dass dieses kleine Tal, das vom dichten Waldrand gesäumt war, ihr Sicherheit und Schutz bot. Es fühlte sich gut an.

21

Jacqueline hatte, just als sie nicht mehr wusste, wo sie war, zum Glück Konstanze über den Flur laufen sehen, wieder in dem Wahnsinnstempo, das diese Frau an den Tag legte, obwohl sie mit Krücken unterwegs war. Gestern hatte Jacqueline selbst versucht, mit Konnis Krücken zu laufen, und war schon nach ein paar Schritten kläglich gescheitert. War das anstrengend in den Armen!

»Wenn ich die Krücken los bin, hab ich Oberarme wie Madonna und Beinchen wie eine kranke Fliege«, hatte Konni gesagt. Langsam wurde sie ganz witzig, die Konni. War vielleicht doch netter, mit ihr zusammen ein Zimmer zu bewohnen, als alleine. Da würde ihr ja die Decke auf den Kopf fallen. Dann schon lieber so 'ne Verrückte wie die Konni. Die war schon schräg drauf. Musste immer am Essen rumpingeln, egal, welche Mahlzeit es war, dabei war es superlecker, und vor allem wurde es ihnen jeden Tag hingestellt, ohne dass sie irgendetwas dafür machen mussten. Nicht einkaufen gehen, nichts nach Hause schleppen, nicht kochen, nicht abwaschen hinterher, Wahnsinn, wie im Hotel. Wie im

Urlaub. Aber dieses Luxuspflänzchen war nie richtig zufrieden. Und dann immer einen auf superklug machen, diese Witze mit Theo.

Jacqueline wusste nicht so recht, ob Theo Konni jetzt gut fand oder auf den Arm nahm. Manchmal sah es so aus, als würde er sich voll lustig machen über sie, manchmal guckte er sie so lange an. Mensch, der sollte doch lieber mal sie angucken. Konni hatte doch schon einen zu Hause. Und einen vom Fernsehen könnte sie selbst echt gut gebrauchen. Wer weiß, was sich da alles für Möglichkeiten bieten würden. Vielleicht könnte sie mal mitspielen in so einer Soap. Oder den Schauspielern die Nägel machen. Und dann so bekannt werden, dass sie wenigstens ein eigenes Nagelstudio haben könnte.

Zusammen mit Konni betrat sie den Raum, wo Frau Schiller mit ihnen jetzt Muskeln entspannen wollte. Lauter superbequeme Liegesessel standen im Kreis, bestimmt zehn Stück, und es waren noch ein paar Plätze frei. Einer neben Theo und zwei ihm gegenüber. Sie hatte schon gedacht, Konni würde gleich auf den Platz neben Theo zusteuern, machte sie aber nicht. Sie ließ sich in den Sessel fallen, neben dem noch ein zweiter Platz frei war, auf den Jacqueline sich setzte. Frau Schiller kam direkt nach ihnen herein, machte die Tür zu und guckte so bedeutungsvoll von einem zum anderen, dass Jacqueline ganz unruhig wurde. Sollten sie irgendetwas machen? Irgendetwas sagen? Sie schaute mit hochgezogenen Augenbrauen zu Konstanze, die schon wieder die Augen so skeptisch zusammenkniff wie heute beim Mittagessen, als sie die Nürnberger Würstchen auf ihrem Teller hin und her geschoben hatte, um dann vorsichtig mit der Gabelspitze den Kartoffelbrei zu probieren.

»Tüte«, hatte sie nur gesagt und ein paarmal im Sauerkraut herumgepickt. Ja klar, Tüte, was denn sonst? Da kam der Kartoffelbrei ja nun mal her. Machte sie zu Hause auch. Die Kinder aßen den gerne, und billig war er auch. Und außerdem ging's flott. Es war echt schwer, Konni irgendetwas recht zu machen. Wenn jemand so wenig Probleme hatte, konnte man sie sich natürlich auch suchen. Und wenn man anfing, sie zu suchen, dann konnte man sie auch finden. Kartoffelbrei aus der Tüte. Wenn Konni so weiteraß, kam sie noch dünner nach Hause, als sie eh schon war.

Jetzt fing Frau Schiller an zu sprechen, sagte, dass sie es sich gemütlich machen sollten in den Stühlen und die Augen schließen, dass sie einfach nur zuhören und die Anweisungen befolgen sollten, die sie ihnen gab. Zum Beispiel so etwas wie den rechten Arm anspannen und loslassen. Und schön die Augen zulassen und nicht gucken. Nun gut. Dann wurde Säuselmusik angemacht, und Konni fragte natürlich gleich, ob das sein müsse, solche Musik würde sie wahnsinnig machen. Daraufhin wurde abgestimmt, und es waren fünf Leute für die Musik und vier dagegen. Frau Schiller meinte ganz munter, Konni solle einfach mal versuchen, sich auf die Klänge einzulassen, vielleicht würden sie ihr ja doch ganz viel geben können. Jacqueline wusste zwar nicht, was das sein könnte, was Klänge einem geben konnten, und blickte vorsichtig zu Konni. Sie traute ihr glatt zu, dass sie aufstand und ging. Aber Konni legte sich seufzend zurück und schaute zur Decke. Theo bebte ein bisschen. Sein Bauch wackelte, das sah sie genau. Wahrscheinlich kämpfte er total damit, nicht zu lachen, und Jacqueline spürte, wie ihr eigener Bauch ebenfalls anfing zu zucken. Gleich würde sie mitlachen, das spürte sie genau. Doch dann hieß es schon »Augen zu«, und sie sah Theos wackelnden Bauch nicht mehr. Frau Schiller wies sie mit sanfter Stimme an, sich auf ihren Atem zu konzentrieren und ihn ganz natürlich fließen zu lassen. Das musste ihr erst mal einer vormachen, dachte Jacqueline. Wie sollte man denn um Himmels willen seinen Atem ganz natürlich fließen lassen? Bis eben war ihr Atem noch völlig natürlich geflossen, aber jetzt holte sie viel zu tief Luft und verschluckte sich gleich daran, musste husten, versuchte den Husten zu unterdrücken, was es noch schlimmer machte, und brauchte ewig, um sich zu beruhigen. Rechtes Bein anspannen, gaaaaanz fest spannen wir das Bein an, rechtes Bein loslassen. Welches war noch mal das rechte? Sie hatte doch weder Orientierung, noch wusste sie immer gleich, wo rechts und links war. Sie nahm einfach irgendeins. Es gab ja eh nur zwei zur Auswahl, entweder es stimmte, oder es stimmte eben nicht. Irgendwann hatten sie fast den ganzen Körper durch, hatten alles mal angespannt, rechts und links und oben und unten, und wieder losgelassen, und dann kam plötzlich ein tiefes, lautes Röcheln von gegenüber, und als sie erschrocken die Augen aufriss, sah sie, dass Theos Kopf ein wenig zur Seite gekippt war und dass er laut schnarchte. Alle hatten ihre Augen abrupt geöffnet, auch Konni. Als sie sich angrinsten, sagte Frau

Schiller, sie sollten ruhig alle die Augen wieder schließen, das sei doch sehr schön, da hatte die Entspannung wohl gewirkt, und nun wüssten alle, warum das ein bewährtes Mittel sei, wenn man nicht einschlafen konnte.

Hinterher mussten alle sagen, wie sie es fanden, und Jacqueline sagte, voll okay, und dass es schnell rumgegangen war, und ob es schlimm wäre, wenn man rechts und links verwechselte? Hauptsache, jede Seite käme mal dran, antwortete Frau Schiller, das wäre nicht schlimm. Konni sagte, dass sie es nicht so schlecht fand, wie sie befürchtet hatte, weil man ja durch das Anspannen und Entspannen zum Glück immer etwas zu tun hatte. Trotzdem hätte sie auch ständig an etwas anderes gedacht. Und die Musik wäre echt nicht ihr Ding. Die Musik hatte Jacqueline überhaupt nicht mehr gehört, nachdem Frau Schiller zu sprechen begonnen hatte. Sie war viel zu beschäftigt gewesen mit dem ganzen Links und Rechts und Lockerlassen. Als die Frau, die neben Theo saß, sagte, das Schnarchen hätte sie total gestört und leider komplett aus der schönen Entspannung gerissen, schaute Theo sie verblüfft an. »Welches Schnarchen? Hab ich nicht gehört …« Beinahe hätte sie losgeprustet. Aber sie konnte sich gerade noch zusammenreißen. Als sie aus dem Augenwinkel zu Konni rüberschielte, guckte die gerade ganz tief unter sich, als hätte sie etwas Superinteressantes zwischen ihren Füßen entdeckt.

Frau Schiller hatte zu jedem noch was Nettes gesagt und wünschte sich sehr, dass sie alle jeden Tag kamen, weil man Entspannung lernen könne. Und sie wären sicher alle erstaunt, wie gut es nach einer einzigen Woche schon klappen könnte.

Später beim Abendessen stocherte Konstanze wieder in ihrem Corned Beef mit Mixed Pickles und kündigte an, unbedingt in die Stadt zu müssen. Einkaufen. Sonst falle sie vom Fleisch. Ob jemand die Tage noch mal mit dem Auto hinführe, direkt nach dem Mittagessen, sonst täte es auch der Bus. Jacqueline sagte sofort, dass sie total gerne mitkäme, und Günther guckte ein bisschen beleidigt. Er würde ja gerne mit ihnen fahren. Aber nicht so gerne in der Mittagspause. Eher danach. »Da müssen wir aber immer alle entspannen!«, rief Konni. Irene, die von den Geschäften in dem Städtchen schwärmte, als käme sie aus einem Entwicklungsland, wusste die Zeiten der Busse, und Jacqueline und Konni beschlossen, am nächsten Tag zusammen den Bus direkt nach dem Mittagessen zu nehmen. Irgendwie war es fast aufregend, einen Ausflug in die Stadt zu planen. Sie waren ja noch gar nicht so lange hier, aber sie waren eben die ganze Zeit nur in dem Gebäude oder kurz davor auf der Wiese gewesen, da fühlte es sich richtig abenteuerlich an, unter normale Menschen zu kommen. Und in Geschäfte. Ohne Geld. Sie seufzte innerlich. Ein bisschen was würde sie schon zusammenkratzen. Immerhin hatte sie heute mit der Tante von der Sozialberatung gesprochen, und die war sich sicher, dass sie das Geld, was sie dem Krankenhaus bezahlt hatte, wiederbekommen würde. War das toll. Sie traute sich noch gar nicht, es Timmi zu sagen. Nicht dass der Junge sich freute, und dann ging es doch nicht. Das wäre so blöd. Aber sie wollte trotzdem gleich mal zu Hause anrufen und hören, wie es den Mäusen ging. Hoffentlich weinten die Mädchen nicht. Sie hatten gestern ganz kleine, wackelige Stimmen gehabt, und dann hatte Timmi schnell das Telefon genommen und ihr etwas erzählt, und sie hatte gehört, wie er die Tür zugemacht hatte. Vielleicht hatten sie auch nicht geweint. Vielleicht hatte sie sich das nur eingebildet. Bestimmt. Mike sagte, sie kämen ganz gut klar. Sie wusste nur nie, ob sie ihm wirklich glauben konnte.

22

Konstanze telefonierte mit Philipp, während Jacqueline im Bad vor dem Spiegel stand, um sich für den gemeinsamen Abend in der Bar aufzubrezeln. »Nein, es ist alles okay, mach dir keine Sorgen«, log sie und fühlte sich schlecht dabei. »Alle Werte in der Norm. Was habt ihr heute gegessen?«, fragte sie rasch, um von dem Thema abzulenken. Pizza, na, ab und zu konnte man auch mal Pizza essen. »Aber vergiss die Vitamine nicht«, ermahnte sie ihn. Wenn man rollende Augen durchs Telefon hören könnte, würde sie wahrscheinlich genau das hören. Aber egal, der nächste Herbst war schon im Anmarsch, und eine gute Ernährung war die beste Medizin. Sie sprach noch nacheinander mit den Kindern, die sie furchtbar vermisste, sobald sie ihre Stimmen hörte. Lotte klang so süß wie selten, nannte sie »Mamili«, wie sie es früher gemacht hatte, als sie noch klein war, und drückte ihr ganz viele Küsschen ins Telefon. Malte war ein bisschen cooler, und das rührte sie genauso. Er war mit seinen elf Jahren noch etwas kleiner als die anderen in seiner Klasse, und es war ihm deshalb doppelt wichtig, ein cooler Typ zu sein. Mit diesem Haarvorhang, den er mit der betont lässigen Bewegung, die er eigens vor dem Spiegel geübt hatte, schräg zur Seite warf oder strich.

Als sie das Gespräch beendet hatte, kam Jacqueline aus dem Bad. Die Wimpern waren wieder blau, die Lider oszillierten zwischen türkis und dunkelblau, und ihre Lippen waren noch ungeschminkt, doch sie hielt den pinkfarbenen Lippenstift schon einsatzbereit in der Hand.

»Du hast noch gar nichts erzählt, ist mir grad aufgefallen. Hast du das Pusteding ganz umsonst Tag und Nacht umgehabt? Na, wenigstens weißt du, dass alles okay ist. Ist ja auch was. Guck mal, Konni, welchen soll ich nehmen: den oder lieber den?«

Sie hielt noch einen orangefarbenen Lippenstift neben den pinken und sah Konstanze fragend an.

»Es ist nicht wirklich in Ordnung«, gestand Konstanze, vielleicht weil sie das Gefühl hatte, jemandem sagen zu müssen, wie es ihr ging, nachdem sie es ihrer Familie gerade verschwiegen hatte. »Ich habe zu hohen Blutdruck, mein Herz schlägt viel zu schnell, und ich muss Tabletten nehmen und dieses ganze Entspannungspalaver hier mitmachen.«

»Ach du je«, Jacqueline setzte sich neben Konstanze aufs Bett und sah sie besorgt an. »Ist das was Schlimmes? Du kennst dich doch aus damit, oder?«

»Nicht wahnsinnig schlimm«, sagte Konstanze und versuchte Jacqueline anzulächeln. »Jetzt ist es erkannt, und dann kann man das eigentlich gut in den Griff bekommen.« Sie seufzte. »Ich muss mir aber angewöhnen, langsam zu machen. Und dazu absolutes Kaffeeverbot.«

»Oh je. Du und langsam. Und Kaffee trinkst du doch so gerne.« Jacqueline legte tröstend ihre buntgestylte Hand auf Konstanzes, und irgendwie tat es ihr gut.

»Aber warum hast du deinem Mann das denn eben nicht gesagt?«

»Ich wollte ihn nicht beunruhigen«, antwortete Konstanze nach kurzem Zögern. »Und die Kinder auch nicht. Die hätten das mitbekommen und sich Sorgen gemacht, weißt du.«

»Dann ist es doch was Ernsteres, oder? Sonst hättest du es ja sagen können?«

»Da hängen noch ein paar andere Sachen dran, die meine Arbeit betreffen, und das muss dann nicht jeder wissen. Und, ach, mir war nicht danach. – Zeig mal die Farben, die du hast.«

Konstanze wollte nicht weiter darüber reden und schaute stattdessen auf die Lippenstifte in Jacquelines Hand. »Du nimmst keinen von beiden«, entschied sie sehr bestimmt. »Wenn du schon die Augen betonst, lässt du den Mund dezent schimmern. Das reicht. Du nimmst allerhöchstens einen farblosen Lipgloss.«

»Hab ich nicht«, erwiderte Jacqueline.

»Dann leih ich dir meinen«, beschloss Konstanze und kramte ihn aus ihrer Handtasche. »Das ist das Einzige, was ich mithabe.« Sie sah zu, wie Jaqueline ihn sorgfältig sehr dick auftrug und nahm ihn ebenfalls, um sich mal kurz damit über die Lippen zu fahren.

Jacqueline beobachtete das skeptisch.

»So wenig nimmst du davon?«

Konstanze nickte.

»Reicht doch, oder?«

»Stimmt. Was die Lippen betrifft schon. Aber du könntest echt mehr aus dir machen …«

Als die beiden die Tür abschlossen, um zusammen zur Bar zu gehen, hatte Konstanze sich überreden lassen, sich die Wimpern zu tuschen, allerdings schwarz, nicht bunt, und sie hatte sich zu einem grauen Lidschatten hinreißen lassen, der ihre grüngrauen Augen tatsächlich leuchten ließ. Vielleicht hatte Jacqueline doch ein ganz winziges bisschen Geschmack, auch wenn sie ihn nicht einsetzte, was sie selbst betraf.

»Nicht so schnell, junge Frau«, pfiff Jacqueline Konstanze zurück, die wieder in üblichem Tempo loslegen wollte. »Ich denke, du sollst runter vom Gas.« Konstanze drehte sich um und wartete, bis Jacqueline aufgeholt hatte.

»Du hast ja recht«, gab sie zu. »Ich werde mich ganz schön umstellen müssen.«

»Auf jeden Fall«, meinte Jacqueline, »solltest du dich immer schminken. Deine Augen strahlen wie zwei Edelsteine.«

»So ein schönes Kompliment habe ich schon lange nicht mehr gehört. Komm, Jacki, ich geb dir heute einen aus!«

Zusammen schlenderten beziehungsweise humpelten sie gemächlich weiter zur Bar, und Jacqueline fragte sie, ob ihr Mann ihr denn keine Komplimente mache?

Konstanze blieb stehen und schaute sie nachdenklich an. Die Antwort war tatsächlich: nein. Sie versuchte sich zu erinnern. Aber ihr fiel keine Gelegenheit ein, wo er ihr so ein richtig nettes Kompliment gemacht hatte. Früher, ja. Früher hatte er oft gesagt, sie sei schön. Viel zu schön, um auch noch so klug zu sein. Oder er hatte ihr nach gelungenen OPs gratuliert, ihr einfach das Gefühl gegeben, jemand Tolles zu sein. Wann war das eigentlich das letzte Mal passiert? Sie konnte sich tatsächlich nicht daran erinnern. Wenn sie sich gut fühlte, dann nicht, weil er ihr dieses Gefühl gab. Aber was für ein Gefühl gab er ihr eigentlich? Sie schaute Jacqueline ein wenig erstaunt an.

»Ich weiß gar nicht, ob er mich überhaupt sieht …«

Als sie in der Bar ankamen, sah Theo den Unterschied jedenfalls sofort. Er hörte ruhig zu, als Konstanze von ihrer Herzgeschwindigkeit erzählte, meinte, er hätte doch gleich gesagt, dass sie zu hochtourig lief, und kündigte an, sie zusammen mit Jacqueline mal ein wenig auszubremsen. Und für den Anfang wäre ein Bier die perfekte Maßnahme, all der beruhigende Hopfen. Es wurde ein lustiger Abend, vielleicht lag es am Bier, vielleicht lag es an Theos warmen Knopfaugen, vielleicht an Jacqueline, die irgendwann anfing, die Bar mit alten Schlagern zu unterhalten und tatsächlich gar keine schlechte Stimme hatte. Als Konstanze nach zwei kleinen Bieren ankündigte, jetzt aber wirklich ins Bett zu müssen, kam Jacqueline erst richtig in Fahrt. Sie wollte unbedingt noch bleiben, versprach aber, total leise zu sein, wenn sie zurückkäme. »Du hörst mich nicht, Konni! Ich schwör's!«

Theo begleitete sie stillschweigend. Zusammen liefen sie langsam die Gänge entlang.

»Macht es dir eigentlich Angst? Das Herzklopfen?«, fragte er sie.

»Nein.« Konstanze schüttelte den Kopf, verbesserte sich dann aber. »Vielleicht ein wenig. Es erschreckt mich, dass ich es nicht selbst bemerkt habe. Als Kardiologin. Seit ich es weiß, fühle ich immer mal den Puls, und dann bin ich erstaunt, wie schnell er tatsächlich ist.«

Sie waren vor der Tür angekommen, die zu dem Gang führte, in dem sich ihr Zimmer befand, und blieben stehen.

»Zeig mal her.«

Theo nahm ihr die Krücken aus der Hand, lehnte sie an die Wand und suchte ihren Puls. Seine Finger waren kühl und berührten sie nur leicht, als sie nach ihrem Handgelenk griffen. Schnell fand er den Puls und ließ zwei Finger sachte darauf liegen. Er sah sie an, während er fühlte, und riss plötzlich die Augen weit auf.

»Holla! Das ist ja rasant.«

Er sah sie ernst an und ließ ihr Handgelenk nicht los, stattdessen umgriff er es etwas fester, umschloss ihre ganze Hand in seiner und zog sie ein wenig zu sich, so dass sich der Abstand zwischen ihnen noch weiter verringerte. Er zog noch ein ganz klein wenig, so dass es plötzlich für Konstanze das Natürlichste der Welt war, sich einfach an ihn zu lehnen. Sich an ihn zu lehnen und die Augen zu schließen und sich aufgehoben zu fühlen. Beinahe kamen Konstanze die Tränen, sie wusste auch nicht, warum plötzlich so eine Rührung in ihr aufstieg, wie albern das war. Aber es tat gut, sich anzulehnen. So standen sie eine ganze Weile reglos, wortlos, und Konstanze wurde von Wohlgefühl durchströmt. Dann streiften seine Lippen ihr Haar, und er flüsterte »Gute Nacht«. Er zog sie noch einmal ganz leicht an sich und umarmte sie, bevor er sie wieder losließ und ihr lächelnd die Krücken reichte, die er an die Wand gelehnt hatte.

»Danke«, sagte Konstanze leise. Und sie war sich sicher, dass er wusste, dass sie damit mehr meinte als die Tatsache, dass er ihr die Krücke reichte und anschließend die Tür aufhielt.

Als sie im Dunkeln im Bett lag und sich in ihr weiches, großes Kissen kuschelte, dachte sie, dass sie sich lange nicht so geborgen gefühlt hatte wie eben. Was war nur los, dass eine kleine Geste von einem fast Fremden sie beinah zu Tränen rührte? Warum hatte sie niemanden zum Anlehnen? Warum nahm Philipp sie nicht in den Arm und hielt sie einfach fest?

23

Während Philipp zusammen mit Lotte die Küche aufräumte, was bedeutete, das vom Morgen stehen gebliebene Frühstücksgeschirr in die Spülmaschine zu räumen und die Pizzakartons in die Altpapiertonne zu werfen, dachte er, dass man das ruhig öfter so machen könnte. Solange Konstanze weg war, könnten sie ruhig dem Fast Food frönen, das entspannte den Abend ungemein. Er hätte auch nichts dagegen, mal zu McDonald's zu gehen. Das brauchte man Konstanze dann ja nicht unbedingt erzählen. Das Leben könnte ein ganzes Stück leichter sein, wenn ihre Ansprüche an alles nicht so hoch wären.

»Wann fahren wir mal zu Mama? Nächstes Wochenende, oder?«, fragte Lotte, während sie den Tisch abwischte.

Philipp überlegte kurz.

»Ja, wir lassen sie erst einmal richtig ankommen. Wir fahren am Sonntag, dann können wir hier samstags noch alles erledigen, oder was meinst du? War irgendetwas an dem Wochenende?«

Lotte stellte sich vor den Familienkalender, in dem alle Termine von jedem Familienmitglied eingetragen waren.

»Malte hat Samstag ein Fußballspiel. Und Tenna hat Geburtstag, da wollten wir samstagabends bei Tenna übernachten, Filmabend machen mit ein paar Mädels und schön ausschlafen und so. Können wir Sonntag dann bitte nicht so früh fahren? Das ist doof, wenn man früher wegmuss als die anderen.«

»Können wir machen«, antwortete Philipp. Eigentlich hatte er vorgehabt, bald nach dem Frühstück zu fahren, um zusammen mit Konstanze und den Kindern Mittag essen zu gehen, aber sie könnten genauso gut zusammen Kaffee trinken gehen, das machten sie sowieso so gut wie nie, und in einem Ort mit Kurklinik gab es bestimmt guten Kuchen.

Nachdem er Lotte ans Klavierüben erinnert hatte, schaute er kurz über Maltes Hausaufgaben und dachte, dass bei ihm früher niemand jemals über seine Hausaufgaben geschaut hatte. Und weil Malte sich darauf verließ, dass immer noch mal jemand drüberschaute, war er nachlässig geworden. Es strotzte alles vor Fehlern. Er ließ sich neben Malte auf einen Stuhl fallen und sagte, dass er keine Lust habe, jeden Abend die Hausaufgabenpolizei zu spielen. Lotte bezog er gleich in das Gespräch mit ein.

»Ihr könnt mich immer alles fragen, aber ich finde, ihr solltet eure Aufgaben alleine erledigen. Meine Schulzeit ist vorbei. Ich brauche keine Vokabeln mehr zu lernen und keine Hausaufgaben mehr zu machen. Das habe ich seit meiner eigenen Schulzeit hinter mir. Und ich hab genug zu tun mit meinem Job. Ich mache meinen, und ihr macht euren. Ihr solltet das alleine hinbekommen. Versuchen wir das?«

Malte schaute zweifelnd. »Ich glaube, ich kann das nicht.«

»Klar kannst du es«, sagte Lotte schnippisch, »du bist nur zu faul!«

»Selber!«, rief Malte. »Du willst immer, dass Mama die schwierigen Sachen mit dir macht, damit du es leichter hast!«

»Das sagt der Richtige!«

»Schluss mit dem Gekeife, Mama ist sowieso nicht da, und ab jetzt kümmert ihr euch selbst um alles, was eure Schule betrifft.«

Die beiden schauten sich an und dachten einen Moment nach. Dann setzte Lotte noch mal an: »Gilt das für jetzt, während Mama weg ist, oder für immer?«

»Das gilt ab jetzt. Und für immer.«

Die zwei versuchten ja wirklich alles, um es so bequem wie möglich zu haben.

»Aber Mama räumt immer abends mit mir den Ranzen um, und ...«

»Das machst du ab jetzt auch alleine. Du bist kein Baby mehr, Malte, du kannst deinen Stundenplan lesen und danach entscheiden, was mitmuss und was rauskann. Und dazu gehören auch die Brotdosen. In die Küche, aufklappen, Inhalt ausleeren, in die Spülmaschine damit.«

»Da bin ich mal gespannt ...«, grinste Lotte. »Er ist doch noch ein ganz schönes Baby. Ohne Mama.«

»Selber!«, rief Malte aufgebracht.

Lotte rollte genervt die Augen.

»Du wiederholst dich, Kleiner!«, und ging mit dem Hüftschwung, den sie sich neuerdings angewöhnt hatte, nach oben.

»Und die Sache mit den Brotdosen schaffst *du* bestimmt auch, Lotte!«, rief Philipp ihr noch hinterher. Sie drehte sich nicht um, winkte jedoch mit ihrer rechten Hand.

»Ahoi! Wenn ich es nicht vergesse ...«

Als die Kinder endlich im Bett waren, goss Philipp sich sein Glas Rotwein ein, setzte sich in seinen Lieblingssessel im Wohnzimmer, legte Musik auf und atmete erst einmal durch. Klar war es anstrengender, hier zu Hause ohne Konstanze für alles zuständig zu sein. Aber paradoxerweise war es auch entspannter. Sie war zwar erst kurz weg, aber es war für ihn deutlich erkennbar, dass man vieles, was sie so minutiös plante, auch einfach laufen lassen konnte und dass sie sich vieles unnötig aufbürdete. Sie war einfach ein richtiges Leistungstier, sowohl in der Klinik als auch zu Hause. Sie schaffte immer mehr als die anderen. Mehr auch als er. Und er spürte am eigenen Leib, wie viel gemütlicher es war, wenn man nicht ständig mit einer perfekten Hochleistung wie ihrer konfrontiert wurde. Einfach mal im Sessel sitzen und nichts tun, da bekam man in Konstanzes Nähe gleich ein schlechtes Gewissen. Er war selbst ein wenig überrascht darüber, wie er es genoss, dass sie nicht da war und drei Wochen nicht da sein würde, dass er mal alle fünfe gerade sein lassen konnte und vor allem: dass er nicht dauernd für irgendetwas kritisiert wurde. Es war alles viel leichter.

Er überlegte, was der Chef wohl von ihm wollte. Über seine Sekretärin hatte er Philipp heute um einen Termin gebeten. Das war ein bisschen ungewöhnlich. Meistens fanden alle nötigen Gespräche zwischen Tür und Angel statt. Sie hatten sich auf Freitag geeinigt, und Philipp fragte sich, ob es eventuell um die Nachfolge gehen könnte. Nachdem Jeckel ja schon vorgefühlt hatte, wie sich eine Beförderung innerehelich auswirken würde, gab es nun vielleicht schon eine Entscheidung? Philipp hoffte, er hatte sie beide gut genug verkauft. Und obwohl er sich die Anerkennung sehr wünschte, wesentlich mehr noch, als er Konstanze gegenüber eingestehen konnte, war er nicht sicher, ob es für ihre Ehe letztlich nicht besser wäre, wenn jemand von außen berufen werden würde.

Andererseits, wie stand es überhaupt um ihre Ehe? War es in diesem Zusammenhang sinnvoll, berufliche Opfer zu bringen, um sich mehr für die Ehe zu engagieren, ohne zu wissen, ob es der richtige und glückbringende Weg war? Oder sollten sie besser weiterhin private Opfer bringen, um ihr berufliches Fortkommen zu sichern, weil das sowieso der sichere und bekannte Weg für sie war? Er rief sich sein erleichtertes Gefühl von eben in Erinnerung. Und dann dachte er an die Kinder und seufzte. Sie hatten eindeutig etwas Besseres verdient als Eltern, denen der Beruf über alles ging.

Vielleicht wollte der Chef auch etwas ganz anderes von ihm. Etwas völlig Banales, während er hier schon existentielle Fragen wälzte. Entscheiden konnte er jetzt sowieso nichts. Er musste das Gespräch abwarten.

24

Der Einkaufswagen war schon voll mit herrlichen Päckchen und Tüten, ganz viel Zeug, was Jacqueline nicht kannte. »Das ist aber eine ganz schöne Verschwendung«, warf sie ein, als sie die Preise sah. Sie bekamen doch schließlich Essen in der Reha. Und mehr als genug. Aber Konni schüttelte den Kopf, sie brauche jetzt mal wieder was Richtiges. Italienischer Schinken, ein Glas Oliven, ein ganz toll verpackter Käse, der sah aus wie ein Geschenk, Jacqueline wäre nie darauf gekommen, dass da Käse drin war. Lauter Tüten mit Nüssen, so ganz teure, die wären gut fürs Gehirn, erklärte Konni, und dann Schokoladen von Lindt, die hatte Jacqueline im Leben noch nicht gekauft.

»Wir brauchen noch etwas Obst wegen der Vitamine, hier Papaya, davon bekommt man schöne Haut, da nehmen wir gleich zwei. Und sag mal, hast du noch etwas in deinem kleinen Fläschchen, oder brauchst du Nachschub?«

Konni sah sie fragend an, und Jacqueline stammelte etwas von muss nicht sein und ist bestimmt noch nicht und wusste nicht so recht, wie sie Konni beibringen sollte, dass ihr das hier alles echt zu teuer war.

»Ach komm, wir nehmen uns mal so eine kleine Flasche Portwein mit, magst du Portwein? Oder magst du lieber einen Obstbrand? Ich habe dir ja dein halbes Fläschchen ausgetrunken, du darfst aussuchen.«

Jacqueline wusste genau, dass Konni das nicht getan hatte, andererseits war ihr Flachmann tatsächlich leer. »Portwein kenn ich nicht«, sagte sie vorsichtig, und Konni war echt lustig drauf, sie griff zielsicher und ohne zu überlegen nach zwei kleinen Flaschen.

»Dann versuchst du den jetzt mal. Und wenn er dir nicht schmeckt, dann haben wir hier noch eine kleine hochprozentige Mirabelle, ja?«

Bei den Schminksachen blieb Jacqueline stehen und versuchte Konni zu überreden, etwas für sich zu kaufen. »Ein bisschen mehr Farbe würde dir echt gut stehen. Und wir brauchen eine schöne Wimperntusche für dich.«

»Wimperntusche ist okay. Aber ich bin nicht so für bunt.«

»Ein Versuch«, insistierte Jacqueline. »Wenn es dir nicht gefällt, machst du es wieder ab, und gut ist. Hier, wie ist der …«

Jacqueline hielt einen blutroten Lippenstift hoch.

»Der wäre astrein mit deinen dunklen Haaren. Und noch Nagellack dazu, und hier die Wimperntusche, guck mal, es gibt braunschwarz, das ist genau das Richtige für dich …«

Als sie das Geschäft vollbepackt verließen und erst nach der Kasse bemerkten, dass Konni mit ihren Krücken kaum etwas tragen konnte, hatten sie nicht nur Proviant für die nächsten Tage, sondern auch noch eine ganze Tüte voll Schminkzeug, das nur darauf wartete, ausprobiert zu werden.

»Ich trag das, gib her«, bot Jacqueline an. Doch Konstanze widersprach. »Kommt nicht in Frage! Du mit deinem Rücken darfst überhaupt nicht tragen. Entweder wir kaufen einen Rucksack, in dem ich das tragen kann, oder wir nehmen ein Taxi. Und in Ermangelung eines Rucksackgeschäfts nehmen wir eins von diesen Taxis dahinten, die nur auf uns warten. Aber weißt du, was wir vorher machen?«

Konstanze deutete mit der Krücke in die Richtung, in der die Taxis an der Ecke standen. Jacqueline schüttelte den Kopf, doch dann sah sie, wohin die Krücke ebenfalls zeigte. Konditorei Wilhelmi.

»Kaffee trinken«, rief Konstanze, und Jacqueline korrigierte trocken: »Nix Kaffee. Kakao.«

»Und Kuchen«, nickte Konni. »Ich wette, die haben guten Kuchen hier. Komm, ich lad dich ein.«

»Das will ich aber nicht«, beharrte Jacqueline. »Ich will selbst bezahlen. Du hast eben schon voll viel bezahlt und den Schnaps und so …«

»Dann wechseln wir uns ab. Heute zahl ich und beim nächsten Mal du.«

Darauf konnte Jacqueline sich einlassen.

»Ich dachte, du isst gar nichts Süßes, immer voll auf Diät und so«, sagte Jacqueline, als sie von dem Teller aufsah, auf dem sich vor ihnen wunderbare Kuchenstücke türmten. Weil sie sich so schlecht entscheiden konnten bei der üppigen Auswahl, die sie im Kuchenbuffet angelacht hatte, hatten sie vier Stücke gewählt, die sie sich nun teilten. Jacqueline fing mit dem Himbeertörtchen an.

»Es kommt immer drauf an, was es ist«, antwortete Konstanze, während sie die Zitronenmascarponetarte in zwei Stücke teilte und sich ein Stück davon auf der Zunge zergehen ließ.

»Diesen Fertigpudding in der Klinik krieg ich nicht runter, der schmeckt nach Zucker, Stärke und künstlichen Aromen. Aber das hier. Da könnte ich mich reinsetzen!«

Sie schafften es nicht, alles aufzuessen.

Konni ließ bei der dritten Hälfte die Gabel sinken und sagte, ihr würde schlecht, wenn sie noch einen Krümel schlucken müsste.

»Wenn du meine Kinder wärst, würdest du jetzt Ärger mit mir bekommen. Waren die Augen wieder größer als der Magen!«

»Wenn ich meine Kinder wäre, würden sie den gleichen Spruch hören.« Sie lächelten sich an. »Gut, dass wir schon groß sind, oder?«

Auf der Rückfahrt im Taxi war Jacqueline recht still. Was für ein absolut krasser Luxusnachmittag. Shoppen, Kuchen und Taxi fahren. Alles zusammen war der Hammer. Es war schon super, wenn man genug Geld hatte. Und wenn man damit umging wie Konni. Sie war großzügig und irgendwie locker. Sie wusste auch nicht, wie Konni das hinbekam, normalerweise ließ sie sich nie irgendwas bezahlen. Aber Konni tat nicht so großmütig gönnerhaft, so bekloppt sie manchmal war, es machte echt Spaß, mit ihr zusammen einzukaufen. Es war, als ob man mit einer guten Freundin loszog. Sie schaute zu ihr hinüber.

»Wenn ich schon manchmal voll im Stress war, schwer zu schleppen, weiter Weg, falsche Schuhe, keine Zeit, abgehetzt, am besten noch Regen dazu, dann hab ich oft gedacht, oh Mann, jetzt einfach ein Taxi rufen. So wie im Film. Und der Taxifahrer macht die Tür auf, nimmt mir alles ab und fährt mich nach Hause.«

Sie schwieg eine ganze Weile und sah wieder aus dem Fenster.

»Ist zum ersten Mal, dass ich einfach so Taxi fahre. Weil's bequemer ist.«

Konstanze sah sie an und nickte. Nicht, dass sie normalerweise ständig in Taxis sprang. Aber seit sie die Krücken hatte und nicht selbst Auto fahren konnte, war es schon selbstverständlicher für sie geworden. Lieber zahlte sie ab und zu sieben Euro, als überhaupt nirgendwohin zu können. Aber auch diese sieben Euro musste man erst mal haben. Und Jacqueline hatte sie anscheinend nicht. Die musste sogar zur Tafel gehen, um ihre Familie immer satt zu bekommen. Dieser ganze Einkaufstrip musste Jacqueline ja völlig dekadent vorkommen. In Jacquelines Augen hatten sie wirklich nur überflüssiges Zeug gekauft, in der Klinik gab es ja tatsächlich genug zu essen. Es traf nur leider ihren Geschmack nicht, sie war schon ganz schön verwöhnt. Sie überlegte, was sie sagen könnte, um den Effekt irgendwie abzumildern. Aber ihr fiel nichts ein. Der Unterschied war eben nicht milde. Den Rest der Fahrt schwiegen sie.

Als das Taxi vor der Klinik anhielt und der Taxifahrer ihnen die Tüten vor den Eingang trug, drehte sich Jacqueline noch einmal zu Konstanze um.

»Das war ein sauschöner Ausflug.«

»Find ich auch. Und jetzt gehen wir uns brav entspannen, oder?«

»Und danach mach ich dir die Nägel«, meldete Jacqueline an, »du wirst sehen, das ist der Hammer!«

25

Mit Entspannung auf Kommando hatte Konstanze immer noch Schwierigkeiten. Vor allem heute. Einführung in die Meditation. Und das nach all dem Kuchen.

»Wir denken an nichts. Und wenn ein Gedanke kommt, dann lassen wir ihn einfach vorüberziehen, wie eine Wolke am Himmel.«

Meine Güte, hatten diese Leute nichts im Hirn, dass sie es einfach leeren konnten? Ihr Kopf war voll mit Gedanken, und das immer! Was der Tag noch bringen würde, was als Nächstes dran war, wie es den Kindern wohl ging, ob Philipp den Alltag hinbekam, dass sie alle mal wieder Zahnarzttermine machen müssten, was sie alles in der Abteilung ändern würde, wenn sie erst mal Chefin war, ob sie zum nächsten Kardiologenkongress wohl wieder ohne Krücken gehen könnte, ob die Station ohne sie reibungslos lief … wie konnte irgendjemand auf dieser Welt »nichts« denken? Es war ihr ein Rätsel.

Und als sie irgendwann doch etwas ruhiger wurde und eigentlich ihren Atem spüren sollte, begann sie stattdessen ihren Puls zu fühlen und überwachte das Tempo besorgt. Dann begann sie zu hören, dass ihr linker Nachbar schnaufte, und musste unweigerlich überlegen, ob er wohl Polypen hatte und ob deren Entfernung zusammen mit einer chirurgischen Erweiterung der Nasenhöhlen nicht Abhilfe schaffen würde. Und der Kuchen lag ihr so schwer im Magen. Man sollte nicht so viel Kuchen essen gehen, bevor man meditiert, dachte Konstanze. Oder man sollte vielleicht das Meditieren ganz lassen und stattdessen öfter Kuchen essen.

Konstanze hatte das Gefühl, sich ohne Reiseführer im fremdsprachigen Ausland zu befinden. Sie war keine hundert Kilometer von zu Hause entfernt, aber alles war fremd. Auch sie selbst war sich zunehmend fremd. Was machte sie hier eigentlich für Sachen? Von was sprachen die Menschen hier?

Am nächsten Tag war Konstanze gespannt, wobei sie sich wohl noch blöder fühlen würde: beim Bemalen von Seidentüchern oder bei der Wassergymnastik. Wassergymnastik klang eigentlich verhältnismäßig harmlos. Das dachte Konstanze, bis sie in ihrem Badeanzug neben lauter anderen Badeanzügen und auch Badekappen – Irene trug eine besonders schöne mit weißen Blumen – in einem Becken stand und auf Anweisung wartete.

»Jetzt nimmt sich bitte jeder eine Schwimmnudel!« Damit fing es an und hörte dreißig Minuten lang nicht mehr auf. Denn auf dieses Kommando hüpften alle Badeanzüge durchs brusthohe Wasser zum Beckenrand, wie Enten, die auf Futter hofften, wo die Trainerin ihnen Schwimmnudeln in Grundfarben austeilte. Konstanze wunderte am meisten, dass niemand lachen musste. Irene schaute todernst unter ihrer Blumenkappe hervor. War sie denn die Einzige, die es seltsam fand, als erwachsener Mensch eine rote »Schwimmnudel« durchs Wasser zu ziehen? Als sie zum Schluss der halben Stunde den Kopf auf die Schwimmnudel legen sollten, um entspannt und schwerelos ein wenig im Wasser zu treiben, zu der unerbittlichen Entspannungsmusik, die hier ja anscheinend zu allen Gelegenheit erklang, trieb Konstanze gegen Jacqueline, die das Geplansche sichtlich genoss.

»Hallo, Schwimmnudel«, flötete Konstanze, und zusammen begannen sie so laut zu kichern, dass ihnen schon böse Blicke zugeworfen wurden. Das war das erste und letzte Mal, dass Konstanze zur Wassergymnastik ging, dagegen hatte sie sich ja beim Tautreten wie zu Hause gefühlt.

»Ich weiß nicht, ob ich es auch noch schaffe, Seidentücher zu bemalen«, rief Konstanze durch die Badezimmertür, während sie sich wieder anzog.

»Stell dich nicht so an«, rief Jacqueline zurück. »Das macht bestimmt voll Spaß.«

»Ich hab schon bunte Fingernägel, da brauche ich nicht auch noch bunte Tücher.«

»Gib es ruhig zu, dass deine Fingernägel wunderbar geworden sind.«

»Sie sind so wunderbar, dass ich keine weiteren Malanstrengungen brauche.«

»Du brauchst ein Tuch, das zu deinen bunten Nägeln passt. Außerdem sollen wir etwas Handwerkliches machen. Also, komm.«

»Aber wenn da Entspannungsmusik läuft, gehe ich sofort …«

Zum Glück sah sie dabei keiner. Und sie würde auch niemandem davon erzählen. Mandalas malen. Auf Seide. Sie schüttelte den Kopf. Eine Stunde Physio wäre ihrer Rehabilitation sicher zuträglicher.

Aber als sie ihr quadratisches Seidentuch mit Mandalas in Rottönen bemalte, machte ihr das – wenn sie ehrlich war – richtig Spaß. Und sie erlebte zum ersten Mal das, wovon alle hier ständig sprachen. Sie dachte an nichts.

Versonnen tupfte sie Farben auf das Tuch und sah zu, wie sie sich ausbreiteten, sie malte Linien, die langsam verliefen, und setzte andersfarbige Linien daran, so dass sie ineinander verschmolzen. Sie war völlig versunken in ihrem Rot und Rotbraun, hier musste noch ein helles Rot hin. Ob Beige hier schön aussehen würde? Oder eher so ein Graubraun zwischen all dem Rot? Noch ein Kranz aus Tupfen. Oder lieber Sterne. Tupfen. Ein Tupfenmandala. Als sie außen am Rand des Tuches angelangt war und den letzten Pinselstrich gesetzt hatte, betrachtete sie ihr Mandala, und es gefiel ihr.

Es strahlte sie an. Es war freundlich und lebendig. Lebendig, das war das richtige Wort. All die Tupfen befanden sich zwar in einer Ordnung, aber sie schienen zu tanzen. Ringelreihen.

Konstanze schaute auf und sah, dass schon fast alle gegangen waren. Jacqueline half Annette, der Workshopleiterin, beim Aufräumen. Nur zwei ältere Damen setzten noch letzte Pinselstriche. Die anderen Plätze waren leer. Das hatte sie überhaupt nicht bemerkt.

»Sie waren im Flow«, erklärte Annette ihr. »Haben Sie vorher schon mal Mandalas gemalt?«

Als Konstanze verneinte, erklärte sie ihr, sie glaube, dass das ihr Ding sei. Mit Mandalas aktiviere man die emotionale, kreative Gehirnhälfte und bringe die analytischer arbeitende Hälfte zum Schweigen. »Besonders selbstkritische Menschen, die viel analysieren und denken, viel hier oben bewegen«, sie tippte sich an die Stirn, so dass es eigentlich aussah, als würde sie Konstanze einen Vogel zeigen, »die können hier den Schalter umlegen. Klappt nicht bei jedem. Aber ich habe Sie beobachtet. Bei Ihnen hat es voll funktioniert. Sind Sie jetzt glücklich?«

Konstanze sah sie verdutzt an, was war das denn für eine Frage, aber dann spürte sie es. »Ja«, sagte sie vorsichtig, denn es war tatsächlich so. Irgendwie war da ein Gefühl von Glück in sie hineingerutscht. Ein kleines warmes Kribbeln, ein Gefühl wie ein Leuchten, und sie spürte plötzlich, dass sie die ganze Zeit schon ein Lächeln im Gesicht hatte und ihre Stirn nicht skeptisch gerunzelt war wie sonst.

»Das passiert, wenn man in den Flow kommt. Dann

ist man nur in dem Moment, man ist bei sich, man ist völlig entspannt, und man erschafft etwas. Und Ihr Tuch ist toll geworden.«

»Du bist eine Künstlerin«, sagte Jacqueline, als sie Konstanzes Tuch ebenfalls betrachtete.

»Quatsch«, wehrte Konstanze ab. Aber sie fand ihr Tuch auch toll. Und sie war stolz darauf. Vor allem aber war es dieses Gefühl in ihrem Bauch, in ihrem Gesicht und in ihrem Herzen, das irgendwie ruhiger schlug. War das Glück? War das Entspannung?

Sie sah von ihrem Tuch auf. »Und wann kann man hier weitermalen?«

»Übermorgen wieder«, lächelte Annette.

26

Konstanze hatte gleich nach Dr. Niedlichs Diagnose begonnen, niedrig dosierte Betablocker einzunehmen, die ihren Puls etwas senkten. Ohne dass sie vorher ihren schnellen Herzschlag wirklich wahrgenommen hatte, empfand sie es plötzlich als eine wahnsinnige Erleichterung. Es war, als hätte ihr jemand den Fuß vom Gaspedal genommen, als wäre sie von einer belebten Hochgeschwindigkeits-Autobahn abgebogen und würde nun auf einer Landstraße zügig, aber ruhiger fahren.

»Wir bekommen es auch hin, dass Sie ganz gemütlich cruisen«, hatte Dr. Niedlich ihr vorgeschlagen, als sie ihm von diesem Bild erzählt hatte. »Wie in einem amerikanischen Film. Fenster runtergekurbelt, Ellenbogen rausgelehnt …«

Dieses Angebot hatte Konstanze jedoch dankend abgelehnt. Man müsse schließlich typgerecht dosieren, und zum antriebslosen Sesselpupser wollte sie auch nicht werden. Aber sie musste gestehen, dass diese Entschleunigung ihres Herzschlags ihr tatsächlich guttat.

»Und wenn wir es jetzt noch hinbekommen, dass es Ihnen gelingt, den Puls ohne die Tabletten zu senken, dann ist alles gut.«

Konstanze kam etwas zur Ruhe. Zwischen ihren Anwendungen, die sie mit gewohnter Disziplin durchzog, begann sie kleine Spaziergänge zu machen, sich auf eine Bank zu setzen und ins Grüne zu schauen. Meistens fuhren ihre Gedanken Karussell, eilten voraus und umkreisten alles, an was gedacht werden musste, aber manchmal gelang es ihr, einfach nur auf der Bank zu sitzen und in den Himmel über den grünen Wiesen zu schauen. Ab und zu wurde sie noch nervöser davon, nichts zu tun, hatte plötzlich das Gefühl, etwas Wichtiges vergessen zu haben, aber was bloß? Sie war so auf Funktionieren getrimmt, dass sie vergessen hatte, wie es sich anfühlte, nicht funktionieren zu müssen. Wenn diese Unruhe sie erst einmal ergriffen hatte, musste sie, so schnell sie konnte, zur Klinik zurückhumpeln, um auf ihrem Plan nachzuschauen, ob nicht doch ein Termin in der Physio angesetzt war, den sie gerade verbummelt hatte.

Einmal lief sie in dieser gehetzten Stimmung Theo in die Arme, der mit seiner dampfenden Elektrozigarette in der Hand gerade zu einem Spaziergang aufgebrochen war.

»Du brauchst nicht so zu rennen. Ich weiß genau,

dass du keinen Termin hast«, lächelte er. »Das sind deine querschießenden Stressrezeptoren, die können es noch nicht fassen, dass sie nichts zu tun haben.«

»So ein Quatsch. Es gibt überhaupt keine Stressrezeptoren, die irgendetwas fassen könnten«, widersprach Konstanze und wollte schon weitereilen.

Doch Theo lachte. »Aber es klang gut, gib's zu. Beim Mittagessen hast du uns deinen Tagesplan aufgesagt, und wir haben zusammen festgestellt, dass unser nächster Termin ein gemeinsamer ist, nämlich um halb fünf bei unserer Frau Schiller.«

»Stimmt«, Konstanze nickte. Jetzt fiel es ihr wieder ein. »Ich werde vergesslich. Das ist ja grauenhaft. Warum weißt du besser über meine Termine Bescheid als ich?«

Theo sah sie mit einem braunen Knopfaugenblick etwas länger an, als man sich normalerweise angesehen hätte. Oder bildete sie sich das ein? Dann wandte er den Blick von ihr ab, und paffte an seiner Dampfzigarette, bevor er antwortete.

»Ich scheine mich dafür zu interessieren, wann und wo ich dich sehe.«

Konstanze schwieg. Seit dem Abend auf dem Gang vor ihrem Zimmer irritierte es sie jedes Mal, Theo zu sehen, sich ihm so seltsam verbunden zu fühlen, durch diesen einen kleinen, innigen Moment. Und ein Satz wie dieser verstärkte dieses Gefühl enorm. Der ganze Aufenthalt hier fing an, verwirrend für sie zu werden.

Als sie zurück in ihr gemeinsames Zimmer kam, hörte sie, wie Jacqueline am Telefon jemandem – wahrscheinlich Mike – langatmig Schritt für Schritt erklärte, wie er es schaffen könnte, dass morgens alle Kinder satt, angezogen, pünktlich und mit einem Pausenbrot das Haus verließen.

»Und du? Wie, und du? Soll ich dir jetzt auch noch erklären, wie du es selbst schaffst, dich anzuziehen, bevor du die Kinder wegbringst? Okay, ich verrat's dir. Du musst *vorher* fertig sein, vorher!« Jacqueline lauschte in den Hörer. »Ja, dazu muss man dann früher aufstehen. Genau.«

Jacqueline legte kopfschüttelnd auf, und Konstanze grinste.

»Philipp ist letztens wieder ausgeflippt, als ich ihm gesagt habe, wie er die Wäsche am besten macht, und ich habe mich plötzlich selbst gefragt, wie das gekommen ist. Wie bin ich zu jemandem geworden, der jemand anderem sagt, wie er die Wäsche zu machen hat, dass er daran denken soll, den Reis aufzufüllen, wenn er leer ist, oder wie er die Spülmaschine einräumen soll? Warum erinnere ich ihn an die Müllabfuhr? Ich könnte es auch lassen. Früher habe ich alles einfach so gemacht, wie es kam. Habe Dinge erledigt oder Dinge vergessen, Dinge liegen gelassen. Und jetzt? Jetzt sage ich allen, wo es langgeht. Ich weiß gar nicht, ob ich das wirklich sein will.«

»Der Laden läuft sonst nicht«, sagte Jacqueline achselzuckend.

»Früher lief doch auch alles, oder?« Konstanze sah Jacqueline fragend an. »Früher bin ich morgens einfach aus dem Haus gelaufen, mit oder ohne Frühstück, egal. Wenn nichts im Haus war, habe ich mir beim Bäcker auf dem Weg ein Croissant gekauft. Unkompliziert. Das kannst du mit Kindern nicht mehr machen.«

»Du musst halt immer planen. Vorausplanen. Ist so.«

»Weißt du noch, wie das war, mit einem Kleinkind das Haus zu verlassen? Windeln, Feuchttücher, Trinkfläschchen, Kekse, Apfelschnitzchen, und gut überlegen, wann man zurückkommt, ist dann vielleicht Essenszeit, ist etwas vorgekocht? Sind Gläschen da für den Notfall? Das passiert dir höchstens zweimal, dass du mit plärrendem Kind auf dem Arm Essen kochst, ab da versuchst du die Situation immer im Griff zu haben. So fängt es an, oder?«

Jacqueline nickte.

»Du gehst an einer schönen Wiese vorbei und siehst sie gar nicht, weil du die ganze Zeit überlegst, ob noch Essen da ist, und wenn nicht, wo du noch etwas bekommst auf dem Heimweg.«

»Und genauso geht es immer weiter.« Jacqueline nickte. Das Gefühl kannte sie nur zu gut. »Deine Gedanken sind immer woanders, als du selbst bist, oder?«

»Ich dachte, ich kontrolliere meinen Alltag, um mir das Leben zu erleichtern, dabei bin ich ein Kontrollfreak geworden. Nicht sexy, oder?«

»Aber was willst du machen?«, fragte Jacqueline seufzend. »Einer muss ja für alle mitdenken. Einer muss es tun.«

Konstanze nickte zustimmend. Aber, dachte sie im Stillen, was würde passieren, wenn ihr Gehirn sich nicht mehr mit diesen hundertfachen Kleinigkeiten beschäftigen würde, aus denen ihr Alltag sich zusammensetzte? Wenn sie nicht so viel ihrer Energie aufwenden würde, damit der Laden lief?

27

Während Jacqueline zwar tagsüber auch ungefragt gerne und lautstark verkündete, dass sie es großartig fand, versorgt zu werden, sich um nichts kümmern zu müssen, ausschlafen zu können und sogar allmählich ihre Rückenschmerzen in den Griff zu bekommen, zweifelte Konstanze immer mehr daran, dass es ihr wirklich gutging. Denn nachts hörte sie sie regelmäßig weinen. Jacqueline schluchzte nur sehr leise ins Kopfkissen, ganz im Gegensatz zu ihrer tagsüber eher lauten Art, deshalb tat Konstanze so, als höre sie nichts. Sie wollte sie nicht in Verlegenheit bringen. Als sie aber in der vierten Nacht aufwachte und Jacqueline wieder weinen hörte, stand sie leise auf und tapste auf nackten Füßen zu ihrem Bett. Sie setzte sich zu Jacqueline auf den Bettrand und legte ihr sacht die Hand auf den Arm.

»Jacki, kann ich dir irgendwie helfen …?«

Jacqueline fuhr erschrocken hoch. »Hab ich dich geweckt? Das wollte ich nicht!«

»Was ist los, hm? Hast du Sorgen?«

Ein tiefes Schluchzen und noch mehr Tränen waren die Antwort. Jacqueline konnte gar nicht mehr sprechen.

»Jetzt weinst du dich erst mal richtig aus, und dann sehen wir weiter …« Kaum hatte Konstanze das gesagt, hing Jacqueline schon schluchzend an ihrem Hals.

Konstanze fühlte, wie Jacquelines ganzer Körper zitterte und bebte, während sie haltlos weinte. Konstanze saß ganz still, strich ihr immer mal wieder beruhigend über den Rücken und summte leise »Shshshshsh«, als ob sie ein unglückliches kleines Kind tröstete. Es schien zu wirken, denn nach ein paar Minuten, in denen Jacqueline weinte, als ginge es um ihr Leben, begann sie sich zu beruhigen. Die Schluchzer ließen nach, die Tränen versiegten allmählich, und auch das Zittern ließ nach. Ab und zu schüttelte ein einzelner Schluchzer sie noch einmal durch, aber dann verschwanden auch diese Beben. Als Jacqueline fast ruhig geworden war, löste Konstanze sich vorsichtig und stand auf. »Ich hol dir ein Glas Wasser und ein Taschentuch, hm?« Jacqueline nickte stumm, und Konstanze holte eine nassen Waschlappen, mit dem sie ihr Gesicht kühlen konnte, gab ihr Taschentücher, in die sie kräftig schnäuzte, um dann das Wasser, das Konstanze ihr hinhielt, hinunterzustürzen wie eine Ertrinkende.

»Schnaps?«

Jacqueline nickte. Konstanze reichte ihr das Fläschchen mit dem Mirabellengeist, und Jacqueline kippte einen großen Schluck hinunter. Stumm bot sie Konstanze die Flasche an, und als Konstanze den Kopf schüttelte, setzte sie die Flasche gleich noch mal an.

Konstanze setzte sich wieder auf Jacquelines Bettkante und betrachtete ratlos, wie sie völlig verweint und aufgelöst vor ihr saß. Sie versuchte ein Lächeln, aber es missglückte. Konstanze nahm Jacquelines Hand. »Was ist los? Warum hast du so großen Kummer?«

Jacqueline zuckte die Achseln. »Weiß auch nicht.«

»Irgendwas wirst du wissen. Fang einfach irgendwo an.«

Wieder zuckte sie die Achseln.

»Die Kinder?«, riet Konstanze.

»Ich vermisse sie so.«

Konstanze nickte und wartete ab.

»Und ich weiß nicht, ob Mike wirklich immer bei ihnen ist. Ich glaube, er macht mit dieser Laila rum. Und ich kann nichts sagen, weil ich nicht will, dass er die Kinder alleine lässt.«

»Würde er das denn?«

»Keine Ahnung. Bestimmt. Warum soll er sich um meine Kinder kümmern, wenn er es sich bei dieser Laila schön machen kann.«

»Weil er verantwortungsbewusst ist?«

»Der Typ und Verantwortung? Der kennt das Wort gar nicht … Er hat … er hat … ich war halt so froh, überhaupt jemanden zu haben. Und die Typen, die ich kriege, sind nicht die guten. Ich kann froh sein, überhaupt einen zu bekommen, und dann muss ich halt die Klappe halten und alles mitmachen, aber jetzt sind die Kinder alleine und ich … ich …«

»Eins nach dem anderen. Als Erstes: die Kinder. Hast du Angst um sie?«

»Nein, nicht Angst. Nicht wirklich Angst. Aber wenn er sie alleine lässt, wenn sie jetzt in der Nacht alleine sind und er bei dieser Ziege ist …«

Sie begann wieder zu zittern, und Konstanze schlug ihr die Decke über die Schulter und hielt sie fest.

»Sollen wir ihn mal anrufen?«

»Nein! Was soll ich denn sagen?«

»Hallo, ich kann nicht schlafen und denke grad an euch blabla …«

»Das kann ich nicht … das kann ich nicht!« Jacqueline war wirklich verzweifelt.

»Aber du willst gerne wissen, dass alles in Ordnung ist?«

Jacqueline nickte, und Konstanze stand auf.

»Ich ruf ihn an. Was haben wir denn? Zwei Uhr. Okay, dann müssen wir tricksen. Was willst du wissen, ob er bei den Kindern ist, oder? Gib mir seine Nummer.«

Jacqueline nickte wieder und reichte Konstanze ihr Handy, nachdem sie die Nummer aufgerufen hatte. Konstanze nahm das Kliniktelefon, zwinkerte Jacqueline zu und wählte. Es tutete ein paar Mal, dann hob ein verschlafener Mensch ab.

»Ja …?«

»Georgsklinik, Kiesel, mein Name, guten Abend.« Konstanze setzte ihren offiziellen Ärzteton auf und sprach schnell weiter. »Tut mir leid, wenn ich Sie störe, aber bei Frau Holter stellt sich gerade eine wichtige Medikationsfrage, und ich wollte Sie bitten, in Frau Holters Entlassungspapieren nachzuschauen. Trotz später Stunde. Wären Sie so nett …?«

»Hä? Was? Ist was mit Jacki? Wer sind Sie?«

»Ich bin die diensthabende Ärztin. Georgsklinik, Kiesel. Kein Grund zur Sorge, wir kommen mit einem der Schmerzmittel nicht mehr weiter, deshalb hat sie starke Schmerzen, und wenn wir wüssten, was sie nach der OP bekommen hat, würde das jetzt sehr helfen.«

»Die hat die Papiere doch alle mit.«

Langsam wurde der Mann anscheinend wach.

»Das dachten wir auch. Aber es scheint etwas zu fehlen.«

Konstanze wandte sich leise an Jacqueline. »Wo könnte er nachschauen?«

»Kommode im Schlafzimmer, zweite Schublade«, raunte sie zurück und beobachtete mit großen Augen, wie Konstanze im Zimmer auf und ab lief.

»Ich hab aber keine Ahnung, wo …«

»Sind Sie in Frau Holters Schlafzimmer?«, unterbrach ihn Konstanze.

»Ja …«

Konstanze nickte Jacqueline zu, die sich erleichtert zurücklehnte.

»Dann machen Sie mal Licht an, oder stört das am Ende jemanden …?«

»Wen soll das stören … hier bin nur ich?«

»Er ist allein«, flüsterte Konstanze Jacqueline zu, während sie den Hörer abdeckte, und laut fuhr sie fort: »Dann schauen Sie doch mal in der zweiten Schublade der Kommode nach, bitte. Ich warte.«

Es dauerte eine ganze Weile, während der es ordentlich raschelte, bis Mike sich wieder meldete.

»Ich find nix. Wie soll das denn aussehen …?«

»Hm, ein Entlassungspapier eben. Adresse, Stempel, sieht offiziell aus. Nichts da?«

Nachdem Mike nochmals verneint hatte, entschuldigte Konstanze sich für die Störung, bedankte sich für seine Hilfe und räusperte sich. »Äh, wenn ich Sie gerade schon am Telefon habe, darf ich Sie noch fragen, wie die Kinder damit klarkommen, dass Frau Holter in der Reha ist?«

Konstanze lauschte in den Hörer, bedankte sich noch mal und legte auf.

Jacqueline lächelte sie mit ihren rotgeweinten, verquollenen Augen an. »Das vergesse ich dir nie. Danke.«

Konstanze setzte sich wieder an Jacquelines Bett. »So, das war erstens. Den Kindern geht es ganz gut, sie vermissen dich, aber sie halten zusammen, sagt er. Mike ist bei dir zu Hause, und es ist niemand sonst da, keine Laila oder so, das hätte ich gehört. Du brauchst dich nicht sorgen.«

Jacqueline sah konzentriert auf die Bettdecke und fuhr mit dem Finger eine Falte entlang, die der Bezug warf.

»Jetzt nicht«, flüsterte sie leise. »Aber das ändert ja nichts daran, dass ich alleine bin. Ich muss es immer schaffen. Alles. Ich weiß nicht mehr, wie? Und das merk ich erst hier, weißt du? Hier muss ich plötzlich nicht mehr funktionieren, und da weiß ich nicht, wie ich jemals wieder funktionieren soll. Ich kann nicht mehr. Wie soll ich das bei den Kindern wiedergutmachen, dass ich solange weg bin? Was soll ich mit Mike machen, wenn ich zu Hause bin? Dann muss ich mich betrügen lassen, dann bin ich ihm so viel schuldig, dass ich nie mehr frei sein kann, und ich kann nicht mehr, ich bin so müde.«

Konstanze steckte Jacqueline ins Bett, wie sie Lotte in Bett gebracht hatte, als sie noch ein kleines müdes Mädchen war. Sie deckte sie zu, strich ihr über die Stirn, zog die Decke glatt und knipste das Licht aus.

»Schlaf jetzt, alles wird gut. Morgen kümmern wir uns um alles. Um zweitens. Und um drittens. Du verdienst was Besseres, weißt du. Das steht dir zu, dass jemand zu dir hält. Und nun wird geschlafen und schön geträumt.«

Als sie schon im Bett lag, kam ein kleines, zartes »Danke, Konni« aus dem Dunkel herüber, und dann hörte sie schon bald, wie Jacquelines unregelmäßiger Atem sich in gleichmäßige Züge verwandelte und sie tatsächlich einschlief.

Doch Konstanze war weit davon entfernt, selbst einschlafen zu können. Denn nun fuhren in ihrem eigenen Kopf die Gedanken Karussell.

Wie könnte sie Jacqueline dazu bekommen, mehr an sich zu glauben? Wie könnte sie herausbekommen, was für ein Typ dieser Mike wirklich war und ob es für Jacqueline nicht besser wäre, ihn in den Wind zu schießen? Was für eine Verzweiflung hinter der buntgeschmückten Fassade lauerte. Es hatte sie erschreckt, und sie hatte das Gefühl, im Notdienst gewesen zu sein. Ihr Herz schlug schnell, sie versuchte ruhig zu atmen und trank ein paar Schlucke Wasser aus dem Glas, das an ihrem Bett stand. Natürlich schlug ihr Herz schnell: Notdienst, das hieß viel Adrenalin.

Sie hatte viele Notdienste absolviert in ihrem beruflichen Leben. Ja, der Adrenalinpegel war dabei hoch. Aber Notdienst, das hieß auch: große Erfolge und große Genugtuung. Ein niedergelassener Arzt, der jemandem ein Erkältungsmittel verschrieb, konnte natürlich niemals diese Genugtuung empfinden wie eine Herzchirurgin, deren Analyse und deren Handgriffe letztlich über Leben und Tod entschieden. Jetzt klopfte ihr Herz laut und schnell, und sie dachte, dass es vielleicht schon zu viele Notdienste gegeben hatte. Sie hatte den Impuls, ihr Herz schützen zu wollen. War es das, was ihr Herz brauchte? Schutz?

Konstanze hatte nachmittags ihr erstes therapeutisches Gespräch gehabt. Zunächst war sie sich nicht sicher gewesen, was sie von ihrer Therapeutin Frau Rose halten sollte. Marlies Rose war bestimmt Ende fünfzig, auf den ersten Blick vielleicht etwas unscheinbar, und hatte ruhig zugehört, als Konstanze ihr erläuterte, warum sie ihrer Meinung nach eigentlich keine therapeutischen Gespräche bräuchte. Sie hatte eine schöne Kindheit gehabt und führte nun ein glückliches Leben. Dass ihr Herz ein bisschen raste, hing mit dem Unfall und dem damit einhergehenden plötzlichen Tempowechsel zusammen. Das würde sich jetzt sicher bald wieder geben. Frau Rose hatte genickt und vorgeschlagen, dass sie sich einfach über ihre momentane Situation unterhalten könnten und wie sie den Aufenthalt hier fand.

Und plötzlich waren sie mittendrin.

Als Frau Rose sie gefragt hatte, ob sie ihre Familie vermisse, hatte sie einen Moment überlegen müssen, um dann mit einem verwirrten Ja-nein-vielleicht-ich-weiß-nicht zu antworten. Sie vermisste die Kinder. Sie vermisste es nicht, ihnen alles hinterherzutragen, sie an alles zu erinnern, sie abzuholen und herumzukutschieren, ihre Wäsche zusammenzulegen, nur um sie hinterher wieder zerknäult auf dem Bett liegend vorzufinden. Sie vermisste nicht den Ton, mit dem die pubertierende Lotte sie oft anging und den Malte begann nachzuahmen, weil er es schick fand.

Sie vermisste eine Vorstellung, die sie von Philipp hatte, die aber mit ihrem realen Leben wenig zu tun hatte. Sie vermisste nicht die oft angespannte Stimmung an den Abenden, wenn Philipp und sie beide müde waren und unterschiedliche Vorstellungen davon hatten, was noch erledigt werden sollte. Sie vermisste nicht das Schweigen zwischen ihnen.

Als Frau Rose daraufhin gefragt hatte, ob es ihr etwas ausmache, nicht zu arbeiten momentan, da hatte sie nicht eine Sekunde überlegen müssen, da hatte sie sofort mit einem klaren »Ja« geantwortet. Und sie wusste genau weshalb: Wegen der Genugtuung, die ihre Arbeit ihr gab. Sie investierte ihr Wissen und ihre Energie, und sie bekam so viel zurück. Erfolg, Anerkennung, Dank, Glücksgefühle und dazu noch ihr Gehalt. Auch in ihre Familie investierte sie so viel Energie, Fürsorge, Gedanken. Doch ihre Familie gab ihr sehr viel weniger zurück. Anerkennung? Dank? Glücksgefühle? Wenn sie ehrlich war, fühlte sie sich zu Hause gehetzt, gefordert, vielleicht sogar überfordert, aber nicht wirklich glücklich. Nicht so, wie ihre Vorstellung vom Muttersein, vom Familienleben und Alltag mit Familie und Beruf eigentlich immer gewesen war. Sie hatte immer gedacht, die eine Welt profitiere von der anderen. Eigentlich war sie sich, bis sie hierhergekommen war, sicher gewesen, dass das ihr Leben war. Ausgefüllt und glücklich. Doch wenn sie ihre Familie nur vielleicht vermisste und ihre Arbeit ganz sicher, dann musste es einfach eine gewisse Schieflage geben, die sie bisher noch nie deutlich wahrgenommen hatte.

Als Konstanze nach fünfzig Minuten das Sprechzimmer verlassen hatte, war sie wesentlich verwirrter als vorher. »Wollen wir uns diese Woche noch einmal unterhalten?«, hatte Frau Rose freundlich gefragt, und ihr sofort ein paar weitere Termine angeboten. Konstanze hatte diese gleich in ihren Plan eingetragen und war jetzt sogar froh darüber.

Ob das Hauptproblem vielleicht in ihrer Ehe lag? Hatte nicht nur Jacqueline Probleme mit Mike, hatte auch sie – wenn auch ganz andere – Probleme mit Philipp?

Sie dachte wieder an das Gefühl der Geborgenheit, das sich in ihr ausgebreitet hatte, als sie sich an Theo angelehnt und er sie festgehalten hatte. Warum gab ihr ein fast Fremder dieses Gefühl, aber ihr eigener Ehemann nicht? Dieses fremde, vertraute Gefühl, von dem sie gar nicht gewusst hatte, wie sehr sie sich danach sehnte. Und Jacqueline ging es irgendwie genauso. Sie kämpfte an vielen Fronten. Aber fallenlassen konnte sie sich nie. Und das brach jetzt über sie herein. Sie waren gar nicht so unterschiedlich. Eigentlich waren sie sich viel ähnlicher, als sie je gedacht hätte.

Und plötzlich kam eine Erinnerung. Sie erinnerte sich an ihren Vater. Die Geborgenheit, die sie als Kind empfunden hatte, wenn er in ihrer Nähe war, wenn sie in seiner Praxis gespielt hatte, während er arbeitete. Und später, wenn sie mit ihm über Freundinnen, Schule, Lehrer, Liebeskummer und mögliche Studienorte geredet hatte. Das Gefühl war mit seinem Tod verschwunden. Niemand sonst hatte ihr jemals wieder diese Art von Geborgenheit gegeben.

28 Jacqueline war am nächsten Morgen sehr schweigsam. Es war ihr peinlich, dass sie so geweint und Konni damit offensichtlich geweckt hatte. Konni sah auch ein bisschen übernächtigt aus. Sie kamen gerade zusammen aus der Physio, wo Jacqueline Rückenschule und Konni eine Massage gehabt hatte. Jacqueline warf einen Blick zur Seite, und Konni blieb stehen und drehte sich zu ihr.

»Geht's dir heute besser?«

Jacqueline zuckte die Achseln und nickte.

»Schon. Tagsüber geht's. Nachts stell ich mir immer so viel Blödsinn vor und steigere mich da rein und male mir alles aus, in allen Farben und dann … dann kann ich nicht mehr anders.«

Sie gingen langsam weiter.

»Tut mir leid, dass ich dich geweckt habe. Du warst voll lieb zu mir, das war so nett.«

Jacqueline sah Konni von der Seite an, und Konni grinste. »Weiß auch nicht, was da in mich gefahren ist …«

»Und wie du diese Nummer durchgezogen hast. Dr. Kiesel. Wie bist du da so schnell draufgekommen?«

»Stein«, erwiderte Konstanze. »Stein, Kiesel. Ist mein Deckname …«

Jacqueline musste ebenfalls grinsen, wurde dann aber schnell wieder ernst. »Noch mal danke.«

»Das war selbstverständlich.«

Jacqueline schüttelte den Kopf. Das war es nicht. Jedenfalls nicht für sie. Sie kannte es nicht, dass jemand überhaupt mitbekam, wenn sie weinte. Sie weinte sonst nur, wenn sie völlig alleine war. Aber in einem Doppelzimmer war man eben nicht alleine. Und sie hatte noch nie erlebt, dass jemand sie trösten wollte. Oder ihr half.

»Erzähl mir noch mal von Mike«, bat Konni. »Warum traust du ihm nicht?«

»Ach«, Jacqueline überlegte, wie sie ausweichen könnte. Die Sonne schien, und es war Tag, und die Nachtgespenster waren weg, zum Glück, warum jetzt daran denken?

»Er ist okay. Ich spinne halt, sagt er auch immer. Ich stelle mir immer vor, dass er doch ein mieser Kerl ist, dass er mit anderen Frauen rummacht. Dass er vergisst, dass er auf meine Kinder aufpassen wollte.« Jacqueline zuckte die Achseln. Was sollte sie jetzt sagen. Konni hatte ja keine Ahnung, was abging. Die lebte in so einer anderen Welt. Die war ihr ja anfangs auch gleich mit »verantwortungslos« gekommen. Als ob sie nicht immer alles tat, um die Kinder zu schützen. Alles. Nicht wie ihre Mutter. Die war aus dem Zimmer gegangen, wenn der Vater sie schlug. Damit sie es nicht mit ansehen musste und um vielleicht selbst nichts abzukriegen. Jacqueline wusste, dass Mike den Kindern nichts tat, sonst wäre sie nie weggefahren. Niemals nie. Mike war nicht gewalttätig. Er hatte Jacqueline nur einmal geschlagen, da hatte er getrunken und war wütend, weil sie ihn verdächtigt hatte fremdzugehen. Obwohl er das tat, das wusste sie genau. Und weil er das niemals zugeben würde, war ihm die Hand ausgerutscht. Dann nie wieder. Aber trotzdem würde sie ihn jetzt nicht verärgern wollen, in dem sie zu viel fragte. Sie fragte nicht nach Laila, sie fragte nicht, ob er auch nachts immer zu Hause war, und sie fragte auch nicht, wie viel er trank. Sie durfte ihn nicht verstimmen. Es war besser so. Wenn sie mit Timmi redete, sagte er immer, alles wäre »okay«. Aber sie wusste, dass er das natürlich auch sagte, weil er ihr keine Sorgen machen wollte. Ob es wirklich okay war, wusste sie nicht.

Eigentlich wollte Jacqueline jetzt nicht davon reden. Und auch nicht daran denken. Es brachte ja doch nichts. Aber Konni war hartnäckig.

»Komm, Jacqueline, mach mir nichts vor. Was ist das für ein Typ? Er betrügt dich. Er trinkt zu viel. Und? Was noch? Hat er dich schon mal geschlagen?«

Konni sah sie fragend an, und Jacqueline sah weg. »Einmal.«

»Scheißkerl«, entfuhr es Konni. Und Jacqueline sah sie überrascht an. So ein Wort hatte Konni noch nie benutzt. »Verdammter Scheißkerl«, setzte sie nochmals nach. »Ist doch wahr, oder?«

Konni deutete den Gang entlang und sagte, dass sie mal rausmüsste, dass sie an die Luft gehen sollten und reden. Jacqueline folgte ihr, aber ihr war mulmig. Sie wollte nicht mehr reden. Reden änderte gar nichts. Es gab keine Lösung. Wenn es eine gäbe, hätte sie die schon längst gefunden. Und Mike war manchmal echt lieb. Was hätte sie denn jetzt auch ohne ihn gemacht? Konni hatte doch keine Ahnung, wie es in Wirklichkeit zuging im Leben. Einmal war ihm die Hand ausgerutscht. Das konnte jedem mal passieren.

Konni ließ sie einfach erzählen und hörte zu, und Jacqueline erzählte zum ersten Mal alles. Sie fing ganz von vorne an. Von ihrem Vater, der kein guter Vater war. Ihrer Mutter, die keine gute Mutter war. Ihren Männern, die auch keine guten Männer waren. Ob sie keine Freundinnen habe, wollte Konstanze wissen, und Jacqueline verneinte. Sie hatte mal Freundinnen gehabt, ihre beste Freundin hatte ihr Timmis Vater ausgespannt, eine andere Freundin war Alkoholikerin, die konnte man gar nicht mehr ansprechen. Und noch eine andere Freundin hatte sich auch an ihren Freund rangeschmissen und in ihr weggenommen. Mandys Vater war das gewesen.

»Meine Freundinnen waren alles falsche Hexen. Du denkst, die halten zu dir, und dann lassen sie dich fallen wie eine heiße Kartoffel, nur um deinen Typen auszuspannen. Weißt du, es ist am besten, wenn man nicht so viel vertraut. So wie es jetzt ist, ist es eigentlich okay. Ich brauch keine Freundin. Dann werde ich auch nicht enttäuscht.«

Konni schüttelte aufgebracht den Kopf.

»Überhaupt gar nichts ist okay! Da muss man etwas unternehmen. Und zwar dringend. Du bist viel zu gut für so einen Typen. Und für deine Kinder suchen wir eine Bleibe. Es gibt so nette Pflegefamilien, das bekommst du durch, das weiß ich.«

»Hab ich schon alles überlegt«, winkte Jacqueline ab. »Ist echt keinen Deut besser. Niemand nimmt drei Kinder auf einmal. Dann werden sie verteilt, vermissen mich, vermissen sich und haben ihren normalen Alltag nicht. Die hängen aneinander. Andere Schule, andere Kindergärten, das ist doch viel schlimmer für die, wenn plötzlich alles fremd ist.«

Konni nickte. »Verstehe.«

Das hatte auch Mike am Telefon gesagt, dass die Kinder zusammenhalten. Er hatte wahrscheinlich wirklich seine nette Seiten, wegen derer Jacqueline bei ihm blieb.

»Du kannst aber nicht zurück zu Mike gehen, wenn er wirklich mit anderen Frauen rummacht. Das ist respektlos. So kannst du dich nicht behandeln lassen. Und dann auch noch schlagen … Das geht nicht.«

»Das war echt aus Versehen. Das weiß ich.«

Konni sah sie skeptisch an, und Jacqueline nickte.

»Ich weiß, wie das klingt. Und ich weiß auch, was du denkst, aber damit kenn ich mich aus. Der ist nicht so.«

»Aber er betrügt dich. Mit einer Laila. Mein Gott, wie kann man auch noch so heißen!«

Jacqueline lachte bitter, aber dann verschwand das Lachen gleich wieder. »Laila, ja. Und davor war es Mimmi … ach egal. Er ist eben nicht treu, das Wort kennt er gar nicht.«

»So kannst du dich nicht behandeln lassen, Jacqueline.«

»Weißt du, es ist am besten, wenn man sich damit abgefunden hat. Und nicht immer wieder davon anfängt, wenn man es doch nicht ändern kann.«

»Und dafür nachts weinend im Bett liegt.«

»Tut mir leid, wenn's dich gestört hat.«

»Nein, das soll dir nicht leidtun!«, rief Konni aufgebracht. »Darum geht's nicht! Es geht darum, dass du nachts nicht mehr weinen musst! Hörst du?! Es muss doch möglich sein, dass du das Leben lebst, von dem du träumst. Das muss einfach möglich sein!!«

Jacqueline lächelte schief. »In deiner Welt vielleicht. In deiner Welt kann man vielleicht alles verändern. In meiner nicht.«

29

Auch in Jacquelines Welt musste Veränderung möglich sein. Sie konnte es nur nicht erkennen. Sie hing so tief drin in diesem Schlamassel, dass es ihr unmöglich war, über den Rand hinauszuschauen und zu entdecken, dass es Möglichkeiten gab. Und es war nicht nur das. Das Hauptproblem war, dass sie sich nichts zutraute und nicht glaubte, dass ihr irgendetwas zustand. Es machte Konstanze wütend. Extrem wütend. Sie wollte es ihr zeigen. Sie wollte ihr unbedingt beweisen, dass ihr mehr zustand als das, was sie hatte. In jeder Hinsicht. Gerade weil Jacqueline sich diesem Mike gegenüber so wertlos fühlte. Es war wirklich eine ungute Konstellation, dass er nun bei den Kindern war, damit würde Jacqueline ewig das Gefühl haben, in seiner Schuld zu stehen. Aber wie könnte sie das ändern? Sie beschloss, sich zunächst einmal um die einfachen Dinge zu kümmern. Als Jacqueline zu ihrer nächsten Anwendung ging, nutzte Konstanze die Zeit, um an einem der öffentlich zugänglichen PCs ein paar Dinge zu recherchieren.

Sie schaute nach, wie man eigentlich Kosmetikerin wurde, und fand heraus, dass es sowohl schulische als auch betriebliche Ausbildungen gab. Der Vorteil bei den betrieblichen Ausbildungen war, dass man bezahlt wurde, wenn auch spärlich. Vor allem, wenn man sich vorstellte, dass Jacqueline nicht nur sich alleine, sondern auch noch drei Kinder finanzieren musste. Andererseits, mit dem Kindergeld und dem Ausbildungsgeld und vielleicht gab es ja auch so etwas wie einen Ausbildungszuschuss, das musste sie noch herausfinden, würde es ja vielleicht gehen?

Immerhin las sie, dass 44 Prozent ihren Ausbildungsplatz mit einem Hauptschulabschluss bekommen hatten, das hieß, dass Jacqueline im Prinzip die nötige Zugangsqualifikation hatte. Sie schrieb sich Telefonnummern vom sämtlichen Ämtern und Beratungsstellen auf und beschloss, auch mit der Sozialberatung hier im Haus einen Termin zu machen. Sie glaubte kaum, dass Jacqueline dort im Detail geschildert hatte, was sie eigentlich wirklich dringend benötigte, vielleicht waren die Damen ja ganz fit und könnten schon von hier aus etwas für ihre Zukunft regeln.

Als Frau Unterkofer sah, wie Konstanze zielstrebig auf die Empfangstheke zusteuerte, holte sie schon mal tief Luft. Mit dieser Dame war ja nicht gut Kirschen essen. Doch Konstanze bat sie lediglich freundlich um die Durchwahl der Sozialberatung und wandte sich wieder zum Gehen.

»Die Damen sind nur vormittags da. Falls Sie einen Termin brauchen …«

Konstanze bemerkte Frau Unterkofers fragenden Blick und antwortete, dass sie gerne einen Termin machen würde, besten Dank. Nicht für sie selbst, schob sie nach, aber sie glaube, dass ihre Mitbewohnerin mehr Hilfe gebrauchen könnte, als ihr selbst bewusst war.

Als sie ging, schaute Frau Unterkofer ihr einigermaßen überrascht nach. Und als Frau Sämann von der Belegungszentrale zu ihr trat, schüttelte sie den Kopf und nickte in Richtung Konstanze, die gerade im Aufzug verschwand.

»Die Ziege hat ja doch ein Herz!«

»Ich glaube, sie hat sogar ein Problem damit. Dr. Niedlich hat angerufen, sie braucht mehr Ruhe und bald ein Einzelzimmer. Ich habe in den nächsten Tagen eins für sie. Falls sie noch mal fragt …«

Bis mittags hatte Konstanze schon einiges herausgefunden, was hilfreich für Jacqueline sein würde. Sie hatte sich Formulare für alle Sorten von Anträgen besorgt, die sie mit ihr gemeinsam ausfüllen wollte, weil Jacqueline offensichtlich eine Menge Berührungsängste hatte. Dabei könnte es ihr wesentlich besser gehen, ihr stand Hilfe zu, die sie einfach ignorierte. Konstanze wusste nicht, ob es nur ihr Stolz war oder auch die Angst vor Ämtern und vielleicht frühere ungute Erfahrungen, denen sie sich nicht wieder aussetzen wollte. Es würde tatsächlich möglich sein, die Kinder länger betreuen zu lassen und trotzdem eine Ausbildung zu machen. Es musste nur alles bewilligt werden, was sie beantragten. Aber sie wollte noch nichts sagen. Erst wenn alle Informationen komplett vorlagen, die sie brauchte, um Jacqueline zu einem neuen Start zu verhelfen, erst dann würde sie ihr davon erzählen. Aber sie freute sich schon sehr darauf, ihr bald zu unterbreiten, wie sich ihr Leben verändern könnte.

Jetzt musste sie erst mal Philipp anrufen und ihm

eine Liste mit Sachen durchgeben, die er am Sonntag mitbringen sollte. Jacqueline stand jeden Tag an ihrem Kleiderschrank und strich mit der Hand diese viel zu kleine türkisfarbene Jogginghose glatt, die ihr vielleicht mal vor zehn Jahren gepasst hatte, aber jetzt mit Sicherheit nicht mehr. Zu Hause hatte sie auf dem Schrank eine Kiste mit aussortierter Kleidung, die völlig in Ordnung war, sie schaffte es nur nie zum Secondhandladen, um sie endlich abzugeben. Wenn sie sich recht erinnerte, waren da noch ein paar Sportsachen von ihr, die sie nicht mehr anzog, seit sie sich irgendwann ihre neuen Sachen gekauft hatte. Sie hatte auch noch diesen Bademantel in schrillem Pink, den ihre Schwiegermutter ihr geschenkt hatte, weiß der Teufel, was sie da geritten hatte, ausgerechnet für sie einen pinkfarbenen Bademantel auszusuchen. Es war sogar eine teure Marke, vielleicht war genau die Farbe im Sonderangebot gewesen, weil sie sonst darauf sitzengeblieben wären. Er war noch originalverpackt. Jacqueline würde die Farbe lieben.

30

»Heute Abend brauch ich ein Bier«, kündigte Konstanze an, als sie mit Jacqueline zum Abendessen ging. »Am Wochenende kommt meine Familie, und ich weiß nicht, wie ich ihnen beibringen soll, dass mein Aufenthalt verlängert werden soll. Ich weiß ja selbst nicht genau, was ich davon halte.«

»Frag mich mal«, sagte Jacqueline. »Ich kann auf keinen Fall länger bleiben, aber der Niedlich meint, es wäre wichtig.«

»Ist es bestimmt auch«, sagte Konstanze. »Aber ich kann mir vorstellen, wie es dir geht. Wenn mir nur eine Lösung einfallen würde, für deine Kinder. Ich würde es dir so wünschen.«

»Theo haben sie auch angetragen zu verlängern.«

Konstanze horchte auf.

»Tatsächlich?« Das war ein Grund, nicht auf den Vorschlag einzugehen. Oder erst recht.

»Du kannst doch locker bleiben«, sagte Jacqueline. »Du brauchst dir keine Sorgen zu machen, dein Mann ist zu Hause und dein Job ist sicher, also: warum nicht?«

»Es ist nicht ganz so einfach, was meinen Job betrifft. Weißt du, ich habe die Chance, Chefärztin zu werden in der Klinik. Wenn ich aber zu lange in der Reha bin, dann denken die sich natürlich ihren Teil. Und zack! Hat jemand anders den Posten. Das kann schnell gehen.«

Jacqueline sah sie mit zusammengekniffenen Augen an.

»Hast du deshalb deinem Mann nichts von deiner Herzgeschichte erzählt? Weil er dort auch Arzt ist?«

Konstanze nickte.

»Und weil er sich auch auf die gleiche Stelle beworben hat.«

»Ihr wollt beide die gleiche Stelle? Habt ihr euch das gut überlegt? Was ist, wenn einer sie kriegt und der andere nicht?«

»Genau das ist ja die Frage«, sagte Konstanze.

Vielleicht würde sie erst nach dem Wochenende entscheiden, ob sie verlängern sollte. Wenn Philipp mit den Kindern da gewesen war. Vielleicht wusste Philipp dann schon etwas Neues. Dann könnte sie sich immer noch entscheiden.

In der Bar war es lustig. Sie tranken Bier und Obstler und machten Witze über Schwimmnudeln, ihre Physiotherapeuten, den Nachbartisch und Frau Schillers sphärische Klangmusik. Die Blicke zwischen Theo und Konstanze wurden intensiver und heimlicher, und irgendwann verließ Theo die Bar und Konstanze bestellte noch zwei Bier für Jacqueline und sich. Gut, dass Theo weg war. Wer weiß. Am Ende hätte Konstanze sich heute wieder an ihn gelehnt. Nur viel länger. Er hatte sie so angeschaut, als hätte er nichts dagegen. Zum Glück fühlte sie sich zu angeschickert, um manierlich vom Barhocker zu rutschen und ihm nachzulaufen. Manchmal konnte Alkohol einen also auch vor Dummheiten bewahren. Sie schüttelte den Gedanken an Theo ab, prostete Jacqueline zu und klopfte den Rhythmus eines Songs mit, der gerade in der Bar lief. Er war alt, »Bye bye, Love«. Es hatte Zeiten voller Liebeskummer gegeben, da hatte sie ihn mit ihren Freundinnen mit Inbrunst gesungen. *Bye bye love, bye bye happiness, hello loneliness, I think Iam gonna die, bye bye my love goodbye.* Heute schien es ihr irgendwie beglückend zu sein, *bye bye* zu singen. Sie wusste nicht warum und wem oder was sie eigentlich *bye bye* singen konnte, aber irgendwie machte es Spaß. Jacqueline schmetterte den Refrain begeistert mit, bei den Strophen begann sie in Ermangelung von Textkenntnis in Lalala überzugehen, ihre Stimme war echt nicht schlecht, und Konstanze ließ sich hinreißen, zum Refrain eine zweite Stimme zu improvisieren. Was Jacqueline mit aufgerissenen Augen bestaunte. Ha, und wie sie erst einmal staunen würde, wenn sie ihr alles unterbreitete, was sie heute herausgefunden hatte. Sie freute sich schon wie ein kleines Kind darauf, Jacquelines Überraschung zu sehen.

Als sie sich zu – für eine Rehaklinik verhältnismäßig – später Stunde, es war gerade mal elf Uhr nachts, aber die Bar schloss eben pünktlich, singend und gackernd auf den Weg zurück in ihr Zimmer machten, kamen sie am Musikraum vorbei. Die Tür stand offen, und sie schielten neugierig hinein. Es gab ein Klavier und ein paar Orff-Instrumente in einem Regal. Hier fanden anscheinend kleine Konzerte statt, und ein Patientenchor kam einmal die Woche zusammen. Kichernd knipsten sie das Licht an, schlossen sorgfältig die Tür, und Konstanze setzte sich auf den Schemel vors Klavier, ließ die Krücken einfach fallen und hob den Deckel.

Sie fuhr mit den Fingern leicht über die Tasten. Sie hatte lange nicht gespielt. Im Alltag hatte sie überhaupt keine Zeit zu spielen. Auch wenn sie zu Hause ein Klavier hatten, an dem Lotte und Malte mehr oder weniger widerwillig übten, nie fand sie die nötige halbe Stunde, um einfach ein wenig vor sich hin zu spielen. Verrückt, dachte sie. Da muss ich hierherkommen und mir einen antrinken, um nachts im Musikraum der Georgsklinik mal wieder Klavier zu spielen.

»Kannst du das etwa?«, fragte Jacqueline erstaunt. Und als Konstanze nickte, rief sie, dass das doch echt nicht zu fassen war. »Da kann die Frau Klavier spielen und sagt wochenlang keinen Piep!«

»Tagelang«, korrigierte Konstanze trocken, aber Jacqueline war so hin und weg, dass ihr egal war, ob es sich um Wochen, Tage oder Monate handelte. Eine Ewigkeit jedenfalls.

»Spiel was, Konni«, rief sie begeistert. »Ich singe!«

»Was für ein Lied kannst du denn?«, fragte Konstanze, und Jacqueline meinte, viele. Es stellte sich heraus, dass Jacquelines Repertoire zwischen den aktuellen Popcharts und alten Festzeltschlagern oszillierte, und dazwischen Country, Beatles und die Toten Hosen streifte. Am meisten Spaß machten die Festzeltschlager, vielleicht weil der Alkoholpegel heute Abend irgendwie passte.

»Griechischer Wein«, sangen sie fröhlich schmetternd, »du bist wie das Blut der Erde!« Und gleich dazu »Marleen, eine von uns beiden muss nun gehen!« »Du bist die Schönste der Welt für mich, Bi-jang-ca!« Und dann kamen sie ganz schnell auf »Marmor, Stein und Eisen bricht! Aber unsere Liebe nicht. Alles, alles geht vorbei, nur wir sind uns treu.« Konstanze klimperte mit den Wimpern und rollte das »r« mit flatternder Zunge, sie hieb die Akkorde in die Tasten, und Jacqueline nahm sich eine Rassel aus dem Regal, die sie als Mikrophon benutzte, und gerade als sie den Refrain erneut mit noch mehr Inbrunst schmetterten, stand plötzlich eine Nachtschwester mit rotem Gesicht vor ihnen, die anscheinend schon seit geraumer Zeit versucht hatte, sich bemerkbar zu machen, was den beiden Künstlerinnen jedoch völlig entgangen war.

»Sing doch mit, Schätzchen«, rief Jacqueline ausgelassen und versuchte Schwester Gertrud, das stand zumindest auf dem Schildchen an ihrem Kittel, zum Tanzen zu bewegen. Doch Schwester Gertrud war nicht nach Tanzen. Schwester Gertrud war nach Nachtruhe, Licht aus, schimpfen und sich beschweren gehen und was sie sich eigentlich einbildeten und ob sie eigentlich wüssten, wo sie hier wären. »Absolut«, antwortete Konstanze nonchalant und drehte sich auf ihrem Hocker mit Schwung Schwester Gertrud zu.

»Gleich gehen wir da raus!« Sie deutete auf die Tür. »Und da werden wir vor Hunderten Fans spielen, die jubelnd auf uns warten. Leider müssen wir jetzt auf die Bühne, Sie entschuldigen uns, komm, Jacki!«

Jacqueline reichte ihr die Krücken, und zusammen verließen sie mit gewichtigen Mienen und leicht schwankendem Gang den Musikraum, in dem Schwester Gertrud ihnen sprachlos nachsah und anscheinend überlegte, ob hier ärztliche Hilfe nötig war, ob von diesem Duo wohl weitere Gefahr ausging oder ob sie die beiden in ihrem offensichtlich alkoholisierten Zustand sich einfach selbst überlassen sollte. Sie beschloss, auf jeden Fall den anderen Nachtschwestern auf den einzelnen Stationen Bescheid zu sagen, damit sie sich schon mal drauf einstellten, dass es bei ihnen eventuell gleich laut werden könnte.

31

Bis Konstanze und Jacqueline leicht verkatert, aber gut gelaunt zum Frühstück erschienen – das Tautreten hatten sie heute mal ausgelassen –, hatte die

Kunde vom nächtlichen Gesangsduo Infernale schon die Runde gemacht. An ihrem Tisch wurden sie freudig erwartet und mussten alles von Anfang an erzählen. Theo bereute es bitter, schon früher ins Bett gegangen zu sein, und bekniete die beiden, bitte, bitte, bitte noch einmal zu singen.

»Eigentlich waren wir voll gut, oder?«, fragte Jacqueline, und Konstanze erwiderte, na ja, sie waren vielleicht ganz gut und mit Sicherheit sehr voll gewesen. Und ob man das wiederholen sollte, sei fraglich.

Irene schüttelte energisch den Kopf.

»Ihr seid aber bereits verplant, alle wollen euch hören. Und es gibt auch schon Bewerber, die mitmachen wollen.« Sie zwinkerte Theo zu. »Und dann: Kon-ze-hert!«

»Wow, wer will denn mitmachen?«, fragte Jacqueline und sah Irene neugierig an.

»Na ich!«, rief Irene. »Und Theo natürlich! Der Tisch Nummer 17, so sollten wir uns überhaupt nennen.«

Günther sah unwillig auf.

»Ich bin auch Tisch Nummer 17, aber ich mache nicht mit.«

»Background Vocals?«, fragte Theo und versuchte, dabei nicht zu grinsen, aber Günther schüttelte nur den Kopf.

Konstanze stand auf, um sich noch etwas grünen Tee zu holen, an den sie sich schon beinahe gewöhnt hatte und der ihr heute Morgen bei ihrem leicht vernebelten Kopf viel besser half als erwartet.

»Träumt weiter, ihr Lieben. Das war mal lustig. Man

beachte das ›war‹ in dieser Aussage. Vergangenheitsform. Wenn man so etwas wiederholt, wird es peinlich.«

Theo widersprach vehement. »Wir wiederholen nicht eure rauschhafte Nacht, wir machen einfach ganz nüchtern ein bisschen Musik. Hab mich schon erkundigt, der Musikraum ist heute Nachmittag frei.«

»Was spielst du eigentlich?«, fragte Konstanze skeptisch.

»Und am Schlagzeug: Theo Reinhard!«

»Da gibt es aber nur Holzklangstäbe und Rasseln. Und an der Rassel: Theo Reinhardt?«

Konstanze sah ihn fragend an, und Theo legte den Kopf schief.

»Dann eben Holzklangstäbe. – Dabei sein ist alles!«

»Und was spielst du, Irene?«, fragte Konstanze.

»Zu Hause singe ich im Kirchenchor, ich singe einfach ein bisschen mit. Und wenn die Rassel dann wieder frei wäre …«

Während Jacqueline und Irene schon eifrig in die Planung gingen und versuchten, eine Liste mit Wunschhits zusammenzustellen, fragte Theo Konstanze, seit wann sie Klavier spiele.

»Seit gestern wieder«, lächelte sie. »Ich habe lange gespielt, früher, aber auch lange pausiert. Es hat Spaß gemacht. Und ich kann's noch. Das hätte ich gar nicht gedacht.«

»War die höhere Tochter eher Schubert-Sonaten zugeneigt, oder hat sie am Ende sogar ABBA gespielt?«

»Beides«, antwortete Konstanze. »Alles zu seiner Zeit.«

Ihre Mutter fand, es gehöre zum guten Ton zu musizieren. Sie hatte sich Klavier ausgesucht, weil sie es liebte, wenn ihr Vater Klavier spielte. Er tat es selten, aber manchmal setzte er sich abends vor dem Abendessen eine Weile ans Klavier und spielte, an was er sich noch erinnerte. Meist etwas von Gershwin oder Cole Porter. Vielleicht hatte sie schon als kleines Mädchen eifrig geübt, weil sie unbedingt sehr bald vierhändig mit ihm spielen wollte. Vielleicht war sie damals schon diejenige gewesen, die sie auch heute war: Entweder sie machte etwas so perfekt wie möglich, oder sie ließ es gleich sein. Mittelmaß war nichts, was Konstanze je angestrebt hatte. Auch nicht beim Klavierspiel, und auch nicht mit acht Jahren. Sie hatte sich wahnsinnig gefreut, als ihr Vater einmal sonntags Noten herausgekramt hatte, die er ihr zum Üben gab. Es war nicht ganz schwer, aber auch nicht ganz leicht. Sie gab sich viel Mühe, das Stück schnell zu lernen, um möglichst bald mit ihm musizieren zu können. Es war Cole Porters »Let's Misbehave«, und sie liebte das Stück. Sie saßen gemeinsam nebeneinander auf der Klavierbank, spielten zusammen und lächelten sich dabei an. *Das* war ihr Lied.

»Wunderbar!«, rief ihr Vater aus, nachdem sie es einige Male durchgespielt hatten und richtig gut konnten. Und wenn er dazu sang, dann schubste er sie mit seinem Ellbogen leicht an, wenn der Refrain kam, und zusammen tönten sie laut: Let's Misbehave! Und er strahlte, wenn sie es richtig gemacht hatte.

Konstanze hatte ganz vergessen, wie sehr das Klavierspielen mit der Erinnerung an ihren Vater einherging. Ob sie »Let's Misbehave« noch zusammenbekäme? Einen Versuch war es wert.

Sie wusste zwar nicht genau, ob sie Jacqueline und Irene im Duett ohne Alkohol ertragen würde, und dazu Theo an Orff-Instrumenten. Aber ach, warum eigentlich nicht? Wenn man erst einmal angefangen hatte, mit Schwimmnudeln zu spielen, konnte einen eigentlich gar nichts mehr schrecken.

32

Die Septemberluft, die sie umfing, roch schon ein wenig nach Herbst, auch wenn sich gerade erst ein leichter goldener Schimmer ins grüne Laub der Bäume und Wiesen zu mischen schien. Es war ein warmer Nachmittag, und Konstanze genoss es, draußen zu sein und etwas frische Luft zu inhalieren. Und sie freute sich, wenn sie ehrlich war, auch durchaus, neben Theo her zu spazieren. Die letzten Tage waren sie sich oft aus dem Weg gegangen, auch wenn ihre Blicke das Gegenteil taten. Konstanze war sich unsicher, ob nur sie ihm auswich oder ob auch er ihr auswich. Sobald sie sich sahen, gab es eine Verbindung zwischen ihnen, derer sie sich beide bewusst waren.

Während Jacqueline und Irene nach ihrer gemeinsamen Musizierstunde im Sangesrausch beschlossen hatten, noch weitere Lieder zu üben, hatte es sich ergeben, dass Konstanze neben Theo nach draußen humpelte und sich wünschte, sie könnte verdammt noch mal normal laufen und die Krücken einfach wegschleudern.

»Bin ich dir nicht viel zu langsam?«, fragte sie ihn mit einem Seitenblick. »Das nervt dich doch, oder? Es nervt mich ja selbst! Wenn du schneller gehen willst, dann mach das ruhig, ich humpel hier ein bisschen auf und ab, und du kannst …«

»Ich hab ein Herz für Behinderte und fühle mich heute gerne mal in die Schneckenwelt ein, Zentimeter für Zentimeter … nicht schlagen!«, rief er, als Konstanze drohend ihre Krücke hob.

»Morgen bin ich wieder der rasend schnelle Gepard, aber heute tue ich Gutes. Und rede darüber.«

Konstanze schüttelte den Kopf. Immer wieder kam der Quatschkopf in ihm durch.

»Was hältst du von der Bank dahinten?«, fragte er Konstanze. »Schaffst du es bis dahin? Sonst trage ich dich ritterlich.«

»Nicht dass du dich noch verhebst«, unkte Konstanze und nahm Kurs auf den Platz am Waldrand, auf den Theo gedeutet hatte.

Kurz darauf ließ sich Konstanze mit einem Seufzen auf die Bank fallen. Es war ein schöner Ort, der ihnen einen weiten Blick über die sanft geschwungenen Wiesen bot, die von Wegen und Zäunen durchzogen waren, Linien, die aufeinander zu liefen, sich trafen und wieder auseinanderstrebten. Die Sonne schien ihnen warm ins Gesicht, und Konstanze ließ ihren Blick in die Landschaft schweifen. »Wenn ich malen könnte, würde ich das hier festhalten. Diese Linien in der Landschaft.«

»Dieser Satz würde dir ein Achtsamkeitssternchen von Frau Schiller einbringen. Frau Keller-Stein ist im Hier und Jetzt angekommen.«

»Überhaupt nicht, das hast du völlig falsch verstanden. Ich strebe doch schon wieder weg aus dem Hier und Jetzt, indem ich von einer möglichen Zukunft spreche, in der ich malen könnte. Ich baue schon wieder Erwartungen auf und mache mir Druck! Malen!«

»Du Streber! Dabei bist du doch eine begnadete Malerin. Deine Seidentücher lassen auf ein Ausnahmetalent schließen, der Umgang mit Farbe, allein die Form der Tupfen.«

»Ach Theo«, unterbrach ihn Konstanze und sah ihn von der Seite an. »Kannst du ein einziges Mal ernst sein? Vor was läufst du eigentlich weg mit deinen ewigen Witzen?«

Theo stieß die Luft durch die Zähne aus. »Das willst du nicht wirklich wissen.«

»Vielleicht ja doch.« Konstanze sah ihn direkt an. »Vielleicht interessiert mich der Theo hinter dieser Fassade aus Spaß und originellen Sprüchen viel mehr?«

»Glaub mir einfach. Ich kenne mich.«

Damit war das Thema für ihn anscheinend beendet.

Aber Konstanze war nicht bereit, sich damit zufriedenzugeben. Sie holte Luft, um noch einmal anzusetzen, doch sein strenges »Konstanze!« brachte sie zum Verstummen. Verwundert sah sie ihn an.

»Keine Diskussionen. Thema beendet. Verstanden?«

Sein Ton war sehr aufgebracht, und Konstanze starrte ihn entgeistert an, doch er weigerte sich, ihren Blick zu erwidern. Er schaute direkt von ihr weg in die andere Richtung. Konstanze schüttelte den Kopf. Selbst teilte er gerne kräftig aus, er war genau der Typ, der für eine gute Pointe glatt eine Freundschaft riskieren würde. Aber anscheinend durfte man ihm keinen Hauch zu nahe treten.

»Was habe ich denn gesagt?«

»Nichts«, sagte er. »Lass gut sein. Nichts.«

»Unter ›nichts‹ verstehe ich etwas deutlich anderes.« Konstanze lehnte sich zurück an die Bank und schaute starr geradeaus ins Tal. Kein warmer Blick. Kein Anlehnen. Verbindung abgebrochen. Sie fühlte sich zurückgewiesen und gekränkt und wäre am liebsten aufgestanden und gegangen. Aber verdammt, mit Krücken davonhumpeln, seinen Blick im Rücken, das fand sie eine schreckliche Vorstellung.

Stattdessen sprang er auf und lief ein paar Schritte. Na super, da rannte er weg und ließ sie hier sitzen. Doch er kam zurück, ging ein paarmal unruhig hin und her, dann setzte er sich plötzlich verkehrt herum auf die Bank, schwang die Füße unter der Lehne durch, so dass er sie genau ansah, und nahm sie fest in seine Arme. Er zog sie an sich, vergrub sein Gesicht in ihrem Haar, an ihrem Hals, und sie spürte die Unruhe in seinem Körper, sie spürte seinen Pulsschlag, oder war es ihr eigener Puls, sie wusste es nicht, sie wusste nur, dass sie beide unruhig waren, aufgebracht, dass ihre Herzen pochten und dass es das Richtigste und das Falscheste zugleich war, so fest von Theos Armen gehalten zu werden, oder hielt sie ihn, sie wusste es nicht. Und als seine Lippen ihre suchten und er sie so durstig und so vorsichtig zugleich küsste, da war alles noch richtiger und zugleich noch falscher, und sie wusste nicht, ob sie nicht sofort rufen sollte, »Theo, lassen wir das besser!«

Oder lieber: »Theo, wirf mich ins Gras und küss mich, bis ich ohnmächtig werde«, oder: »Theo ...« Sie war auch durstig.

Sie hatte einmal einen Traum gehabt, das war schon lange her, aber sie erinnerte sich noch genau daran. Sie hatte furchtbaren Durst in diesem Traum, und dann gab ihr jemand ein großes Glas Wasser, und es war das Wundervollste, was ihr je passiert war. Sie hatte dieses Wasser getrunken, Schluck für Schluck, und es war einfach nur Wasser, aber es war genau das, was sie wollte, genau das, was sie brauchte, und es schmeckte köstlich und machte sie so glücklich. Aber das hier war kein Traum. Und Theos Küsse waren kein Wasser. Es war alles wesentlich komplizierter. Und doch war es irgendwie richtig, auch wenn es alles so offensichtlich falsch war. Denn morgen kamen Philipp und Lotte und Malte. Morgen.

33

Während Philipp die Liste abarbeitete, die Konstanze ihm diktiert hatte, um ihn an alles zu erinnern, was er ihr mitbringen sollte, grübelte er, ob er es ihr sagen sollte oder nicht. Wahrscheinlich war es besser, nichts zu sagen. Vorerst. Was würde es bringen? Es würde sie beunruhigen und verunsichern. Andererseits würde er ihre schlechte Laune nicht mitbekommen, und bis sie wieder zu Hause war, hätte sie sich bestimmt schon wieder beruhigt. Wenn er ehrlich war, gab es durchaus den freudigen Impuls, einfach auf sie zulaufen zu wollen und zu rufen: Schatz, ich werde Chefarzt!

Sie war seine Frau! Er wollte es ihr gerne sagen, eine Flasche Champagner mitnehmen, mit ihr feiern, aber er wusste natürlich, dass das eine Illusion war. Konstanze war seine Konkurrentin. Sie würde sich nicht für ihn freuen können. Für sie wäre es eine Niederlage. Egal, wie erwachsen und souverän sie vorher darüber gesprochen hatten, sie würde sich nicht mit ihm freuen können. Schade eigentlich, dachte er. Echt schade. Es wäre schön, eine Frau zu haben, die sich freut, wenn ihr Mann Chef der Kardiologie wird. Genauso wie er es schön fände, eine Frau zu haben, mit der er abends ein Glas Wein trinken und entspannen könnte. So eine Frau hatte er aber nicht. Er hatte Konstanze. Er schaute auf den Zettel, auf dem er alles notiert hatte. Sie brauchte anscheinend noch mehr Jogginghosen. Auch die alten aus der Kiste auf dem Kleiderschrank. Nun gut. Die sollte sie haben. Es war ihm ein Leichtes, diese Liste für sie abzuarbeiten. Der Ausflug morgen würde schwieriger werden. Fast schien es ihm verlockend, den Besuch abzusagen. Aber das ging nicht. Mit welcher Begründung sollte er das auch tun? Die Kinder waren darauf eingestellt, ihre Mutter zu besuchen. Und Konstanze war darauf eingestellt. Und letztlich hatte auch er sich darauf eingestellt, Konstanze zu besuchen. Er war sich jetzt jedenfalls sicher, dass er nichts erzählen würde. Er würde sie damit ja nicht anlügen. Er würde einfach eine Information für sich behalten.

34

Jacqueline war ein bisschen traurig, als es Sonntag wurde und klar war, dass Konstanzes Familie demnächst anrücken würde. Konstanze hatte noch versucht zu arrangieren, ob Jackis Kinder nicht mit Philipp mitfahren könnten. Aber es gab keine drei Kindersitze, und selbst wenn man die hätte besorgen können, war immer noch ein Platz zu wenig im Auto. Obwohl Jacqueline hin und her gerissen gewesen war, ob sie Timmi vorschlagen sollte, sie alleine zu besuchen, hatte sie sich doch dagegen entschieden. Alle oder keiner. Das gäbe nur Tränen und Theater. Konstanze hatte Jacqueline eingeladen, mit ihnen zusammen Kaffee trinken zu gehen, aber Jacqueline hatte den Kopf geschüttelt.

»Ihr seid doch auch mal froh, beim Wiedersehen unter euch zu sein.«

Dass das gar nicht unbedingt zutraf, konnte sie ja nicht wissen, denn Konstanze wäre ganz froh gewesen, Jacqueline dabeizuhaben, um etwas von sich ablenken zu können. Natürlich hatte sie kein Sterbenswörtchen darüber verloren, was auf dem Spaziergang mit Theo geschehen war.

Konstanze hatte keine Ahnung, wie lange sie mit Theo eng umschlungen auf der Bank gesessen hatte. Fünf Minuten? Über eine Stunde? Die Zeit war stehengeblieben. Irgendwann hatten sie sich schweigend voneinander gelöst, sich noch eine Weile an den Händen gehalten und stumm in die Landschaft geschaut.

»Ich war mal wirklich fröhlich, früher, weißt du, nicht so wie heute, wo ich aus allem einen Witz mache.« Theo hatte eine Weile stumm auf ihre Hand geschaut, die in seiner lag, und sie hatte gewartet, dass er weitersprechen würde. »Ich gehe mir schon selbst auf die Nerven damit. Es sind Sachen passiert … egal. Ich bin nicht mehr fröhlich, ich tue nur noch so. Anders komme ich nicht durch den Tag.« Und wie er denn dann durch die Nacht käme, hatte sie leise gefragt, und er hatte genickt.

»Ich kann nicht drüber reden. Vielleicht noch nicht, vielleicht nie. Du hast auch so einen Einsamkeitspunkt in dir, etwas Trauriges, das lässt du genauso wenig heraus wie ich. Ich glaube, genau da treffen wir uns.«

Konstanze hatte ihn schweigend angesehen und gewusst, dass er richtiglag. »Aber ich weiß noch nicht einmal, was es ist«, gestand sie. »Es ist ein grauer, verwaschener Fleck, und ich habe keine Ahnung, warum er da ist.«

Irgendwann waren sie langsam zurückgegangen. Und abends war er nicht zum Essen gekommen. Heute Morgen beim Frühstück war dann alles wie immer gewesen. Nur als er ihr einen schönen Tag gewünscht hatte, hatte er kurz unterm Tisch ihre Hand gedrückt. Heimlich.

Sie hatte ein schlechtes Gewissen, zum ersten Mal hatte sie Geheimnisse vor Philipp. Sie versteckte die Betablocker, die sie regelmäßig nahm, denn sie hatte Philipp weder von Dr. Niedlichs Diagnose erzählt noch davon, wie es ihr damit ging, noch dass sie nach Meinung des Arztes dringend ihren Aufenthalt verlängern sollte. Und sie hatte einen anderen Mann geküsst. Wobei das kurze Gespräch auf der Bank, das sie danach geführt hatten, ihr fast noch inniger vorgekommen war als der Kuss. Als hätte sie ihren Mann weniger durch den Kuss mit Theo verraten als durch die Tatsache, dass sie sich Theo gegenüber etwas eingestanden hatte, wovon Philipp keine Ahnung hatte. Ein grauer Fleck, den sie mit aller Kraft überdeckte, so gut sie nur konnte. Was war nur mit ihr los?

Wegen alldem war sie einigermaßen verwirrt, und genau deshalb hätte sie Jaqueline gerne die ganze Zeit dabeigehabt. »Aber du musst sie alle kennenlernen«, bat Konstanze Jacqueline. »Ich zeige ihnen unser Zimmer, und du darfst nicht weglaufen, abgemacht?« »Abgemacht«, hatte Jacqueline zugestimmt und sich eine halbe Stunde im Bad verkrümelt, um sich Konstanzes Familienbesuch zu Ehren besonders leuchtend zu schminken. Konstanze wehrte sich mit Händen und Füßen, als Jacqueline mit dem Schminktäschchen auf sie zusteuerte. »Meine Familie kennt mich nicht geschminkt. Die Kinder hätten ja das Gefühl, dass ihre Mutter eine Fremde geworden ist, der braune Nagellack ist schon die große Überraschung, das wirst du sehen«, kündigte Konstanze an. Aber Jacqueline hielt insistierend die Wimperntusche hoch, so dass Konstanze sie irgendwann nahm und leicht auftrug. Als Jacqueline ihr noch den Lipgloss rüberschob, schüttelte sie vehement den Kopf. »Den haben dann die Kinder im Gesicht. Da mache ich mir keine Freunde!« Das überzeugte Jacqueline.

Und dann waren sie plötzlich da. Philipp kam lächelnd auf sie zu und umarmte sie.

»Lass dich mal anschauen«, sagt er und drehte sie hin und her. »Du siehst gut aus«, stellte er fest. »Das hier alles scheint dir gut zu bekommen. Deine Augen strahlen.«

Das machte natürlich die Wimperntusche, dachte sie, aber das verriet sie ihm nicht. Konstanze fand auch, dass Philipp gut aussah, sie konnte nicht genau sagen, was es war, Wimperntusche war es in seinem Fall wohl kaum.

Malte fremdelte fast ein bisschen. Es war ja auch eine seltsame Situation, die eigene Mutter in der Klinik zu besuchen, in der sie nun schon seit anderthalb Wochen wieder laufen lernte. Er musste sich erst umständlich die Ohrstöpsel seines iPhones aus den Ohren ziehen, bevor er Konstanze genauso umständlich und etwas steif umarmte.

»Schatz«, rief Konstanze kopfschüttelnd, »komm mal her und lass dich richtig knuddeln, darauf freue ich mich schon die ganze Woche!«

Sie umarmte ihn und kitzelte ihn dabei am Rücken, wovon er immer besonders kichern musste, und die Befangenheit über diesen seltsamen Besuch war sofort verflogen. Bei Lotte stellte sich diese Befangenheit erst gar nicht ein. Sie entdeckte natürlich gleich den Nagellack.

»Mama, das ist so was von unfair«, krähte sie empört. »Du hast Nagellack, und ich darf nicht! Und guck, es sieht überhaupt kein bisschen billig aus, es sieht super aus. Darf ich den auch? Passt das Braun zu mir?«

»Da fragen wir gleich mal meine persönliche Kosmetikberaterin«, schlug sie vor und stellte ihnen Jacqueline vor, als sie ihnen ihr Zimmer zeigte.

»Meine Mitbewohnerin!«

»Wow.« Lotte staunte nicht schlecht, als sie den Farbverlauf von Jacquelines Augen-Make-up begutachtete, und sie staunte noch mehr, als Jacqueline ihre gesamte Nagellacksammlung präsentierte und Lotte anbot, sich eine Farbe auszusuchen. Sie würde ihr beibringen, wie man den Lack ordentlich auftrug. Lotte schielte fragend zu Konstanze, die nickte.

»Mach ruhig.«

»Obwohl es die Nägel kaputtmacht?«, fragte Lotte grinsend in Richtung ihrer Mutter, und zu Jacqueline sagte sie: »Das ist nämlich der Grund, warum Nagellack in unserer Familie ein absolutes No-go ist.«

»Quatsch«, rief Jacqueline. »So was erzählst du deiner armen Tochter?«

»Jacki hat Spezialsorten, die die Nägel nicht kaputtmachen.« Konstanze zwinkerte Lotte zu, die sich sicherheitshalber noch mal kurz vergewisserte, ob sie auch tatsächlich jede Farbe nehmen könne, und als sowohl Jacqueline als auch Konstanze nickten, entschied sie sich für ein ganz dunkles Blau.

»Midnight Blue, super Wahl«, sagte Jacqueline. »Hab schon versucht, das deiner Mutter anzudrehen, aber weiter als Braun sind wir noch nicht gekommen. Obwohl das Kirschrot war auch nicht übel, was Konni?«

»Kirschrot? Konni?«, echote Lotte und sah ihre Mutter staunend an, die achselzuckend nickte. Während ihr Nagellack trocknete, bat sie Malte, ein Foto von ihren blauen Nägeln zu machen, um es ihrer Freundin zu schicken. Als er sein Handy nehmen wollte, widersprach sie.

»Nimm meins, steckt in der Jackentasche, dann können wir es gleich posten.«

»Habt ihr beide so ein Ding?«, fragte Jacqueline staunend.

»Meinst du das iPhone? Klar.«

»Wow«, sagte Jacqueline. »Jedes Kind ein eigenes iPhone … Na, bei mir hat jedes Kind einen eigenen Vater.«

Philipp und die Kinder verstummten, doch Konstanzes lautes Lachen platzte mitten in diese kurze Schreckensstille und animierte alle zum Mitlachen.

Während des Spaziergangs, den die Kinder recht öde fanden und sich mit ihren Ohrstöpseln ausklinkten, um Musik zu hören, versuchten Philipp und Konstanze miteinander zu reden. Wie alles zu Hause lief, was in der Klinik los war. Vorsichtig versuchte Konstanze sich zu erkundigen, ob schon irgendetwas über die Chefnachfolge durchgesickert sei, was Philipp verneinte.

Stattdessen erfuhr sie von den neuen Hausaufgaben- und Haushaltsregelungen, die Philipp mit den Kindern getroffen hatte. Dass es abends meist Pizza oder Nudeln mit Pesto, Döner oder Hamburger gab, sie hörte von den kleinen und größeren Waschkatastrophen und hatte innerlich einen Anflug des Gefühls, sofort nach Hause mitkommen zu müssen, um den Status quo wiederherzustellen. Es hatte schließlich einen Grund gehabt, die Dinge so zu regeln, wie sie sie geregelt hatte: Es war schlichtweg sinnvoll.

»Dann braucht ihr mich ja gar nicht mehr«, sagte sie ein bisschen zu schnippisch, sie konnte es selbst hören.

»Die paar verwaschenen Klamotten. Klappt ja super ohne mich.«

»Sei doch froh«, antwortete Philipp. »Wenn wir dich bloß dafür brauchen würden, dann wäre das doch traurig, oder?«

Sie zuckte die Achseln. Es klang zunächst ganz nett, und sie wartete, ob er sagen würde, wofür sie sie denn brauchten. Oder dass er sie brauchte. Aber er sagte nichts. Sie hörte es ganz deutlich. Nichts. Sie atmete tief durch, bevor sie fragte: »Und damit, wie ihr alles regelt, damit seid ihr glücklich?«

Philipp nickte.

»Es entspannt die Abende.«

»Durch mich sind die Abende also stressig.«

»Man kann es sich einfach leichter machen. Jetzt bezieh das doch nicht gleich auf dich!«

»Auf wen denn sonst?«

Konstanze blieb auf ihre Krücken gestützt stehen und sah Philipp fragend an.

»Das soll kein Vorwurf sein. Du hast höhere Ansprüche«, erwiderte Philipp. »Du bist immer stark und perfekt und ziehst das eben alles locker durch.«

»Vielleicht bin ich das gar nicht«, sagte Konstanze leise.

Philipp erwiderte nichts darauf. Sie wartete einen Moment. Vielleicht hatte sie es auch zu leise gesagt, so dass er es gar nicht gehört hatte? Anstatt den Satz zu wiederholen, hakte sie etwas provokanter nach.

»Und fehlt es euch nicht, dass schön gekocht wird und man etwas Leckeres zusammen isst abends und sich vom Tag erzählt?«

»Tun wir doch. Wir erzählen uns vom Tag, wir essen lecker zusammen ...«

»Döner ...« Konstanze sah ihn fassungslos an.

»Da ist sogar Salat drin, ich weiß gar nicht, was du hast.«

»Ich bin beeindruckt.«

»Konstanze ...« Jetzt blieb Philipp stehen und hob aufgebracht die Hände. »Es sind nicht alle so perfekt wie du! Tut mir leid, wenn ich deinen Ansprüchen nicht genüge. Aber mehr schaffe ich nicht. Wenn dir das nicht reicht ...«

»Dann ...?«

Er ließ die Hände sinken.

»Kann ich's auch nicht ändern.«

»Können wir umdrehen? Ich hab keine Lust mehr zu laufen.« Lotte sah ihre Eltern mit Leidensmiene an, und Malte setzte auch gleich seine Leidensmiene auf, als er mitbekam, worum es ging. »Laufen ist langweilig.« Die beiden waren überrascht, dass beide Eltern sofort einwilligten und einfach umdrehten, um zurückzugehen.

Nach diesem Spaziergang war Konstanze nicht mehr versucht, Philipp zu erzählen, dass sie Betablocker nahm, weil ihr Herz zu schnell schlug und ihr Blutdruck zu hoch war. Sie hatte keine Lust, vom Mandalamalen zu erzählen, von Dr. Niedlich oder von musikalischen Exzessen oder sonst irgendetwas, was sie betraf. Sie fühlte sich Philipp fremd.

Als Lotte beim Kaffeetrinken ihre blauen Fingernägel grinsend an Konstanzes braun lackierte Nägel hielt, kommentierte Philipp das mit einem Kopfschütteln.

»Dass gerade du es mit so einer Glitzernudel in einem Zimmer aushalten musst. Vielleicht könnte Jeckel mit der Klinikleitung telefonieren, oder? Das ist doch kein Zustand, das ist Frauentausch-Niveau, oder?«

Konstanze sah Philipp an. »Ich gehe zwar auf Krücken, aber ich bin durchaus in der Lage, das alleine zu regeln.«

»Daran besteht kein Zweifel. Ich dachte, etwas Hilfe käme trotzdem mal gelegen.«

Jetzt war er wieder eingeschnappt. Aber sie auch, verdammt, sie war auch eingeschnappt. Und Jacqueline kannte er überhaupt nicht, da brauchte er sich überhaupt kein Urteil anmaßen.

Philipp starrte aus dem Fenster.

»Jacqueline ist ein herzensguter Mensch. Wir lachen viel.« Sie schielte auf ihre bunten Nägel und streichelte Lottes kleinen Finger mit ihrem kleinen Finger, da wo sie sich berührten.

»Sie ist meine Farbtherapie.«

Lotte und sie schauten sich an, und ein kleines Lächeln verband die beiden.

35

Nachdem Konstanze dem Auto hinterhergewinkt hatte, ging sie langsam zurück zur Klinik. Sie fühlte sich seltsam. Irgendwie heimatlos. Jetzt war sie seit etwa zehn Tagen hier. In diesem Kasten, wo sich Zimmer an Zimmer, Balkon an Balkon reihte. Wo die Gänge in unterschiedlichen Farben gestrichen waren, damit man sich besser zurechtfand. Wie schnell sich ein Mensch an komplett andere Umstände gewöhnen konnte. An eine Mitbewohnerin auf engem Raum, zum Beispiel. Als Philipp vorhin angeboten hatte zu helfen, damit sie endlich ein Einzelzimmer bekam, war ihr erst richtig aufgefallen, dass sie gar nicht mehr Sturm gelaufen war, um ihr eigenes Zimmer zu bekommen. Sie hatte sich wirklich mit Jacqueline arrangiert. Vielleicht erinnerte es sie an die Zeit früher, wenn sie und ihre Freundin Marit beieinander übernachtet hatten. Mädelsabende, bevor sie Philipp kannte. Das Gekicher im Dunkel. Die verschlafenen Gesichter am Morgen. Das gemeinsame Nachziehen der Lippen vor dem Spiegel im Bad. Diese Grimassen, die sie zogen, wenn sie sich die Wimpern tuschten. Warum riss man nur Mund und Augen immer so seltsam auf, wenn man das Bürstchen ansetzte? Das Lachen, wenn ihre weitaufgerissenen Blicke sich dabei im Spiegel trafen.

Sie hatte sich an vieles gewöhnt. An das gemeinsame Frühstück, den Tisch 17, an das Geplauder, sogar an grünen Tee hatte sie sich gewöhnt. Sie hatte sich so arrangiert, dass diese Rehaklinik plötzlich ihr Zuhause geworden ist. Zuhause auf Zeit.

Und die Menschen, die sie hier traf, waren ihr vertrauter als ihr eigener Mann. Ihr richtiges Zuhause war gerade vom Parkplatz gerollt, die Kinder hatten aus dem Heckfenster gewinkt, die Ohrstöpsel schon wieder im Ohr. Lotte selig mit ihren blauen Nägeln. Malte cool, einmal die Hand gehoben. Philipp mit verschlossenem Gesicht. Beim Abschied hatte er sie angeschaut, als wolle er etwas sagen. Einmal hatte es fast so ausgesehen, als ob er Luft holen würde, um anzusetzen. Aber er sagte nichts. Und sie auch nicht. Was auch? Ein Wangenkuss, links und rechts. Ein Blick. Mach's gut. Dann wurde der Motor angelassen, und der Besuch war vorbei.

Sie war müde. Am liebsten würde sie sich hinlegen, dachte sie, als sie auf den Klinikeingang zuging. Auf der Bank vorm Eingang saß Theo und schaute ihr entgegen. Auch das noch. Aber sie konnten sich hier sowieso nicht aus dem Weg gehen. Besser man ging weiter irgendwie miteinander um. Aß zusammen. Traf sich. Musizierte. Sie würden das schon hinbekommen. Irgendwie freute sie sich auch aufs Klavier. Sie hatte sich sogar einige Übungsstunden im Musikraum eingetragen, um sich mit dem Klavier wieder vertrauter zu machen. Sie wollte Cole Porter üben. Einfach so, für sich.

»Alle wieder weg?«, fragte Theo und zog an seiner Elektrozigarette. Heute hatte er eine mit Duftnote Vanille. Sein Blick war neutral. Kein: Tut mir leid wegen gestern. Kein: Wie geht es dir? Kein: Ich will deine Nähe.

»Lass mich mal ziehen«, bat Konstanze, nahm das kleine dampfende Ding in die Hand, paffte einmal und reichte es ihm wieder.

»Ist auch nicht grade das, was man sich davon erhofft, oder?«

Sie sahen sich einen Moment schweigend an.

»Manchmal ist es unmöglich, das zu bekommen, was

man sich erhofft«, sagte er vieldeutig, und Konstanze seufzte.

»Und sollte man sich dann damit abfinden? Oder suchen, ob man es woanders findet?«, fragte sie und dachte an ihre Ehe. Und dann an Theo.

»Reden wir noch von Elektrozigaretten?«

»Keine Ahnung.« Sie sah ihn direkt an. Er erwiderte ihren Blick, und der Hauch eines Lächelns saß in einem seiner Augenwinkel.

Jacqueline lag auf ihrem Bett, als Konstanze ins Zimmer kam, und hob nur kurz den Kopf, um hallo zu sagen. Konstanze zog ihre Schuhe aus und ließ sich auf ihr Bett fallen.

»Süße Kinder hast du, Konni«, murmelte Jacqueline.

»Danke«, antwortete Konstanze und seufzte. »Ich bin total müde. Es war alles seltsam. Irgendwie ist man hier in einer anderen Welt.«

»Hast du es ihm gesagt?«

»Nein.«

»Hat er was gesagt, von wegen Chef und so?«

»Nein.«

»Aber geredet habt ihr schon?«

Jacqueline drehte sich zu Konstanze und sah sie fragend an.

»Ja. Klar.« Nach einer Pause fügte Konstanze hinzu: »Aber frag mich nicht, über was. Eigentlich haben wir uns überhaupt nicht verstanden, wir hatten uns irgendwie gar nichts zu sagen. Das wird mir jetzt erst so richtig bewusst. Durch den Abstand.«

»Scheiße, oder?«

»Du sagst es«, antwortete Konstanze und schloss die Augen. Und was sie nun machen sollte, wusste sie auch nicht. Vielleicht wäre es gar nicht schlecht, der Verlängerung ihrer Reha zuzustimmen. Dann hätten sie noch etwas Zeit, etwas Abstand, vielleicht würde es ihnen guttun? Wenn es mit der Nähe schon nicht gut klappte.

Andererseits wäre sie dadurch länger in Theos Nähe. Und sie wusste nicht, was das bedeuten würde. Und dann war da noch die Sache mit der Beförderung. Philipp hatte nicht viel aus der Klinik erzählt, fiel ihr auf. Anscheinend lief es auch dort ohne sie gut. Ein quälender Gedanke. Sollte sie so leicht zu ersetzen sein? Fehlte sie niemandem? War ihr Platz im Leben so nichtig, dass es niemandem etwas ausmachte, dass sie nicht da war? Sie schlug die Augen wieder auf. Sie war viel zu unruhig, um liegen zu bleiben, und schwang die Beine aus dem Bett. Nein. Auf keinen Fall durfte sie ihren Aufenthalt hier verlängern. Sie humpelte hinaus auf den Balkon und lehnte sich an das Geländer. Beim nächsten Termin mit Niedlich würde sie ihm sagen, dass sie nicht verlängerte. Sie musste zurück.

Sie spürte, dass Jacqueline neben sie trat.

»Alles okay?«

»So lala«, sagte Konstanze. »Und bei dir?«

»Auch so lala.« Und nach einer Weile schob sie nach: »Du hattest immerhin Besuch.«

Die beiden lehnten am Balkongeländer und sahen nach unten. Vor dem Klinikeingang und auf dem Parkplatz fanden überall Abschiede statt. Der Sonntag, typischer Besuchstag, ging zu Ende. Küsse. Umarmungen. Winken. Ein Paar fesselte Konstanzes Blick. Die beiden standen eng umschlungen, ganz still und bewegten sich kaum. Tja, das gab es anscheinend auch. Sie stupste Jacqueline an und deutete in die Richtung des Paares. Zusammen betrachteten sie die beiden, die sich erst nach etlichen Minuten aus ihrer engen Umarmung lösten, um sich zum Abschied zu küssen. Ein langer Kuss. Irgendwann ließ der Mann seine Frau widerstrebend los, um zu seinem Auto zu gehen. Als er die Tür schon geöffnet hatte und eigentlich dabei war einzusteigen, ging er noch einmal zu ihr, um sie zu umarmen.

»Gott, wie süß. Ist doch voll süß, oder?«, seufzte Jacqueline gerührt. »Guck mal, jetzt muss er sich richtig losreißen.« Sie sahen, wie er zum Auto ging, sich vorm Einsteigen zu seiner Frau drehte, wie sie sich noch einmal Küsschen zuwarfen, bevor er losfuhr. Die Frau blieb stehen, winkte und sah dem Auto nach, bis es hinter der letzten Biegung verschwunden war. Dann drehte sie sich langsam um und ging auf den Klinikeingang zu. Konstanze kniff die Augen zusammen.

»Sag mal, spinn ich? Das ist doch Irene?«

36

Als Irene nicht zum Abendessen erschien, schauten Jacqueline und Konstanze sich bedeutungsvoll an.

»Irene hat Liebeskummer.«

Theo und Günther sahen verdutzt auf, und Jacqueline erklärte.

»Wir haben sie gesehen. Mit ihrem Mann. Da sitzt

sie hier immer so gutgelaunt, und jetzt weißt du auch, warum. Die ist frisch verliebt.«

»Wir bringen ihr etwas, oder?«, schlug Konstanze vor. »Ausgerechnet heute gibt's Räucherforelle, die mag sie doch gerne. Da hat sie beim letzten Mal schon geschwärmt.«

»Gibt's jeden Sonntag. Und darf man nicht. Kein Essen außerhalb des Speisesaals.« Günther deutete auf das Schild, das deutlich darauf hinwies, dass keine Speisen mit nach draußen genommen werden durften.

»Das kriege ich schon hin, dass es keiner merkt«, erwiderte Konstanze und sah, dass Theo anerkennend eine Augenbraue hochzog. »Versteckte kriminelle Energien?«

Konstanze zuckte die Achseln. »Möglich …«

Als sie mit Essen fertig waren, nahm sie ein leeres Wasserglas, löffelte den Sahnemeerrettich unten hinein, halbierte die Forellenfilets auf Irenes Teller und setzte sie nebeneinander in das Glas, das sie dann in ihre linke Jackentasche wandern ließ, dazu zwei Scheiben Brot in die rechte, beides tarnte sie noch mit zerknüllten Servietten von oben und humpelte unbehelligt aus dem Speisesaal. Jacqueline hatte Besteck und einen Apfel gebunkert, und zusammen gingen sie in der Bar vorbei, Konstanze kaufte eine Flasche Sekt, und so ausgestattet klopften sie an Irenes Tür.

Es dauerte eine Weile, bis Irene öffnete. Sie hatte leicht gerötete Augen und sah die beiden verdutzt an.

»Können wir kurz reinkommen?«, raunte Jacqueline verschwörerisch und sah den Gang hinauf, ob sie auch niemand hören konnte. »Wir haben Abendessen für dich geklaut.«

Irene schaute noch verdutzter und winkte die beiden schnell hinein.

»Wie süß von euch«, rief Irene, als die beiden ihre Beute vor ihr aufgebaut hatten. Sie spülte rasch noch ihr Zahnputzglas, damit sie ein drittes Glas für den Sekt hatten.

»Wir fanden dich heute auch süß«, gestand Konstanze, »und dachten, du brauchst vielleicht ein bisschen Gesellschaft.«

»Wir haben euren Abschied gesehen, Mannomann, Irene, das war voll wie Kino! Ich hab fast geheult.«

Jacqueline füllte ihnen allen Sekt in die Gläser. Irene nahm eines davon und gestand: »Ich auch. Und nicht nur fast.« Dabei begannen ihre Augen schon wieder verdächtig zu glänzen.

»Auf die Liebe«, sagte Konstanze und hob ihr Glas. Irene tupfte sich verschämt die Augen, und sie stießen lächelnd an. Nachdem sie die ersten Schlucke getrunken hatten, zupfte Konstanze die Wollfussel ihrer Jacke vom Brot, bevor sie es Irene mit bedauerndem Blick reichte, und Irene widmete sich ihrer Forelle im Glas. »Jetzt habe ich aber doch Hunger. Vorhin dachte ich, ich bekomme nichts herunter. Das ist immer so, wenn einer von uns weggeht, dann können wir erst mal nichts essen vor Kummer.«

»Wie lange seid ihr denn schon verheiratet?«, wollte Konstanze wissen. »Ich kann mir nicht vorstellen, dass Philipp heute nichts isst, nur weil er wieder von mir getrennt ist. Im Gegenteil.«

Wahrscheinlich holten sie sich gerade einen leckeren Döner. Mit Salat.

»Sei nicht unfair, Konni!«, mahnte Jacqueline. »Du hast auch ordentlich gefuttert heute Abend.«

»Frustessen«, antwortete Konstanze lakonisch und sah Irene fragend an.

»Sechsundvierzig Jahre.«

»Was?«

Konstanze und Jacqueline sahen sie fassungslos an.

»Sechsundvierzig Jahre und ihr verabschiedet euch wie ein junges Liebespaar und könnt vor Kummer nichts essen?«

Irene nickte lächelnd und erzählte ihnen, dass Heinz eben einfach die große Liebe ihres Lebens war. Sie hatten sich auf der Hochzeit ihrer besten Freunde kennengelernt, sie war die Trauzeugin der Braut und er der Trauzeuge des Bräutigams gewesen. Nach der standesamtlichen Trauung hatte es ein gemeinsames Essen gegeben, man hatte sich unterhalten und ganz nett gefunden, und danach hatte Heinz sie gefragt, ob sie noch einen Spaziergang zusammen machen wollten. Irene hatte zugestimmt. Es war ein wundervoller Frühlingstag, ihre Augen begannen zu leuchten, als sie davon sprach, und Jacqueline seufzte hörbar. Sie waren von Aschaffenburg den Main entlangspaziert und hatten sich die ganze Zeit so gut und angeregt unterhalten, dass sie gar nicht merkten, wie weit sie gegangen waren. Erst als es dämmerte, begannen sie sich zu fragen, wie sie nun eigentlich zurückkämen, und Irene stellte fest, dass sie sich in den neuen Schuhen, die sie sich extra für den Anlass gekauft hatte, die Füße wundgelaufen hatte, und nachdem sie es bemerkt hatte, absolut keinen Schritt mehr in den Schuhen gehen konnte. Sie wussten nicht genau, wo sie waren, aber ein Stück weiter sahen sie einen Ort, und Heinz sagte, es gäbe nun zwei Möglichkeiten. Entweder sie lief barfuß mit ihm im Dunkeln die ganze Strecke zurück. Oder er könnte sie in den Ort tragen, wo sie vielleicht noch einen Bus oder ein Taxi finden würden, um wieder nach Hause zu kommen. Er hatte sie dann tatsächlich bis in den Ort getragen, wo es jedoch weder Bus noch Taxi gab. Damals war das schließlich alles noch nicht so verbunden wie heute, wo man überall hinkommt. Sie hatten dann ein Zimmer genommen, in dem sie zusammen übernachteten, und sind am Morgen mit dem ersten Bus zurück in die Stadt gefahren.

»Und bei der kirchlichen Hochzeit der beiden Freunde, eine Woche später, hat er mir einen Heiratsantrag gemacht, und ich habe sofort ja gesagt.«

»Romantisch«, sagte Konstanze nachdenklich, und Jacqueline nickte. »Aber so was von.«

»Wäre da noch ein Schlückchen in der Flasche?«, fragte Irene vorsichtig. »Das Erzählen macht richtig durstig!«

»Zuhören auch«, befand Jacqueline und sie stießen nochmals zusammen auf die Liebe an.

»Wir waren nur ganz selten getrennt voneinander, das war immer schlimm, und immer nur, wenn es sich überhaupt nicht vermeiden ließ. So wie jetzt. Die erste Woche war Heinz noch hier im Ort in einer Pension, aber das geht nicht die ganze Zeit, das wird zu teuer, jetzt war er hier, und in anderthalb Wochen holt er mich zum Glück ab. Da darf ich wieder nach Hause. Und vielleicht vergeht die Zeit bis dahin durch das Singen schneller? Wer weiß. Die Abende alleine sind lang. Zu Hause reden wir so viel.«

»Über was redet ihr denn, wenn ihr immer zusammen seid?«, fragte Jacqueline. »Habt ihr überhaupt noch was zum Erzählen?«

»Aber ja!«, rief Irene. »Wir erzählen uns alles! Was wir denken, was wir grade gelesen haben, was wir machen wollen, es gibt doch immer etwas, das man sich erzählen kann!«

»Oder auch nicht …«, seufzte Konstanze und sah aus dem Fenster, wo die Dämmerung langsam herabsank und der Himmel sich in ein tiefes Blau verwandelte.

37

»Wie habt ihr euch eigentlich kennengelernt?«, fragte Jacqueline Konstanze, als sie dabei waren, ins Bett zu gehen. Konstanze setzte sich ins Bett und zog sich ihre Decke über die Knie.

»Beim Tanzen. Und in der Mensa. Es geschah ziemlich gleichzeitig, aber die Mensa kam zuerst. Ich stand in einer Schlange, um mir mein Essen zu holen, es gab Schnitzel an dem Tag, und wenn es Schnitzel gab, war es immer wahnsinnig voll. Denn auch die, die sonst nie in die Mensa gingen, kamen alle zum Schnitzelessen. Ich stand also noch an, da ging er mit seinem bereits gefüllten Tablett an mir vorbei. Es war so ein Moment, weißt du, als ob die Zeit plötzlich stillsteht.« Konstanze musste unwillkürlich lächeln. »Das klingt nach Liebesroman, aber so war es wirklich! Ich habe ihn gesehen und gedacht: ja! Wir hatten einen ganz kurzen Blickkontakt, und ich wusste genau, der ist es.«

»Wow. Und dann? Hast du ihn angesprochen?«

»Nein! Ich habe brav in der Schlange gestanden und gedacht, ich suche ihn, wenn ich mein Tablett habe. Ich laufe einfach die ganze Mensa ab, und dann setze ich mich zu ihm an den Tisch. Na ja, ich habe ihn nicht mehr gefunden, und ich war mir sicher, ihm nie wieder zu begegnen. Später habe ich meine Freundin Marit gesehen und ihr erzählt, dass ich gerade den Mann meines Lebens getroffen habe und dass er wieder verschwunden ist. Pech!«

»Und dann hast du ihn beim Tanzen wiedergesehen?«

»Genau!«

Konstanze hatte immer einen Tanzkurs machen wollen, aber nie einen Tanzpartner gefunden. Die männlichen Studenten, die sie kannte, wollten selten tanzen, und wenn sie gerne tanzten, dann bestimmt nicht Standard. Konstanze suchte schon lange, doch sie fand einfach keinen Partner.

Als sie Marit an diesem Tag traf, winkte diese ihr schon von weitem aufgeregt entgegen, und gleich nachdem Konstanze ihr von ihrem Traummann aus der Mensa erzählt hatte, kam Marit mit der Neuigkeit, dass ihr neuer Mitbewohner heute Morgen beim Frühstück erzählt hatte, er würde total gerne einen Tanzkurs machen, ob jemand aus der WG Lust hätte mitzumachen? Marit hatte erstaunt die Augen aufgerissen und angekündigt, sie wüsste jemanden. Nun stand sie vor Konstanze und wollte gelobt werden für ihre Tanzpartnervermittlung, aber Konstanze war heute gar nicht so interessiert wie sonst. Sie fragte sich nur noch, wie sie den Mann aus der Mensa bloß wiederfinden könnte.

»Marit zuliebe habe ich dann gesagt, sie könne ihm ja meine Nummer geben, und wenn er Lust hätte, könnte er anrufen. Das tat er dann zwei Tage später, und das Telefonat war irgendwie ganz nett, so dass wir uns für den Abend in einer Kneipe verabredeten, um uns kennenzulernen und uns für eine Tanzschule zu entscheiden.«

»Und das war er dann?«

»Das war er. Philipp. Ich bin fast vom Stuhl gekippt, als er in die Kneipe kam, und dachte noch, oh nein, jetzt geht mein Traummann zu irgendeiner Verabredung, während ich mit Marits langweiligem Mitbewohner über Tanzkurse rede … und dann kam er lächelnd auf mich zu und fragte, ob ich Konstanze sei.«

Konstanze lächelte.

»Das ist auch eine ganz schön tolle Geschichte.«

Konstanze nickte versonnen.

Sie hatten sich die halbe Nacht unterhalten, und sich gleich am nächsten Tag zum Tanzkurs angemeldet. Es hatte gekribbelt zwischen ihnen. Mit einem fast Fremden zu tanzen, den man auch noch toll fand, war aufregend. Sich über Bewegungen zur Musik kennenzulernen, Schritte gemeinsam auszuführen, Hände zu halten, gedreht zu werden, sich zusammen durch den Raum zu bewegen, aufeinander zu, voneinander weg, Händedruck zu verstehen und sich anzulächeln, sich dabei so nahe zu sein. Sie musste lernen, sich führen zu lassen, gar nicht so leicht, bei ihrer Persönlichkeit. Es gelang ihnen mit der Zeit, sich aufeinander einzulassen. Und Konstanze gelang es, loszulassen und sich übers Parkett schwingen zu lassen. Philipp war stets ein vorbildlicher Kavalier und begleitete sie jeden Dienstag nach der Tanzstunde nach Hause bis vor ihre Tür. Manchmal standen sie noch eine halbe Stunde zusammen und unterhielten sich, irgendwann ging er mit zu ihr nach oben, dann wurden daraus Stunden, und noch vor dem »Mittelball« blieb er bei ihr und ging gar nicht mehr nach Hause.

Es war so lange her. Heute, fast zwanzig Jahre später, tanzten sie überhaupt nicht mehr miteinander. Konstanze war sich nicht sicher, ob sie überhaupt noch in der Lage wären, einen gemeinsamen Rhythmus zu finden.

38

»Er hat ständig nur gesagt, wie toll er alles im Griff hat, was sie alles anders machen, wie viel leichter alles ohne mich ist. Wie viel weniger Stress!«

Konstanze saß Frau Rose gegenüber, mit der sie zum Glück gleich für Montag einen Termin vereinbart hatte.

»Was hätten Sie denn gerne gehört?«

Frau Rose sah sie fragend an. Als Konstanze nicht gleich redete, zog sie ein wenig die Augenbrauen nach oben. Konstanze wurde zappelig.

»Ich weiß auch nicht …«

Marlies Rose blickte sie weiter unbeirrt an und wartete.

»Ich wollte, dass er sagt, dass er mich vermisst. Dass er beeindruckt ist, was ich alles leiste. Dass er jetzt erst merkt, wie toll ich wirklich bin! So was!«

»Und haben Sie ihm das gesagt?«

»Natürlich nicht.«

»Natürlich nicht?«

»Nein!«, Konstanze schüttelte den Kopf. »Wie klingt das denn?« In einem fordernden, entnervten Tonfall begann sie zu deklamieren: »Und Schatz, merkst du jetzt, was du an mir hast? Bist du jetzt beeindruckt, was ich alles leiste? Und, merkst du was? Merkst du jetzt endlich mal, wie toll ich bin?« Konstanze seufzte. »Ich meine, es geht kaum peinlicher, oder?«

Frau Rose wartete einen Moment, bis Konstanze sich etwas beruhigt hatte. Dann sagte sie vorsichtig, fast wie eine Frage: »Ich wünsche mir so, dass du mich in den Arm nimmst und mir zeigst, dass du mich vermisst. Ich fühl mich so allein und nutzlos, wenn du sagst, wie super ihr alles ohne mich hinbekommt.«

Konstanze stiegen die Tränen in die Augen.

»Aber genau das meine ich doch!«

Frau Rose nickte. »Dachte ich mir. Das, was Sie sagten, klang aber anders. Und wie soll Ihr Mann das verstehen?«

»Aber er kennt mich doch!«

»Es ist schwierig für jemanden zu hören, was Sie im Stillen denken, wenn Sie gleichzeitig etwas anderes laut sagen.«

»Er muss doch wissen, was ich denke. Er ist doch mein Mann!«

»Wissen Sie denn, was er denkt?«

Konstanze schaute Frau Rose an. Sie war versucht, ›natürlich‹ zu rufen, spürte jedoch, dass es so natürlich gar nicht war. Im Gegenteil. Wenn sie jetzt beschreiben sollte, was Philipp dachte? Nach einer Weile schüttelte sie den Kopf. Sie sah traurig aus dem Fenster.

»Früher wussten wir das voneinander.«

Frau Rose zuckte die Achseln. »Früher war früher. Heute ist heute. Und dazwischen liegen, ich nehme an, einige Jahre?«

Konstanze nickte.

»Sie haben beide viel am Hut. Sie haben bei all den vielen Aufgaben, die Sie bewältigen, den Kontakt zueinander verloren, der Ihnen mal ganz selbstverständlich war.«

»Und was nun?« Konstanze sah Frau Rose fragend an. »Kann man den Kontakt wiederherstellen?«

Marlies Rose lächelte.

»Wie geht das?«, fragte Konstanze.

»Sie könnten Ihrem Mann eine Chance geben und ihn hören lassen, was Sie denken. Erzählen Sie ihm von sich. Und Sie könnten ihn fragen, was er denkt. Das wäre ein Anfang.«

Konstanze nickte. »Kommunikation, hm?« Sie grinste verlegen. Das klang doch irgendwie ganz plausibel. Und gar nicht so schwer. Obwohl.

»Können Sie mir noch einen Rat geben? Dr. Niedlich hatte mir vorgeschlagen, den Aufenthalt hier zu verlängern. Mindestens eine Woche, vielleicht sogar zwei. Wegen des Beins. Und weil er meinte, ich müsste mehr neue Verhaltensmuster in Bezug auf Stress lernen und verfestigen. Das ginge nicht so schnell. Wenn ich aber an meine Ehe denke … vielleicht sollte ich lieber nach Hause. Auch wegen meiner Arbeit. Ich falle schon so lange aus.«

»Das ist natürlich Ihre Entscheidung. Die treffen Sie ganz alleine, denn es geht um Ihr Leben. Aber wenn Sie einen Gedanken dazu hören wollen …?« Frau Rose sah Konstanze fragend an, und als sie nickte, fuhr sie fort. »Vielleicht überprüfen Sie einmal, was Ihnen den stärkeren Impuls gibt, nach Hause zu wollen. Ihre Ehe? Oder Ihre Arbeit?«

Nachdem Konstanze das Zimmer verlassen hatte, ging sie in den kleinen Laden neben der Bar, wo in zwei Regalen eine seltsame Mischung von Dingen aufgereiht war. Es gab alles Mögliche zur Körperpflege und von Zeitschriften, Süßigkeiten und Postkarten, über Badelatschen, Telefonkarten und Taschenmesser, bis hin zu Servietten, Briefpapier und Waschmittel in kleinen Mengen alles, was man hier eventuell brauchen könnte. Konstanze kaufte sich Briefpapier und beschloss, Philipp zu schreiben. Das war besser, als zu telefonieren, man wusste ja nie, wo man ihn gerade erwischte und ob er überhaupt Zeit und ein Ohr haben würde. Einen Brief könnte er lesen, wenn er abends Ruhe hatte oder wenn er eine Pause machte. Vielleicht würde ein Brief ihn besser erreichen als eines der Gespräche, in denen sie beide doch immer den gleichen Mustern aus Vorwürfen folgten.

Konstanze schaute auf das Blatt Papier, das vor ihr lag. Wie sollte sie bloß anfangen? Eben war ihr noch alles so leicht erschienen. Wie fing man plötzlich an zu sagen, was man dachte, ohne dass es völlig bescheuert klang? Hallo, Schatz, ich wollte dir mal sagen, was ich denke? Oder Lieber Philipp, was denkst du eigentlich so?

Lieber Philipp schrieb sie und starrte auf das Blatt, das weiß und unbeschrieben zurückstarrte. Ein unbeschriebenes Blatt, dachte sie, das waren sie nicht mehr. Schon lange nicht mehr. Sie waren ein total vollgekritzeltes Etwas. Einkaufszettel, Dienstpläne, tägliche To-do-Listen. Das Blatt war immer voller geworden, bis man wirklich nicht mehr viel darauf erkennen konnte. Vor allem nicht die ersten Linien, die sie damals mal gezogen hatten. Das war doch ein Anfang.

Sie schrieb es auf. Sie schrieb alles auf, was ihr in den Sinn kam.

Wir können gar nicht mehr erkennen, was wir mal miteinander vorhatten. Was wir anders machen wollten, wie wir leben wollten. Unser Alltag überdeckt alles. Wir haben mal gedacht, wir zwei zusammen – und alles wäre möglich. Wenn wir nur wollen. Aber irgendetwas ist uns entglitten, oder? Denn es scheint nicht mehr alles möglich. Zum Beispiel ist es mir unmöglich geworden, zu hören, was du denkst. Früher wusste ich es. Als wir gestern nebeneinander hergingen, vorne die Kinder und du neben mir, da hatte ich plötzlich das Gefühl, dass wir uns gar nicht kennen. Dass du mir fremder bist als diese ganzen seltsamen fremden Menschen um mich herum, die ich hier kennengelernt habe. Die mir plötzlich vertraut sind, weil wir hier den Alltag teilen, als Notgemeinschaft. Bei dir und mir ist das anders. Der Alltag hat aus uns keine Notgemeinschaft gemacht. Der Alltag hat uns einander entfremdet. Ich will dir nicht mehr fremd sein. Ich will dich wieder kennenlernen, ich will wieder hören, was du denkst. Ich will es wissen, wenn ich dich ansehe, ohne dass du es mir sagen musst. Ich will dir wieder nah sein. Wie bekommen wir das wieder hin? Und vor allem, willst du es auch?

Sie legte den Stift beiseite und faltete das Blatt, steckte es in den Umschlag und legte ihn auf ihren Nachttisch. Morgen würde sie ihn noch mal lesen und dann abschicken, ganz altmodisch. Mit einer Briefmarke. Mit der Post. Sie lächelte. Sie hatte ein gutes Gefühl. Ein Gefühl von Anfang.

39

Als Jacqueline zurückkam in ihr gemeinsames Zimmer, wartete Konstanze schon ungeduldig. Jetzt hatte sie endlich alle Infos beisammen, um sie Jacqueline zu präsentieren. Sie war tatsächlich ein bisschen aufgeregt, Jacqueline würde so staunen. Es war möglich, die Kinder ganztags unterzubringen, sie müsste nur Glück haben und drei freie Plätze ergattern können, aber da es bei ihr ja wirklich um viel ging, war Konstanze zuversichtlich, dass dies auch gelingen würde. Bei einer Lehrstelle würde sie schon im ersten Lehrjahr ungefähr fünfhundert Euro verdienen können, sie würde mit ziemlicher Sicherheit einen Ausbildungszuschuss bekommen, der ihr Einkommen jeden Monat auf neunhundertneunzig Euro aufstockte, und mit dem Kindergeld für die drei Kleinen stünde sie vergleichsweise gut da. Durch die städtische Bezuschussung der Betreuungsplätze würde sie die Kinder ganztägig unterbringen können, während sie arbeitete, sie hätte regelmäßige Arbeitszeiten und wäre komplett unabhängig von Typen wie Mike. Sie war so gespannt auf Jacquelines Reaktion, Konstanze freute sich so sehr, als hätte sie das alles gerade für sich selbst herausgefunden und würde nun selbst mit Vorfreude auf ihr eigenes neues Leben blicken. Jacqueline konnte tatsächlich Kosmetikerin werden! Sie konnte sich ihren Traum erfüllen. Auf Jacquelines Bett hatte sie die Sportsachen und den pinkfarbenen Bademantel drapiert, den Philipp ihr von zu Hause mitgebracht hatte. Die diversen Antragsformulare sowie die Adressen von Kosmetikstudios, die ausbildeten, hatte sie ihr alle sortiert auf dem Nachttisch aufgefächert. Es sollte sein wie ein Geburtstag.

Jacqueline kam herein und stutzte zunächst, als sie sah, dass etwas auf ihrem Bett lag.

»Hab ich nicht alles weggeräumt?«

Dann merkte sie, dass es gar nicht ihre Sachen waren, und schaute fragend zu Konstanze.

»Was ist das, Konni? Wo kommt das her?«

»Das sind Sportsachen. Ich dachte, du hast kein richtiges Sportzeug, und ich habe mehr als ich brauche und habe daher Philipp gebeten, es mitzubringen.«

»Aha …«

Jacqueline reagierte verhalten. Sie setzte sich auf ihr Bett, nahm langsam nacheinander die Sachen in die Hand, schaute sie an und legte sie behutsam wieder zusammen und schwieg. Als müsste sie Zeit gewinnen. Dann stieß sie auf den schrill pinken, noch verpackten Bademantel.

»Und was ist das?«

Konstanze zuckte die Achseln.

»Bademantel. Hat mir meine Schwiegermutter geschenkt. Ist ein gutes Stück, aber mal ehrlich: ich und Pink …? Ich wusste nie, was ich damit machen soll, aber du liebst Knallfarben, und vielleicht gefällt er dir?«

Jacqueline packte den Bademantel aus, stand auf und hielt ihn sich an.

»Der ist nagelneu.«

Konstanze nickte.

»Babyweich.«

Konstanze nickte wieder.

Jacqueline setzte sich neben Konstanze und sah sie an.

»Ich fühl mich komisch.«

»Aber warum denn? Ich brauche es nicht, und du kannst etwas damit anfangen. Ich dachte, ich mache dir eine Freude?«

Jacqueline versuchte zu lächeln. Und Konstanze redete weiter, um diese Stille zu übertönen, mit der sie nicht gerechnet hatte.

»Ich dachte, du hast keine gescheite Jogginghose, und die, die du im Schrank hast, diese türkisfarbene, in der du festgesteckt hast, als wir uns kennenlernten, aus der bist du irgendwie rausgewachsen, oder?«

»Konni, nichts gegen diese Hose«, sagte Jacqueline ernst, und Konstanze seufzte.

»Aber die kannst du unmöglich anziehen, die geht gar nicht!«

»Die hat Timmi mir geschenkt. Damit ich eine habe, hier. Es ist das schönste Geschenk, das ich je bekommen habe. Ob sie passt oder nicht.«

»Oh.« Konstanze verstummte. »Timmi?«

»Ja. Er hat sie mir als Überraschung in die Tasche geschmuggelt, und als du reinkamst, habe ich sie grade anprobiert.«

Konstanze schwieg. Nach einer Weile atmete sie tief durch.

»Das ist ... das ist wunderbar. Timmi ist wunderbar.«

»Ja.«

»Da kommen die Hosen hier nicht mit.« Konstanze zuckte die Achseln. »Aber das sollen sie auch gar nicht, ich wollte einfach nicht, dass sie bei mir rumliegen, und du kannst sie gebrauchen, okay?«

Sie knuffte Jacqueline in die Seite, und Jacqueline knuffte zurück.

»Okay.«

Dann sah Jacqueline die Papiere, die auf ihrem Tisch lagen.

»Und was ist das da? Der ganze Papierkram?«

»Also, jetzt musst du dich festhalten. Pass auf, Jacki, ich hab mich erkundigt und an ein paar Stellen nachgeforscht. Das sind Unterlagen, wenn du die durchschaust, wirst du sehen, dass du viel mehr Möglichkeiten hast, als du denkst. Wir machen das am besten gleich zusammen. Jedenfalls ist mir nicht aus dem Kopf gegangen, dass du gesagt hast, du könntest dein Leben nicht ändern. Es wäre nicht möglich. Nur Leute wie ich könnten das. Aber es ist möglich. Schau, hier, du kannst eine Ausbildung zur Kosmetikerin machen, das geht, du bekommst noch eine Ausbildungsförderung, und deine Kinder können alle zusammen in der gleichen Einrichtung tagsüber … Jacki? Was ist denn los?«

Konstanze sah Jacqueline überrascht an. Warum freute sie sich denn nicht?

»Jacqueline? Jacki? Ich helfe dir. Wir gucken das zusammen durch. Du kannst das, du kannst so viel mehr, als du denkst …«

»Konni, ich weiß, du meinst es gut, aber das ist, das verstehst du nicht. Das kannst du nicht einfach so machen …, das ist meine Sache.« Sie wurde etwas lauter und klang abwehrend. »Das ist echt meine Sache!«

Konstanze war überrascht. Sie hätte alles Mögliche erwartet, aber nicht das. Nicht, dass Jacqueline sich nicht freuen würde. Sich aber auch wirklich überhaupt nicht zu freuen schien. Im Gegenteil. War sie sauer? Aber warum?

Sie schaute Jacqueline ratlos an, die von ihr wegsah, den knallpinken Bademantel noch auf dem Schoß.

»Jacki …?«

Ihr Handy klingelte. Erst wollte sie das Gespräch wegdrücken, doch dann dachte sie, wenn sie einen Moment mit jemand anderem redete, würde ihnen das etwas Luft verschaffen. Kleine Pause. Sie nahm ihr Handy, murmelte »Entschuldige mich kurz« und ging auf den Balkon, um das Gespräch anzunehmen.

Es war ihre Freundin Marit, die bestimmt hören wollte, wie es ihr ging. Das würde sie rasch beantworten und sie dann später noch einmal zurückrufen. Vielleicht hatte sie auch eine Frage oder brauchte einen Rat? Seit sie vor über einem Jahr ihre eigene Praxis eröffnet hatte, kam das gelegentlich vor. Nach dem Studium war es ihnen beiden gelungen, in Frankfurt zu bleiben, wo sie als Ärztinnen manchmal in verschiedenen, aber auch eine Zeitlang im gleichen Krankenhaus auf verschiedenen Stationen gearbeitet hatten. Kürzlich erst hatte Konstanze sie gefragt, ob sie es wirklich nicht bereute, die Klinik verlassen zu haben, um zu 98 Prozent Alltagsfälle mit Husten, Schnupfen, Heiserkeit und Magenverstimmungen zu behandeln. Marit hatte gelacht und gesagt, es würde ihr Spaß machen, und Konstanze hatte den Kopf geschüttelt und mit Inbrunst behauptet, dass sie sich das für sich nicht vorstellen könne. Spaß sei für sie etwas deutlich anderes.

»Hallo, Marit«, sagte sie ins Telefon, als sie draußen auf dem Balkon stand. Sie warf noch einen Blick zurück ins Zimmer, wo Jacqueline immer noch auf ihrem Bett saß und die Sachen anstarrte, die sie für sie zurechtgelegt hatte.

»Süße, wie geht es dir?« Marits Stimme klang bedauernd und mitleidig. Das überraschte sie. Es ging insgesamt bergauf, das wusste Marit doch.

»Jeden Tag besser«, sagte Konstanze betont gutgelaunt. »Und selbst?«

»Ich wollte dir sagen, meine Tür steht immer offen. Ich nehme dich jederzeit mit in die Praxis hinein, eine Kardiologin wäre eine Bereicherung, und wir wären ein Dreamteam, wir zwei. Das musst du wissen. Jederzeit.«

»Aber … Marit …«

Konstanze war völlig perplex. Sie hatte doch letztens erst klar und deutlich gesagt, dass sie eine Praxis als

Arbeitsumfeld völlig unspannend fand. Im Gegensatz zu den großartigen und interessanten Aufgaben, die die Kardiochirurgie ihr bot, wie sollte sie ihr das jetzt noch mal erklären, ohne dass Marit sich auf den Schlips getreten fühlte und –

»Ich kann mir vorstellen, wie es dir geht, und ich kenne dich, es wird dir nicht leichtfallen, wenn du zurückkommst. Du bist nicht der Typ, der einfach zur Tagesordnung übergehen kann bei so etwas.«

»Bei was? Was soll denn dieser Grabeston in der Stimme, Marit …«

Konstanze wurde plötzlich flau im Magen. Ein Zittern ergriff sie, ohne dass sie gewusst hätte warum. Als ob ihr Körper bereits ahnte, was nun kommen würde, bevor ihr Verstand es erkannte.

»Jetzt tu nicht so. Du findest es doch bestimmt grauenhaft, dass Philipp dein Chef wird, und wenn du deshalb nicht mehr in der Klinik bleiben willst, dann kommst du zu mir.«

Philipp wurde ihr Chef … das war … das hieß … ihr wurde schwindelig.

»Philipp wird mein Chef … Philipp bekommt die … Chefarztstelle?«

Stille am anderen Ende. Konstanze hörte, wie Marit tief Luft holte.

»Du wusstest das gar nicht?«

»Nein.«

»Oh Gott.«

»Bis eben wusste ich das nicht.«

»Ich dachte, oh nein, ich bin echt bescheuert, ich habe gehört, dass Philipp am Wochenende bei dir war, und seit Freitag war es ja raus. Also, inoffiziell erst, aber … du weißt gar nichts davon?«

Konstanze schaute starr in die Ferne, während Marit verzweifelt weiterstammelte, und obwohl die Gedanken in ihrem Kopf tobten, wunderte sie sich, dass sie trotz des Zitterns in ihren Beinen stehen konnte.

»Er hat es nicht für nötig gehalten, es mir zu sagen.«

»Er wollte bestimmt warten, bis du wieder zu Hause bist.«

»Bestimmt.«

»Vielleicht wollte er dich noch ein bisschen …«

»Ein bisschen. Ja, bestimmt wollte er mich ein bisschen … Ich muss auflegen. Ich muss … mach's gut.«

Konstanze ließ das Telefon sinken.

Philipp bekam die Stelle. Philipp wurde Chefarzt und sie nicht. Philipp würde ihr Chef werden. Das war unglaublich. Das ging doch nicht, das war einfach unmöglich. So gut war er nicht, das musste doch wohl jedem klar sein. Sie war viel besser als er. Aber sie bekam die Stelle nicht. Sie hatte so fest damit gerechnet, sie hatte gedacht, entweder jemand von außen oder sie. Aber doch nicht ihr Mann. Philipp! Ihr Chef! Niemals!

Und die anderen. Die Abteilung. Wenn sie sich vorstellte, wie sie mit ihrer Krücke hereinhumpeln würde, zur Wiedereingliederung, stundenweise, die Blicke. Getuschel. Mitleid. Wie grauenhaft.

Sie ließ sich auf den Balkonstuhl sinken, weil sie plötzlich doch nicht mehr stehen konnte, und heiße und kalte Wellen schlugen abwechselnd durch sie hindurch, und Tränen der Scham stiegen ihr in die Augen.

Wie sollte sie jemals wieder auf ihre Station zurück nach so einer offensichtlichen Niederlage? Jeder wusste, dass sie sich beworben hatte. Und nun wusste jeder, dass sie das Rennen nicht gemacht hatte. Das war so entblößend, es war das Peinlichste, was sie sich vorstellen konnte. Sie konnte nicht zurück. Es war unmöglich. Sie konnte sich nicht vorstellen, auch nur einen Fuß in den Gang ihrer Station zu setzen und sich all dem auszusetzen.

Aber das war ja nur das eine Problem. Das war schon schlimm genug, aber das andere war: Warum hatte Philipp es ihr nicht gesagt? Warum bloß? Er war hier gewesen! Hier hatte er gestanden, mit ihr zusammen, hier auf dem Balkon, und hatte kein einziges verdammtes Wort gesagt. Dabei hatte er es seit Freitag gewusst. Selbst Marit hatte es seit Freitag gewusst. Die ganze Station! Nicht offiziell, haha, das war doch klar, wie das mit den nicht offiziellen Neuigkeiten lief, die verbreiteten sich schneller als die offiziellen. Und nur die totalen Loser erfuhren nichts davon. Loser wie sie.

Und selbst als sie ihn gefragt hatte, hatte er ganz unbeteiligt den Kopf geschüttelt. Nein, es gäbe noch nichts Neues …

Zu den Tränen der Scham schossen nun Tränen der Wut in ihr hoch. Wie konnte er nur? Wie konnte er sie nur belügen, so tun, als wäre nichts, und unschuldig neben ihr herlaufen. Wahrscheinlich hatte er die ganze Zeit gedacht, haha, wenn du wüsstest, bald bin ich der Chef, haha … mein Gott, und sie schrieb ihm auch noch Liebesbriefe. Wie absolut lächerlich. Sie hatte das Gefühl, dass ihr ganzes Leben plötzlich zerrann und von ihr wegschwamm, es trieb vor ihr her, doch sie konnte es nicht mehr greifen, sie konnte ihm nur noch hilflos hinterherschauen. Ihr ganzes Leben hatte sich gerade aufgelöst. Während eines kleinen Telefonats. Sie konnte nicht mehr anders, sie begann hemmungslos zu schluchzen. Wie sollte es jetzt bloß weitergehen?

Erst nach einer Weile bemerkte sie, dass Jacqueline neben ihr stand, ihr vorsichtig eine Hand auf die Schulter legte und sie hilflos anstarrte.

»Konni? Was ist denn …?«

Konstanze konnte erst gar nicht antworten, und Jacqueline brachte ihr Taschentücher und ein Glas Wasser und wartete mit besorgtem Blick neben ihr und wich nicht von ihrer Seite. Es dauerte eine ganze Weile, bis Konstanze überhaupt unter Schluchzen halbwegs verständlich hervorbringen konnte, dass Philipp die Chefarztstelle bekommen hatte.

Jacqueline schaute sie fassungslos an, ging auf ihrem kleinen Balkon ein paar Schritte auf und ab, holte einmal tief Luft und lehnte sich dann kopfschüttelnd mit dem Rücken zu Konstanze ans Balkongeländer. Dann drehte sie sich zu ihr um.

»Weißt du, was ich dachte? Ich dachte, es wäre etwas richtig Schlimmes passiert.«

Konstanze sah noch immer schluchzend auf.

»Aber das ist schlimm, verdammt noch mal!«

»Ich dachte, was richtig, richtig Schlimmes. Dass eins von den Kindern verunglückt ist! Oder dein Mann! Mensch, Konni, echt jetzt …«

Konstanze sah sie verständnislos an.

»Es ist total schlimm, ich weiß nicht, wie ich jemals

wieder zurückkann, mein ganzes Leben ist vorbei, das ist alles vorbei …«

»Dein Mann wird Chef! Davon geht doch die Welt nicht unter! Ey, was ist denn das für'n Problem!«

Jacqueline stand vor Konstanze und sah so aus, als ob sie sie am liebsten schütteln wollte.

»Konni, jetzt komm mal runter. Ihr seid alle gesund. Dein Mann ist nicht arbeitslos, du bist nicht arbeitslos, ihr habt einen tollen Beruf, ihr habt nette Kinder, ihr habt ein Haus … echt total schlimm, da ist das Leben vorbei! Du hast doch alles! Alles!«

Konstanze war so gefangen in ihrer Verzweiflung, sie konnte gar nicht hören, was Jacqueline da sagte.

»Ich kann doch nicht mehr zurück! Was denken die jetzt alle von mir!? Was soll ich denn bloß machen?!«

Jacqueline schüttelte wieder den Kopf und sah sie entgeistert an.

»Dein Mann hat eine fette Stelle bekommen, das ist für die meisten Menschen ein Grund zum Feiern und kein Weltuntergang!«

»Ich bin eben nicht die meisten Menschen.«

»Jetzt mach mal halblang. Ihr habt euch beide beworben, da war doch klar, dass nur einer die Stelle kriegen kann. Nun hat sie halt dein Mann! Und?!«

»Du verstehst das überhaupt nicht! Du hast keine Ahnung, um was es hier geht!!«

»Nein, ich bin ja auch nur die doofe kleine Jacqueline, ich bin ja sogar zu doof, mich selbst um mein Leben zu kümmern, da muss erst die tolle Konni kommen und mir mal so richtig zeigen, wo es langgeht. Die hat nämlich die Weisheit mit Löffeln gefressen! Die ist so toll, die weiß alles.«

»Jetzt machst du mich auch noch an, weil ich dir helfen wollte, das darf ja wohl nicht wahr sein!«

»Du hättest mal fragen können, ob ich überhaupt Hilfe will! Nur weil du mein Leben scheiße findest, ist es das noch lange nicht!«

»Wenn du zu stolz bist, Hilfe anzunehmen, dann lass es halt.«

»Wer ist denn hier diejenige, die sich nie helfen lässt. Die tolle Konni, die braucht nämlich keine Hilfe, die hat selbst immer alles im Griff. Du hast ja voll den Kontrollwahn! Du glaubst, du kannst alles bestimmen, oder? Wer wann reden darf, was dein Mann arbeiten darf, was Jacki arbeiten soll. Die Super-Konni!«

»Verdammt, dann bleib doch in deinem Sumpf stecken!«

»Ja! Mach ich! In meinem Sumpf ist wenigstens nicht alles verkehrt herum. Da weiß ich noch, was ein Problem ist und was ein Grund zum Feiern ist. Und ich sag dir eins, wenn ich einen Mann hätte, der Chefarzt wird im Krankenhaus, dann gehe ich aber feiern! Denn *das* ist kein Problem!«

»Es macht gar keinen Sinn, mit dir überhaupt zu reden. Du verstehst es ja doch nicht.«

»Weißt du, was dein Problem ist, Konni? Du denkst, du bist was Besseres. Und du denkst, du weißt so voll Bescheid. Was für jeden das Beste ist. Kein Wunder, dass dein Mann nichts gesagt hat, als er hier war. Der hatte bestimmt keinen Bock, sich dein Geheule anzuhören. Buuhuuu, mein Mann wird Chef! Der hätte vielleicht auch gerne eine Frau, die sich mal freut mit ihm! Der muss sich ja fühlen, ich mein, was ist das denn für eine Ehe?«

»Von Gleichberechtigung hast du halt noch nie etwas gehört. Das ist in deiner Welt anscheinend noch nicht angekommen, dass jeder die gleichen Möglichkeiten hat, dass man sich nicht betrügen und schlagen lassen muss.«

»Da ist mir meine Welt lieber, das sag ich dir. Auf so eine Welt wie deine kann ich echt verzichten, wie schwachsinnig muss man denn sein …«

Es klopfte an der Tür, und eine der Schwestern betrat das Zimmer und sah, dass sie draußen auf dem Balkon waren.

»Frau Keller-Stein?«

Konstanze sah auf. »Ja?«

»Alles okay?«

»Ja, ja …« Konstanze wehrte ab. »Alles klar.«

»Gut«, sagte die Schwester, nicht sonderlich überzeugt. »Wir haben jetzt endlich Ihr Einzelzimmer fertig. Wenn Sie so weit sind mit Packen, sagen Sie Bescheid, dann helfen wir Ihnen mit dem Gepäck, ja? Lassen Sie sich ruhig Zeit, es ist ja immer jemand da. Sie sind dann gleich schräg oben drüber. Da können Sie sich immer noch zuwinken.«

Als die Schwester wieder verschwunden war, warfen die beiden sich einen langen Blick zu.

»Das nenne ich Timing«, sagte Konstanze und erhob sich stumm aus ihrem Stuhl. Sie ging hinein, um anzufangen zu packen. Jacqueline blieb draußen auf dem

Balkon stehen, drehte Konstanze den Rücken zu und tat so, als gäbe es vor der Klinik interessante Sachen zu sehen. Das war ja wenigstens eine kleine Gnade des Schicksals, dass sie sich jetzt nicht weiter mit dieser Jacqueline abgeben musste. Unglaublich, wie dumm konnte man denn sein, das alles einfach auszuschlagen, was sie ihr zusammengesucht hatte? Selber schuld, dachte Konstanze, während sie ihre Kleider achtlos in den Koffer warf. Sie ging ins Bad, um ihre Sachen dort ebenfalls einzusammeln, und ihr Blick fiel auf die ganzen Nagellackfläschchen, die sie mit Jacqueline gekauft hatte. Das dunkle Braun, das Lotte beeindruckt hatte, das Kirschrot, zu dem Jacqueline sie überredet hatte. Nein, das war vorbei. Was für ein Schwachsinn. Sie und bunte Nägel! Das war doch gar nicht sie. Das war passiert, weil sie sich hier ein Zimmer geteilt hatten. So eine Art Stockholm-Syndrom, das sich anscheinend auch bei Fremden einstellen konnte, die sich ein Rehazimmer teilen mussten. Zwangsgemeinschaft, da stellte sich der Mensch eben um, man stellte sich aufeinander ein, um irgendwie klarzukommen. Nun war das ja nicht mehr nötig, zum Glück. Was hatte sie da bloß geritten, das war ja alles völlig absurd. Sie wandte sich ab und ließ alles stehen.

Als Konstanze fertig zusammengepackt hatte, schob sie ihren Koffer vor die Tür, klemmte sich ein paar Sachen unter den Arm, die auf die Schnelle nicht hineingepasst hatten, und sah sich noch einmal um, ob sie auch alles hatte.

Ihr Blick fiel auf den Brief, den sie an Philipp geschrieben hatte und der noch auf ihrem Nachttisch lag.

Sie nahm ihn in die Hand und sah ihn an, dann warf sie ihn in den Papierkorb. Den würde sie nicht mehr brauchen.

Jacqueline stand immer noch draußen auf dem Balkon. Konstanze zögerte, ging dann ein paar Schritte auf die geöffnete Balkontür zu, aber sie wusste eigentlich auch nicht, was sie noch sagen sollte. Sie starrte einen Moment auf Jaquelines Rücken, dann ging sie.

Jacqueline drehte sich nicht um. Sie verlagerte ihr Gewicht von links nach rechts. Das war alles.

40

Was dachte Konni eigentlich, wer sie war? Das war doch echt unglaublich. Heulte rum, weil ihr Mann die Superstelle bekam. ›In ihrer Welt‹! Das war doch der Hammer. Ja, in so einer Welt, da kannte sie sich echt nicht aus. Ein Glück, konnte sie nur sagen! Das war mal eine verkehrte Welt. Selbst wenn sie mit Timmi ›verkehrte Welt‹ spielte, auf so etwas würden sie da im Leben nicht kommen. Ob die Leute voll durchdrehten, wenn sie alles besaßen? Die bastelte sich doch die Probleme, weil sie keine echten hatte! Völlig durchgeknallt. Die dachte wohl, ihr steht alles zu im Leben. Einfach so, weil sie die Konni war, oder was?! Mann.

Jacqueline war wieder zurück ins Zimmer gegangen und wollte sich auf ihr Bett setzen. Da lag noch das ganze Zeug. Die Konni-Spenden. Drei Jogginghosen. Eine Jacke, die genau zu der einen Hose passte. So graues und beigefarbenes Zeug. Völlig farblos. War alles überhaupt nicht ihr Ding. Die sollte sie sich doch sonst wohin stecken, die Sachen. Sie warf alles auf Konnis Bett. Der Bademantel war super, aber trotzdem. Von der würde sie bestimmt nichts annehmen. Niemals. Sie warf den Bademantel hinterher. Dann sah sie, dass Konni den Schnaps dagelassen hatte, den sie zusammen gekauft hatten. Der musste auch weg. Sie nahm die Flasche und legte sie auch auf das andere Bett. Aber vorher nahm sie noch mal einen kräftigen Schluck aus der Flasche. Das beruhigte sie ein bisschen. So ein Streit machte einen innen drin ganz flatterig. Sie nahm noch einen Schluck und begann, den Papierkram zusammenzustapeln. Den hatte sie sich vorhin gar nicht angeschaut. Und den würde sie sich auch nicht anschauen. Konni wusste doch, dass sie keinen Bock hatte auf Ämterkram und Formulare und all das. Dachte die, die wäre Gott oder wie, einfach mal alles regeln wollen, hier, mal eben schön in ihr Leben eingreifen, ob sie wollte oder nicht. Hatte sie Konni um irgendwas gebeten? Wenn sie ihre Sachen regeln wollte, dann würde sie die schon selber regeln. Und nicht weil die Madame fand, dass sie ihr Leben ändern musste. Sie änderte ihr Leben, wenn sie das wollte. Basta. Sie nahm den ganzen Blätterstapel, um ihn in den Papierkorb zu werfen, und sah den Brief darin liegen. Sie nahm ihn heraus. Hatte Konni an ihren Mann geschrieben. Hm, das war wohl, bevor sie erfahren hatte, dass er ihr die Stelle weggeschnappt hatte. Jacqueline sah, dass der Brief nicht zugeklebt war. Sie linste hinein und sah ein eng beschriebenes Blatt. Sie klappte den Umschlag zu und warf den Brief zusammen mit dem ganzen Papierkram wieder in den Müll.

Die kriegte doch echt ihr Leben selbst nicht hin. Anderen sagen, wo's langgeht, aber selbst keine Ahnung vom Leben? Dabei hatte sie einfach alles. Alles! Mann, Haus, Kinder, Kohle, 'ne echt gute Arbeit. Jeder ein iPhone. Vier Stück in einer Familie. Und dann heulen, weil der Mann befördert wurde. Sie schüttelte den Kopf.

Ihr Magen begann zu knurren, gleich war Essenszeit. Hoffentlich setzten sie Konstanze an einen anderen Tisch. Sie hatte jetzt echt keinen Bock, Konni zu sehen. Aber Hunger hatte sie, und das Essen stand ihr jedenfalls zu. Da würde sie bestimmt nicht hungrig auf dem Zimmer sitzen bleiben. Und wenn sie weiter mit am Tisch saß, würde sie in eine andere Richtung gucken. Es gab ja noch mehr Leute, mit denen man reden konnte. Zum Glück. Auf Konni war sie überhaupt nicht angewiesen.

41

Das Zimmer, das man Konstanze zugeteilt hatte, war etwas kleiner, es hatte ja auch nur ein Bett, aber ansonsten war es identisch eingerichtet. Die Wände waren nicht ganz so gelb, eher apricot, was sie als winzige Verbesserung empfand. Das Bild, das über der kleinen Sitzecke hing, war aus Mackes Tunisreise. Heiter und bunt. Sie seufzte. Von Heiterkeit war sie so weit entfernt wie nur was. Wer suchte nur diese Drucke aus? Vielleicht gab es eine Firma, die Krankenhausbilder zusammenstellte und druckte. Denen könnte sie mal sagen, dass es für einen Patienten, der sich schlecht fühlte, wesentlich angenehmer wäre, auf den Mönch am Meer von Caspar David Friedrich zu starren als auf dieses pseudofröhliche Zeug. Damit konnte man sich wenigstens identifizieren.

Das Bad war das gleiche wie das unten, das sie sich mit Jacqueline geteilt hatte. Doch nun hatte sie es für sich alleine. Sie packte ihre Kulturtasche aus und verteilte alles vor dem Spiegel. Nur ihre Dinge standen da. Keine bunten Billigfläschchen mehr. Sie sprühte einmal kurz mit ihrem Parfum in die Luft. Keine süßen synthetischen Düfte mehr, zum Glück. Jacqueline hatte lauter Kokos- und Mango- und Vanillezeug gehabt. Dass Menschen sich mit etwas wuschen und pflegten, das nach Süßigkeiten roch, fand sie schon immer seltsam. Nun roch es wieder nach ihrem eigenen Duft. Eine Wohltat.

Nachdem Konstanze alles ausgepackt und im Schrank verstaut hatte, den Koffer unters Bett geschoben, die Balkontür geöffnet und alles zurechtsortiert hatte, versuchte sie, auch sich selbst wieder zu sortieren. Was war eben eigentlich passiert?

Vor zwei Stunden hatte ihr Leben noch völlig anders ausgesehen. Da hatte sie einen Brief an Philipp geschrieben und gedacht, sie könnte nach Hause kommen und sie könnten gemeinsam neu anfangen. Verräter, dachte sie. Mieser Verräter, und sie spürte, wie die Tränen ihr wieder in die Augen schossen. Bestimmt hatte er ihre Abwesenheit genutzt, um schön Stimmung gegen sie zu machen. Bestimmt klopften sie ihm alle auf die Schulter, allen voran dieser blöde Lammel. Am Ende hatte er noch in die Welt gesetzt, dass man nach einem Beinbruch wie ihrem lange nicht arbeiten konnte. Zutrauen würde sie es ihm. Oder sie hatten Niedlich kontaktiert, und der hatte mal eben ganz kollegial von ihrer Herzgeschichte erzählt und am Ende noch das Wort Burn-out fallenlassen, und Antistressprogramm. Wer weiß, wie es dazu gekommen war. Ohne den Unfall wäre das jedenfalls nicht passiert, da war sie sich sicher. Aber was nützte das, das ganze Nachdenken über wenn und wenn nicht und wenn doch – das war Zeitverschwendung und brachte sie jetzt auch nicht weiter. Und Konstanze war nicht der Typ, der sich lange mit Zeitverschwendungen aufhielt. Sie hatte den Unfall gehabt, und nun war die Lage eben so, wie sie war, und es war an ihr, darüber nachzudenken, wie es weitergehen könnte. Mit ihrem Job, mit ihrer Ehe. Mit ihrem Leben.

Sie hatte gedacht, der Unfall war ein Pech, das vorbeiging. Das man mit entsetzlich viel Geduld aussaß, bis alles ausgestanden war. Irgendwie war das Pech jedoch an ihr kleben geblieben. Seit dem Umfall ging alles schief, alles kam ins Wanken. Und zwar komplett. Sie trat auf den Balkon und sah die Spaziergänger allmählich heimkehren. Es war bald Essenszeit. Sie hatte keinen Appetit. Vor allen Dingen hatte sie keine Lust herauszufinden, ob sie immer noch am gleichen Tisch saß, mit Jacqueline und den anderen. Und sie fühlte sich zu schwach, um jetzt hinunterzugehen und um einen neuen Platz zu bitten, sich zu neuen Menschen zu setzen, Smalltalk zu machen. Grauenhaft. Beim Gedanken an den Speisesaal hatte sie fast das Gefühl, keine Luft mehr zu bekommen. Nein, sie musste raus. In der

Klinik war es gerade nicht mehr auszuhalten, der Speisesaal, das ganze Gehumpel und Geschlurfe, das Geklapper der Teller und der Geruch nach Maggi, der einem noch eine Stunde nach dem Essen in den Kleidern hing. Nichts in der Welt würde sie dazu bringen, in diesen Speisesaal zu gehen.

Sie trat ins Bad und wusch ihr Gesicht mit kaltem Wasser, cremte sich ein, kämmte sich, trug etwas Lipgloss auf, schaute sich an und dachte, geht doch. Ihre Augen und ihre Nase waren noch ein bisschen rot, aber so konnte sie durchaus rausgehen, mit einer Erkältung sah sie genauso aus. Sie nahm eine Jacke, hängte sich ihre Tasche um und fühlte sich trotz der Krücken wackelig. Gerade als sie dabei war, die Zimmertür abzuschließen, klingelte ihr Handy. Sie schaute darauf. Es war Philipp. Nein. Sie konnte jetzt nicht mit ihm reden. Unmöglich. Was sollte sie ihm sagen? Und was wusste er? Wusste er schon von Marit, dass sie es wusste? Hatte sie ihn gleich angerufen? Konstanze musste erst über alles nachdenken, bevor sie mit Philipp sprach. Im Moment spukten Sätze wie »Du brauchst gar nicht zu glauben, dass ich zurückkomme!«, »Ich lasse mich scheiden«, »Ich kündige!« durch ihren Kopf. Aber sie hatte sich trotz all des inneren Aufruhrs gut genug im Griff, um zu wissen, dass sie erst überlegen musste, was sie sagen sollte. Und die Kinder. Sie musste über die Kinder nachdenken. Wenn es nur um Philipp und sie ginge, würde sie sich die Impulsivität dieser Sätze sogar erlauben. Aber es ging nicht nur um ihre Ehe. Es ging um Lotte und Malte, es ging um ihre Familie. Also ließ sie das Telefon weiterklingeln, schloss die Tür wieder auf und legte das Handy auf den Tisch. Das würde sie einfach hierlassen. Da konnte es klingeln, so viel es wollte.

Als sie aus der Klinik trat, roch sie es schon. Theos Vanilledampf wehte ihr in die Nase, und im ersten Impuls wollte sie umdrehen, sie hatte keine Lust, irgendjemanden zu sehen, mit irgendjemandem zu sprechen, irgendetwas zu erklären, aber dann hatte er sie schon gesehen und rief: »Hallo.«

»Noch zwei Züge, dann komme ich mit zum Essen. Haben wir eigentlich heute den Musikraum?«

»Ich gehe heute nicht essen«, sagte Konstanze. »Jedenfalls nicht hier. Ich … muss grad mal raus.«

»Klinikkoller?«

»Lebenskoller.«

Theo sah sie prüfend an. Wahrscheinlich sah er, dass sie geweint hatte. Auch egal.

»Willst du Gesellschaft? Oder willst du dich lieber alleine ins hiesige Nachtleben stürzen?«

»Ich weiß nicht.« Konstanze sah ihn an und wusste wirklich nicht, was sie wollte. Der Gedanke, alleine durch dieses verschlafene Örtchen zu humpeln, wo um diese Zeit schon die Bürgersteige hochgeklappt wurden, war mit einem Mal nicht sonderlich attraktiv, andererseits konnte sie sich nicht vorstellen, sich jetzt mit Theo zu beschäftigen, und nach seinem Geplänkel stand ihr der Sinn überhaupt nicht. Er schien ihre Gedanken lesen zu können.

»Ich komme einfach mit, als stiller Begleiter, und wenn du reden willst über deinen Lebenskoller, dann reden wir, und wenn nicht, trinken wir schweigend ein Glas Rotwein. Oder so.«

»Klingt gut.« Konstanze nickte, und gemeinsam gingen sie über den Parkplatz zu Theos Auto. Er hielt ihr die Tür auf und half ihr beim Einsteigen, und sie war irgendwie froh über die kleine Geste. Schweigend fuhren sie in den Ort, in dem um diese Uhrzeit tatsächlich so gut wie kein Mensch unterwegs war, parkten am Rathaus und gingen dann langsam eine Runde durch die stillen Straßen.

Die Abendluft kühlte Konstanzes erhitztes Gesicht, die Bewegung tat ihr gut, und sie war froh, dass sie einfach nebeneinander hergingen, ohne ein Wort zu sagen. Als sie zwei Runden schweigend durch und um den Ort gedreht hatten und wieder in der Mitte angekommen waren, blieb Theo stehen und deutete nach links.

»Hier geht's zur deftigen Ortsschänke, Jägerschnitzel mit Pommes oder hessische Wurstplatte, und da«, er zeigte in die andere Richtung, »geht es zum Italiener. Ich befürchte Pizza mit Dosenchampignons. Es gibt aber auch eine ohne Dosenchampignons.«

»Ich habe keinen großen Appetit«, gestand Konstanze. »Aber ein Glas Rotwein wäre schön.«

»Dann nehmen wir den Italiener.«

Die Gaststube war fast leer, und sie setzten sich an einen Tisch am Fenster. Ein Paar saß drei Tische weiter, ein Mann lehnte alleine an der Theke und unterhielt sich mit dem jungen Italiener dahinter, der gleich zu ihnen kam, um ihnen die Speisekarten hinzulegen. Sehr leise im Hintergrund liefen alte italienische Schlager, die von blauem Meer und Amore erzählten und mit Sehnsucht etwas beschrieben, was von dieser Gaststube so weit entfernt war wie die Milchstraße.

Theo bestellte eine Flasche Montepulciano, und Konstanze schaute in die Karte, aber sie hatte wirklich keinen Appetit und konnte sich zu nichts entscheiden.

»Essen und Trinken hält Leib und Seele zusammen, meine Oma lag damit immer richtig, ich bestelle uns einfach etwas, ja?« Theo übernahm das Kommando, und Konstanze nickte. Sie war einfach nur froh, dass sie im Moment gar nichts entscheiden musste, und als sie den ersten Schluck Wein trank und bald darauf eine dampfende Portion Spaghetti aglio e olio vor ihr stand, kehrten tatsächlich ein paar ihrer verlorenen Lebensgeister wieder, und das hohle, zittrige Gefühl, das sie seit dem Telefonat mit Marit und dem Streit mit Jacqueline in sich hatte, verzog sich.

Theo schwieg, wie er versprochen hatte. Nach ein paar Gabeln voller Spaghetti und einigen Schlucken Rotwein, ließ Konstanze ihr Besteck sinken, schaute Theo an und begann, ihm alles zu erzählen. Sie erzählte von dem Tag mit Philipp, von der Tatsache, dass er ihr kein Wort gesagt hatte über die Chefarztstelle, sie beschrieb ihm, wie sie davon erfahren hatte, und erzählte von dem Streit mit Jacqueline, nachdem sie ihr gerade nach zig Telefonaten alles zusammengesucht hatte, damit sie ihren Kosmetikerinnentraum verwirklichen könnte.

Theo war anders als sonst. Er hörte ruhig zu, goss ihr Wein nach, ließ sie reden, reichte ihr seine Serviette, als ihr zwischendurch Tränen in die Augen schossen. Nachdem sie ihm alles geschildert hatte, lehnte er sich über den Tisch zu ihr, nahm ihre Hände fürsorglich in seine und sah sie an.

»Und *wem* willst du eigentlich *was* beweisen?«, fragte er und hielt ihre Hände weiter fest in seinen warmen Händen geborgen. Konstanze sah ihn verständnislos an.

»Wem? Mir? Keine Ahnung. Geht es denn darum?«

»Du bist echt eine tolle Frau, Konni, und das sieht man auf den ersten Blick. Du brauchst dich gar nicht so anzustrengen. Aber das weißt du doch selbst, oder?«

Konstanze sah ihn an und überlegte, was er damit meinte, sie verstand es nicht. Nein, sie war keine tolle Frau. Eine tolle Frau hätte die Chefarztstelle bekommen. Sie hatte sie nicht bekommen. Also. Sie schüttelte den Kopf.

»Ich weiß gar nichts mehr.«

Sie befreite eine Hand und hielt ihr Weinglas vor die Kerze. Eine Weile betrachtete sie das dunkle Rot, das durch das Licht zu glühen schien.

»Ich weiß, dass meine Ehe nicht funktioniert, dass mein Bein nicht funktioniert und dass meine Karriere nicht funktioniert. Ich bin plötzlich ein … ein Nichts. Vor ein paar Wochen war ich eine kompetente, effiziente Kardiochirurgin mit einer vielversprechenden Karriere, mit einer Vorzeigefamilie, eine Frau, der alles gelingt, ja, ich dachte mal, ich wäre toll! Aber das ist vorbei. Jetzt bin ich eine gescheiterte, humpelnde Versagerin. Die sich von ihrer ungebildeten Mitpatientin sagen lassen muss, dass sie keine Ahnung vom Leben hat.«

»Du bist genauso schön und klug und kompetent

und vielversprechend wie vor ein paar Wochen. Daran ändert sich doch nichts, nur weil du dir ein Bein gebrochen hast.«

»Anscheinend doch.«

Sie nahm einen großen Schluck Wein.

»Oder ich war schon immer eine gescheiterte, humpelnde Versagerin und habe es nur geschickt versteckt. Gut getarnt.«

»Alle Operationen ein Betrug! Eigentlich hat jemand anders operiert. Es hat auch jemand anders die Kinder bekommen und die Familie zusammengehalten …«

Konstanze sah Theo erstaunt an. »Genauso kommt es mir vor, genau so. Bescheuert, oder?«

Theo nickte. »Da muss ich dir zustimmen. Du bist eine tolle Frau, die ein bisschen bescheuert ist. Bestellen wir noch Wein?« Die Flasche war leer, er goss gerade den letzten Tropfen in ihr Glas.

»Mir reicht's«, sagte Konstanze und lächelte. »Mir ist mehr nach einem Tee, würde dir bestimmt auch guttun. Du musst noch fahren.«

»Aaah, da ist sie wieder!«

Konstanze sah ihn mit gerunzelter Stirn fragend an.

»Die Konstanze, die weiß, was für jeden gut ist.«

»Bin ich so? Genau das hat Jacki auch gesagt.«

Konstanze spielte mit den Brotkrümeln auf der Tischdecke. War sie wirklich so eine von diesen Besserwissern, die allen auf die Nerven ging? Sie war doch einfach nur hilfsbereit, sie dachte eben mit und kümmerte sich um alles, wenn sie konnte. Was war denn daran falsch? Überhaupt nichts, oder?

»Das bist du doch schon von Berufs wegen!«

Theo winkte dem Kellner. »Wir hätten gerne einen Tee für die Dame.« Er sah Konstanze fragend an.

»Kamille«, sagte sie, und der Kellner, der an den Tisch getreten war, nickte stumm. »Und für den Herrn einen Grappa?«, fragte er hoffnungsvoll.

Jetzt nickte Theo. »Und einen Espresso, bitte.«

Der Kellner verschwand.

»Kamillentee, davon erzählt der seinen Kumpels noch in einem halben Jahr.«

»Na, du hast es ja mit dem Grappa und dem Espresso wieder rausgerissen«, meinte Konstanze und sah ihn interessiert an. »Wie meinst du das, von Berufs wegen?«

»Warum wird jemand Arzt? Weil er glaubt, Menschen helfen zu können, heilen zu können. Es besser zu wissen. Haben nicht alle Ärzte ein Helfersyndrom? Mehr oder weniger?«

»Das klingt so mies, wie du es sagst. Es ist doch etwas Gutes, wenn jemand sich bereit erklärt, das zu tun, diese Verantwortung zu übernehmen, oder?«

»Hehres Ziel! Eine perfekte Aufgabe für tolle Frauen.«

»Ja, und?« Konstanze sah ihn ratlos an. Worauf wollte er denn hinaus?

»Natürlich ist es gut, aber es ist auch gut, an sich selbst zu denken.«

»Meine Mutter findet mich total egoistisch. Von der höre ich immer, dass ich viel zu viel an mich denke. Sie findet, ich sollte meinem Mann den Rücken stärken, bis ich dahinter verschwinde, so wie sie das auch gemacht hat. Na, dann kann sie ja jetzt zufrieden sein. Ich werde schön hinter Philipps Rücken verschwinden.«

Theo überlegte einen Moment. »Nein, ich meine etwas anderes. Ich meine so etwas wie das Klavierspielen, das Malen, das hat dir Spaß gemacht. Du solltest dich mal sehen, wenn du Klavier spielst und ›Let's Misbehave‹ singst.«

»Weil …?«

»Weil du dann leuchtest.« Er grinste. »Ich hätte es wahrscheinlich ziemlich gut gefunden, wenn du die Botschaft des Lieds direkt noch im Musikraum mit mir umgesetzt hättest …, aber …«

»Ach Theo«, Konstanze seufzte, musste aber lächeln.

»Stattdessen haben wir uns sehr gut benommen, und … das ist ja auch etwas …«, fügte er hinzu.

Der Kellner stellte ihnen den Tee, den Espresso und den Grappa hin, schaute den Tee und dann Konstanze noch einmal skeptisch an, damit auch jeder merkte, was er davon hielt, und ging wieder.

»Und das Klavierspielen, das hast du einfach nur für dich gemacht. Für niemanden sonst. Das meine ich.« Theo hob sein Glas. »Und so etwas machst du zu selten. Du kümmerst dich zu viel um andere. Um Jacqueline, bei mir hast du es auch schon versucht, du kümmerst dich um alle besser als um dich selbst. Auf dich, Stanzerl.«

»Stanzerl«, wiederholte Konstanze leise und trank vorsichtig einen Schluck von dem dampfenden Tee. So hatte sie lange niemand mehr genannt. Ihr Vater hatte sie so genannt, wenn er gute Laune hatte, wenn sie zusammen Klavier gespielt hatten, wenn er stolz auf sie war. So hatte Mozart seine geliebte Constanze in seinen Briefen genannt. Und anscheinend kannte Theo diese Briefe ebenfalls. Plötzlich vermisste sie ihren Vater schmerzlich. Was hätte er wohl zu allem gesagt, wenn er noch leben würde? Sie hatte das deutliche Gefühl, dass alles anders wäre, wenn er noch leben würde. Wenn sie es geschafft hätte, ihn zu retten. Vielleicht hätte sie nie aufgehört, Klavier zu spielen.

42

Beim Abendessen hatte Irene nach Konstanze gefragt, als sie nicht am Tisch erschienen war, und war sehr verwundert gewesen, als Jacqueline ihr erzählte, dass Konni und sie jetzt getrennte Leute waren. Und dass sie ihretwegen überhaupt nicht mehr auftauchen brauchte an ihrem Tisch. Günther hatte kurz aufgeschaut und laut überlegt, ob er dann wohl Konstanzes Portion mitessen könne, und sich dafür einen tadelnden Blick von Irene eingefangen. Nur Jacqueline hatte ihm mit einem ermunternden »Nur zu« einen der nicht angerührten Teller zugeschoben.

»Wahrscheinlich lässt sie sich von Theo trösten«, bemerkte sie mit einem schiefen Blick auf den anderen leeren Platz. »Heult ihm die Ohren voll. Über ihren bösen Mann und die böse Jacki, ey, die kann mir echt gestohlen bleiben.«

Jacqueline war sauer auf Konni. Und enttäuscht. Vorhin hatte sie noch so einen Hunger gehabt, aber jetzt hatte sie das Gefühl, dass ihr das alles doch irgendwie auf den Magen schlug. Jedenfalls war ihr Hunger weg und das Essen sah trist aus und sie hatte das Gefühl, einen Kloß im Hals zu haben, an dem sie nicht einfach so vorbeischlucken konnte. Sie stocherte lustlos in ihrem Essen herum. Als Irene sie fragte, ob sie noch einen kleinen Ausflug in die Bar machen sollten, nickte sie und ließ die Gabel sinken. Nichts wie weg von diesem halbleeren Tisch. Und was sollte sie heute auch sonst machen? In dem Zimmer fiel ihr doch sowieso die Decke auf den Kopf.

»Dabei hatte ich euch schon die Unzertrennlichen getauft«, gestand Irene, als sie zusammen mit einer Packung Nüsschen an einem der Resopaltische in der viel zu hell beleuchteten ›Bar‹ saßen. Jacqueline hatte ihr gerade haarklein erzählt, was alles passiert war, und erhoffte sich Zustimmung. Doch Irene sah die Sache ein bisschen anders als sie.

»Jetzt mal ehrlich, Jacki, es ist auch nett von Konni, dass sie dir helfen wollte. Ich meine, wie oft kommt jemand zu dir und macht sich so eine Mühe, etwas so Wichtiges für dich herauszufinden. Das hat sie nur gemacht, weil sie ein ehrliches Interesse an dir hat.« Irene sah sie ernst an.

»Hat sie nicht«, sagte Jacqueline. »Das einzige Interesse, das sie hat, ist, dass sie toll dasteht. Weil sie mir helfen kann. Sie will gar nicht, dass es anderen gutgeht! Sonst könnte sie sich doch auch für ihren Mann freuen! Und? Da ist sie stinksauer, weil es nicht so läuft, wie sie es geplant hat! Es geht immer nur um sie.«

Irene wiegte den Kopf hin und her, dass ihre weißen Haare wippten.

»Das ist etwas anderes, Kindchen. Das ist ihr Ehrgeiz. Das hat mit dir überhaupt nichts zu tun. Sie hat es ganz sicher gut gemeint. Schau dir lieber mal in Ruhe an, was sie für dich zusammengesucht hat. Dann kannst du immer noch entscheiden, was du willst. Ob du es doof findest oder nicht.«

»Liegt alles schon im Müll. Wenn ich Formulare haben will, kann ich sie mir auch selber besorgen. Dafür brauch ich keine Madame Konstanze. Ich hab sie nicht darum gebeten, das zu machen. Ist sie selber schuld. Hat sie es eben umsonst gemacht.«

Jacqueline wollte an diesem Abend nichts mehr hören. Sie war sauer auf ihre ehemalige Mitbewohnerin, sie fand, dass die echt ein paar Schrauben locker hatte, und sie hatte keine Lust, etwas anderes zu denken.

Als sie später alleine in ihrem Zimmer war, hatte sie sich erst ausgiebig im Bad breitgemacht. Hatte all ihre Fläschchen und ihre Schminke, die sie platzsparend in einem Beutel gelassen hatte, damit Konni mehr Platz zukam, auf den Borden verteilt und sich dann bettfertig gemacht. In ihrem Nachthemd war ihr fast ein wenig kühl, und sie schielte nach dem pinken Bademantel. Weich war der ja schon gewesen. Aber sie ließ ihn liegen und zog stattdessen einen Pullover über. Für was brauchte der Mensch Bademäntel. Pullis taten's doch genauso.

Sie setzte sich aufs Bett und ihr Blick fiel auf den Mülleimer. Sie dachte an Irene. Ob sie sich doch einmal alles anschauen sollte? Vielleicht ein, zwei Blätter. Oder? Jacqueline zögerte. Es war eine unbestimmte Angst, die sie davor zurückschrecken ließ, genauer hinzuschauen. Wer weiß, was sie da entdecken würde? Wahrscheinlich kapierte sie null. Oder vielleicht kapierte sie es auch. Vielleicht war alles super. Und was dann? Jetzt hatte sie ihr Leben die ganzen Jahre so geführt, wie es eben ging. Und war dann alles falsch? Hatte sie sich nicht genug bemüht? Sollte das dabei rauskommen? Dass sie versagt hatte und erst so jemand wie Konni kommen musste, um ihr zu zeigen, was eigentlich Sache war? Verdammt, sie hatte sich bemüht. Und wie. Konni hatte doch keine Ahnung. Aber Jacki hatte Ahnung. Sie wusste genau, wie viel Mühe sie sich gegeben hatte. Wie sie sich abgerackert hatte, für die Kinder. Damit sie in der Wohnung bleiben konnten. Und damit alles immer so klappte. Und dann kam Konni und streckte ihr die Zunge raus. Ätschbätsch, geht aber viel besser!

Das war ihr echt alles zu viel. Vor allem jetzt. Sie hatte keine Lust, irgendwas zu lesen, und sie hatte eigentlich auch keine Lust, an Konni zu denken. So war das, wenn man glaubte, man könnte Freundschaften schließen. Man wurde zwangsläufig enttäuscht. Jeder dachte immer nur an sich selbst.

43

Auf dem Weg zum Auto schlug Theo vor, dass er die Krücken trug und Konstanze sich bei ihm unterhakte. Weil es ein bisschen romantischer wäre.

»Mit Romantik bist du heute bei mir aber völlig fehl am Platz«, lächelte Konstanze.

»Dann nennen wir es eben Ritterlichkeit. Oder

Fürsorge.« Theo nahm ihr die Krücken ab und bot ihr seinen Arm.

»Jetzt sag mir noch mal eines«, bat Konstanze. »Der Streit mit Jacqueline …«

»Setzt dir zu.«

»Natürlich. Findest du, dass sie recht hat? Dass ich eigentlich gar kein echtes Problem habe? Ich meine, es stimmt ja, verglichen mit Menschen, die ihre Ehepartner verlieren oder am Rande des Existenzminimums tehen, ist es natürlich auch kein schlimmes Problem …«

Sie gingen ein paar Schritte.

»Aber für mich ist es das«, sagte Konstanze. »Für mich ist das wirklich alles ein schlimmes Problem.«

»Es ist eine Sache der Perspektive, oder?«, antwortete Theo. »Ist nicht immer leicht, die Perspektive zu wechseln. Ihr zwei seid euch ja auch nicht gerade ähnlich …«

Sie waren am Auto angelangt, und Theo half Konstanze beim Einsteigen. Als auch Theo im Auto saß und gerade den Zündschlüssel drehen wollte, lehnte er sich zurück und sah Konstanze an.

»Andererseits habt ihr euch ganz schön gut zusammengerauft. Und wenn ich ehrlich bin, hätte ich das nicht für möglich gehalten, anfangs. Ich hatte gehofft, ich könnte bei jedem Essen heimlich mein Diktaphon mitlaufen lassen, um ein paar gute Dialoge auf Vorrat zu haben … Zickenalarm pur.«

»Tja, dafür sprechen wir jetzt überhaupt nicht mehr miteinander«, sagte Konstanze und schnallte sich an, während Theo den Wagen startete.

Theo hatte recht. Es war eine Sache der Perspektive,

und entweder man teilte sie, oder man teilte sie nicht. Jacqueline und sie verband viel zu wenig. Zwei Wochen Reha. Der Streit war unschön, aber das war momentan wirklich ihr kleinstes Problem.

Während sie mit Theo durch die Dunkelheit zurück in die Klinik fuhr, wusste sie plötzlich mit großer Sicherheit, dass sie auf keinen Fall in ihrer alten Abteilung weiterarbeiten würde, mit ihrem Mann als ihrem Vorgesetzten. Das wäre völlig falsch für sie. Es würde das Weltbild ihrer Mutter wieder gerade rücken und gleichzeitig ihr eigenes zum Einsturz bringen. Sie konnte doch nicht jahrelang darauf hingearbeitet haben, die Anschauungen ihrer Mutter zu widerlegen, um sie dann plötzlich sang- und klanglos zu akzeptieren. Nein. Sie würde kündigen und sich neu bewerben. Vielleicht könnte sie woanders eine Chefarztstelle bekommen. Das Rhein-Main-Gebiet war ein Ballungszentrum, es gab ja nicht nur in Frankfurt Kliniken. Im Umkreis von fünfzig Kilometern gab es größere Städte und Kliniken zuhauf. Und genau das könnte ihre Rettung sein. Sie spürte, dass dieser Gedanke ihr eine sofortige Erleichterung schenkte. Sie musste nicht mitmachen, was andere sich für sie ausdachten, sie konnte ihren eigenen Weg weitergehen. Am liebsten wäre es ihr, direkt aus der Reha in eine neue Stelle zu gehen. Gar nicht erst zurück auf die alte Station. Gleich weg. Ein neuer Sprung zu neuen Ufern. Gut, das Bild hinkte, wie sie selbst: Mit einem lädierten Bein sprang man nicht so leicht. Aber das war ein Plan. Anstatt Kosmetikschulen für Jacqueline zu recherchieren, konnte sie genauso gut ausfindig machen, wo es zukünftige Ober- oder Chefarztstellen für Kardiologen gab.

Schwieriger war der nächste Punkt. Wesentlich schwieriger. Aber wenn sie versuchte, strukturiert vorzugehen, dann war als Erstes festzuhalten, dass ihre Ehe sich auch ohne diese Stellengeschichte in einer Krise befand. Sonst hätte sie ja nicht versuchen müssen, einen Brief zu schreiben. Wenn die Kommunikation zwischen ihnen stimmen würde, könnten sie sich einfach alles sagen oder einfach wissen, was der andere dachte, fühlte, ersehnte. Aber all dies traf auf sie nicht zu. Sie steckten tief in einer Krise. Und die wurde nun getoppt von der Tatsache, dass Philipp sie angelogen hatte. Wahrscheinlich sogar gegen sie gearbeitet hatte, um diese Stelle zu ergattern. Wenn sie in sich hineinspürte, dann war da wenig Sehnsucht nach ihm. Als sie den Brief geschrieben hatte, hatte es durchaus einen Anflug davon gegeben. Aber jetzt? Jetzt war es eine Mischung aus Enttäuschung, Wut und ja, wenn sie ehrlich war, aus Missgunst. Sie gönnte ihm die Stelle nicht. Er hatte etwas, was sie haben wollte. Und sie fand nicht, dass es ihm zustand. Sie war verdammt noch mal besser als er. Wenn sie es einmal nüchtern betrachtete, insofern man unter diesen Umständen überhaupt von »nüchtern« sprechen konnte, dann war sie enttäuscht von ihm, wütend über ihn und neidete ihm seinen Erfolg. Und das, musste sie feststellen, hatte alles mit Liebe relativ wenig zu tun. Aber eine Ehe basierte auf Liebe. Auch wenn die Kommunikation mal schief hing. Und was hieß das für sie und Philipp?

Theos Auto kam auf dem Parkplatz der Klinik zum

Stehen. Er schaltete den Motor ab und schaute zu ihr hinüber.

»Und, zu Ende gedacht?«

»Noch lange nicht …«, Konstanze schüttelte den Kopf. »Aber ich habe angefangen.«

Theo begleitete Konstanze bis zu ihrem neuen Zimmer. Vor ihrer Tür blieben sie stehen und sahen sich an.

»Danke, Theo, du hast mich gerettet heute Abend.«

»Sehr gern geschehen«, erwiderte er ernst und sah sie an, in einem seiner Mundwinkel spielte ein liebevolles Lächeln, und Konstanze hatte einen Moment lang den Wunsch, einfach in seinen Blick einzutauchen und diesen Tag zu vergessen.

»Gute Nacht«, sagte Theo, beugte sich zu ihr und küsste sie. »Und jetzt gehe ich in mein Zimmer und bereue es bitter, die Situation nicht einfach schamlos ausgenutzt zu haben.«

Konstanze musste lachen. »Ich hätte nicht gedacht, dass mich heute noch jemand zum Lachen bringt. Schlaf schön, Theo. Gute Nacht.«

Sie streckte sich noch einmal zu ihm, um ihm lächelnd einen Kuss auf die Wange zu drücken, aber dann wusste sie nicht mehr, war er es, der seinen Kopf gedreht hatte, oder war sie es, aber wie auch immer, ihre Lippen fanden sich plötzlich wie von alleine, und es war unmöglich, sie voneinander zu lösen. Sie versanken in einem langen Kuss, und alles fühlte sich so gut an, so richtig und so lebendig. Konstanze wollte einfach nur noch, dass dies nicht aufhörte, dass sie alles vergessen konnte, diesen ganzen Tag komplett vergessen konnte, und murmelte in Theos Ohr, dass er die Situation doch ruhig schamlos ausnutzen könne. Dann hätte er wenigstens nichts mehr zu bereuen, und Theo murmelte zurück, dass das eine ganz hervorragende Idee wäre, viel zu gut, um sie nicht sofort in die Tat umzusetzen.

In der Nacht wachte Konstanze auf. Es war verdammt eng zu zweit in einem nur neunzig Zentimeter breiten Bett. Sie fand es ja sogar für sich alleine schon recht schmal. Und nun lag Theo neben ihr auf der Seite, und wenn sie sich eng aneinanderschmiegten, passten sie gerade so nebeneinander, ohne dass einer von ihnen herausfiel. Es war seltsam, so eng mit einem fremden Mann in einem schmalen Bett zu liegen. Gut, er war nicht komplett fremd. Es war Theo, und er war ihr ein bisschen vertraut. Und nach den letzten Stunden war er ihr sogar noch vertrauter. Sie versuchte, sich anders hinzulegen, aber das ging nicht, es war einfach zu wenig Platz. Vorsichtig, um ihn nicht zu wecken, schlüpfte sie aus dem Bett, zog sich leise ihren Bademantel über und setzte sich auf den Balkon.

Konstanze sah in den klaren Nachthimmel und wusste nicht genau, was sie denken sollte. Wie fühlte sie sich? Sie fühlte sich gut, sie spürte sich. Sie spürte ihre Haut, spürte ihren Körper und hatte das Gefühl, sich lange nicht so wahrgenommen zu haben. Sie fühlte sich schön und begehrt und durch und durch lebendig.

Mit Theo war alles fremd, aufregend und neu gewesen, manchmal hatte sie sich gefühlt, als würde sie in einem Film mitspielen und wäre gar nicht sie selbst, so unwirklich war es ihr vorgekommen. Und dann hatte es Momente gegeben, da war ihr alles ganz und gar wirklich erschienen. Wirklicher fast als ihr Leben, das immer mehr in die Ferne rückte.

Sie war nun seit fast zwanzig Jahren mit Philipp zusammen und hatte seitdem nie mit einem anderen Mann geschlafen, sie war nicht ansatzweise in die Nähe einer Situation geraten, in der dies hätte passieren können. Und jetzt war es passiert. Sie dachte, dass sie sich gar nicht so schlecht fühlte, wie sie sich eigentlich fühlen müsste. Im Gegenteil. Sie fühlte sich sogar ziemlich gut. Theo hatte ihr, kurz bevor sie einschlief, ins Ohr geflüstert, dass sie wunderbar wäre. Das hatte so gutgetan. Alles hatte so gutgetan. Der ganze Abend, Theos Aufmerksamkeit, seine Fürsorglichkeit, seine Blicke, der Kuss vor der Tür und auch alles andere, was auf diesen neunzig Zentimetern unter dieser einen, viel zu kleinen, ständig verrutschenden Decke passiert war. Irgendwann war es dann sowieso völlig egal gewesen, wohin die Decke rutschte. Das ›wunderbar‹ klang ihr noch im Ohr, und sie ertappte sich dabei zu lächeln. Wann hatte das jemand zuletzt zu ihr gesagt? Es war so lange her.

Es war so lange her, dass zwischen Philipp und ihr so ein Begehren aufgeflackert war. Eigentlich schliefen sie überhaupt nicht mehr miteinander. Sie wusste gar nicht, wann es das letzte Mal passiert war. Es war an einem Silvester gewesen, daran erinnerte sie sich, aber in welchem Jahr? Letztes? Nein, es musste länger her sein, sonst könnte sie sich genau erinnern. War es vorletztes Jahr gewesen? Oder am Ende schon vorvorletztes? Sie versuchte sich zu konzentrieren, aber sie kam einfach nicht darauf. Das war ein ziemliches Armutszeugnis für ihre Ehe, dachte sie und zog sich fröstelnd ihren Bademantel enger um den Körper. Ein ähnliches Armutszeugnis hatte Philipp ihrer Ehe ausgestellt, als er es nicht für nötig gehalten hatte zu sagen, dass er die Chefarztstelle bekam. Aber was war denn noch übrig, wenn man sich ihre Ehe nüchtern betrachtete? Sie funktionierten beide den ganzen Tag, und wenn sie abends zusammen schlafen gingen, waren sie so müde und erschöpft, dass es schon zu anstrengend schien, sich allein zum andern umzudrehen. Sie hatten beide keinen Funken Energie mehr übrig, sich mit einer Hand oder gar dem ganzen Körper einander zuzuwenden. Auch wenn sie es sich gewünscht hätte. Und das hatte sie. Noch vor wenigen Stunden hatte sie es sich so sehr gewünscht, dass sie bereit gewesen war, mit Philipp neu anzufangen. Aber das hatte er ja gründlich vermasselt. Und wenn sie ehrlich war, tat es verdammt weh.

Sie war jetzt hellwach und an Schlaf war nicht zu denken. Leise holte sie sich ihre Wasserflasche, setzte sich wieder auf den Balkon und trank ein paar Schlucke.

Früher hatten Philipp und sie eine andere Ehe geführt. Sie hatten mehr Kontakt, mehr Gespräche, mehr Sex gehabt, sie waren verbundener gewesen. Es war letztlich so einfach, sich verbunden zu fühlen. Aber sie hatten nichts mehr dafür getan. Im Gegenteil. Sie waren so losgelöst voneinander, dass sie sich jetzt sogar darauf eingelassen hatte, sich mit einem anderen Mann zu verbinden. Es hatte ihr einfach gutgetan. Sie war keineswegs dabei, sich in Theo zu verlieben, das glaubte sie nicht, aber er tat ihr gut. Er erinnerte sie daran, wer sie einmal gewesen war. Er erinnerte sie an eine Konstanze, die ebenfalls in ihr steckte und die sie über die Jahre vergessen hatte. Eine verspieltere, lustigere und undisziplniertere Konstanze, die der effizienten, kontrollierten mehrfach belastbaren Konstanze hatte weichen müssen.

44

»Was machst du denn hier?«, fragte Theo, als er auf den Balkon trat. »Kannst du nicht schlafen?«

Konstanze sah auf und schüttelte den Kopf. »Es war ein bisschen eng, und ich musste nachdenken …«

»Irgendwelche Ergebnisse?« Er sah sie ernst an.

Sie schüttelte den Kopf.

»Dir muss doch eiskalt sein. Es ist kein Sommer mehr, da kann man nicht einfach auf dem Balkon übernachten. Komm rein. Eine Erkältung ist jetzt auch nicht gerade das, was du brauchst.«

Theo zog sie aus dem Stuhl und brachte sie dazu, sich wieder hinzulegen, und deckte sie sorgfältig zu. Er setzte sich an die Bettkante und sah sie fragend an.

»Alles okay?«

Konstanze nickte.

»Reue?«

Konstanze lächelte. »Nein, nicht wirklich. Ich habe darüber nachgedacht, wie alles zusammenhängt, vielleicht … Theo, ich …«

»Du brauchst nichts zu sagen. Wirklich nicht.« Er

beugte sich über sie und küsste sie auf die Stirn. »Ich gehe jetzt, damit du schlafen kannst. Gute Nacht.«

An der Tür drehte er sich noch einmal zu ihr.

»Wir sehen uns morgen früh, oder willst du, dass wir uns aus dem Weg gehen?«

Konstanze schüttelte den Kopf. »Nein. Wir könnten aber vielleicht diskret damit umgehen.«

»Diskretion ist eine meiner großen Stärken.«

Als die Tür hinter Theo ins Schloss fiel, merkte Konstanze, dass sie wirklich müde war. Wie viel Uhr war es eigentlich? Sie stand kurz auf, um ihr Handy zu holen, und schlüpfte wieder unter die warme Decke. Es war halb vier und ihr Handy zeigte sieben Anrufe in Abwesenheit. Philipp hatte es fünfmal versucht, Marit zweimal.

Er hatte versucht sie zu erreichen. Während sie essen waren, wahrscheinlich. Gut, dass sie es hiergelassen hatte. Sie war auch jetzt noch nicht bereit, mit ihm zu sprechen. Vor allem jetzt nicht. Sie musste noch so viel nachdenken. Sicherheitshalber schaltete sie das Handy auf stumm, damit sie es erst gar nicht hörte, falls es in aller Früh klingelte. Am Ende würde sie noch automatisch drangehen. Nein, sie brauchte diese Pause, um zu sich zu kommen und zu entscheiden, wie es weitergehen könnte. Sie war nicht der Typ, der sich während des Einflusses eines Gesprächs für oder gegen etwas entschied. Sie war diejenige, die die Entscheidung treffen musste, um sie dann im Gespräch zu vertreten. Sie musste die Situation im Griff haben.

45

Als Philipp aufwachte, schaute er als Erstes auf sein Handy, das auf dem Nachttisch lag. Keine Nachricht von Konstanze. Er begann, ihre Nummer zu wählen, doch dann ließ er das Handy sinken. Es hatte keinen Sinn. Sie wollte offensichtlich nicht mit ihm reden, sonst hätte sie sich schon gemeldet. Vielleicht brauchte sie noch Zeit? Wahrscheinlich war sie wahnsinnig wütend auf ihn. Wahrscheinlich war sie auch furchtbar enttäuscht. Er kannte Konstanze. Sie würde das nicht leichtnehmen.

Es war ihm so plausibel erschienen, ihr nichts davon zu sagen, während seines Besuches. Er konnte ja nicht ahnen, dass Marit sie so schnell anrufen würde. Wenn er damit gerechnet hätte, dass sie es von jemand anderem erfährt, hätte er es ihr natürlich lieber selbst erzählt. Wahrscheinlich war es ein bisschen naiv gewesen, zu glauben, dass Konstanze ja ›weg‹ war und deshalb nichts erfahren würde. Und dafür war er gleich abgestraft worden. Ob er hinfahren sollte? Heute Abend, nach der Klinik? Die Kinder kämen auch mal einen Abend ohne ihn klar. Vielleicht wäre das das Beste.

Er fand es schrecklich, nichts von ihr zu hören. Er wusste gar nicht, wann er zum letzten Mal ins Bett gegangen war, ohne Konstanze ›Gute Nacht‹ zu sagen. Es war oft ein sehr prosaisches ›Gute Nacht‹, das sie sich hier zu Hause zumurmelten. Aber auch während ihrer Nachtdienste früher, selbst während sie jetzt im Krankenhaus und in der Reha gewesen war, sie hatten sich immer ›Gute Nacht‹ gesagt. Es erstaunte ihn ein bisschen, dass es ihm fehlte. So sehr er es genoss, mal ohne Konstanze zu sein, jetzt, wo sie nicht zu erreichen war, fehlte sie ihm und er machte sich Sorgen.

Das Handy brummte, eine SMS war angekommen. Ob sie …? Aber nein, sie war von Marit.

»Habe nichts gehört, du? Mache mir solche Vorwürfe.«

Nein, die Vorwürfe musste er sich machen, nicht sie. Er würde Marit nachher noch mal anrufen. Als sie gestern telefoniert hatten, war es ziemlich laut geworden. Er hatte ihr vorgeworfen, sich einzumischen in etwas, was sie nichts anging, sie hatte ihm vorgeworfen, ein Feigling zu sein, weil er Konstanze nichts gesagt hatte, und dann hatten sie beide die gesamte Situation verflucht und versprochen, sich gegenseitig auf dem Laufenden zu halten.

Er schaute auf die Uhr, es war schon sechs. Höchste Zeit aufzustehen.

Eine Stunde später packte er in der Küche die Pausenbrote für Lotte und Malte in Dosen und stellte die Müslischalen auf den Tisch, gerade als die beiden mit verschlafenen Gesichtern hereinkamen. Sie löffelten alle schweigend ihr Müsli, und als sie fertig waren, versuchte Philipp möglichst beiläufig zu sagen, dass er heute Abend nach der Arbeit zu Konstanze fahren würde. Malte registrierte das lediglich, nickte und ging sich Schuhe anziehen. Aber Lotte blieb stehen und sah ihn fragend an.

»Warum?«

Philipp zuckte die Achseln. »Ich dachte, es wäre ganz schön. Vielleicht freut sie sich.«

»Wir waren doch erst am Wochenende da. Und sie kommt schon in ein paar Tagen wieder?«

»Ja«, erwiderte Philipp. »Trotzdem. Kannst du euch beiden Pizza bestellen? Und dafür sorgen, dass Malte nicht so lange Fernsehen schaut? Und du auch nicht?«

»Klar.« Lotte sah ihn ein bisschen skeptisch an.

Philipp versuchte, den Blick zu ignorieren, und schaute auf die Uhr.

»Bist du so weit?«

Lotte nickte, und gemeinsam verließen sie das Haus.

»Kann ich auch Sushi bestellen? Ich werde langsam fett von dem ganzen Zeug, das wir essen.« Philipp sah Lotte im Rückspiegel an. »Davon hab ich noch nichts bemerkt. Aber macht, wie ihr Lust habt.«

Als er das Auto startete und aus der Einfahrt fuhr, warf er einen Blick zurück. Ihr Haus, der Garten, die Rose neben der Tür, die noch immer blühte. Ihr Leben. Was davon hatte Bestand, und was davon war gerade dabei zusammenzustürzen?

46

»Haben Sie mit jemandem aus meiner Klinik gesprochen?« Konstanze hatte beschlossen, Niedlich direkt darauf anzusprechen. Sie musste wissen, ob es irgendeinen Hinweis gegeben hatte, bevor die Entscheidung gegen sie gefallen war.

Dr. Niedlich sah sie durch seine silbern geränderte Brille an.

»Natürlich nicht, Frau Keller, Sie sind meine Patientin, ich sehe es als meine Verpflichtung an zu schweigen.«

»Man kann so schweigen, und man kann so schweigen.«

Konstanze sah ihn herausfordernd an.

»Es gab noch nicht einmal eine Situation, in der ich auf die eine oder andere Art und Weise hätte schweigen müssen. Natürlich kommt es vor, gerade bei Kollegen, dass jemand versucht, hier etwas herauszubekommen. Aber ich kann Ihnen versichern: Erstens, gab es keine derartigen Versuche, und zweitens: Wenn es einen gegeben hätte, hätte man bei mir auf Granit gebissen. Aber warum fragen Sie?«

Konstanze überlegte kurz, dann beschloss sie, ihm zu erzählen, dass sie nicht die neue Chefin der Abteilung werde würde. Dr. Niedlich nickte nachdenklich.

»Ich sage Ihnen mal etwas: Es ist besser für Sie.«

»Haben Sie besten Dank für Ihre Meinung. Sie haben keine Ahnung, von was Sie sprechen, müssen Sie ja auch nicht.« Konstanze erhob sich, um zu gehen. »Aber dann behalten Sie das doch auch lieber für sich.«

»Haben Sie noch einen Moment Zeit?«, fragte Dr. Niedlich. »Ich würde Ihnen gerne erklären, wie ich das meine.«

Seufzend ließ sich Konstanze wieder auf den Stuhl sinken und schaute ihn mit gespielter Aufmerksamkeit an, was er einfach ignorierte.

»Ihr Alltag ist jetzt schon zu tough. Als Chefin einer Abteilung wird Ihr Alltag noch tougher. Sie streiten sich um Etats, Sie machen Hauspolitik, Sie führen Personal- und Spardebatten. Das können Sie alles. Überhaupt keine Frage. Aber: Sie kommen kaum noch in den OP. Und mit Herzen und mit Patienten haben Sie fast nichts mehr zu tun. Die Erfolgserlebnisse werden weniger. Die Freude nach einer gelungenen OP. Dafür all diese Verwaltungskämpfe. Das wäre doch gar nichts für Sie.«

Konstanze sah ihn an. »Ich bin aber gut. Ich bin die Beste!«

Dr. Niedlich lächelte. »Haben Sie schon mal erlebt, dass die Besten die Chefs werden?«

Konstanze zuckte die Achseln. »Das ist nett, dass Sie mich zu trösten versuchen …«

»Tue ich nicht«, unterbrach er sie. »Das sind Fakten. Der beste Stratege wird Chef, der beste Chirurg bleibt im OP. Wo er meiner Meinung nach auch hingehört. Und ich will Ihnen noch etwas sagen«, fuhr er fort. »Sie sollten kürzertreten. Nicht nur jetzt in der Wiedereingliederungszeit, in der es darum geht, das Bein nicht zu überfordern. Auch danach. Seien Sie gut zu sich. Nicht nur zu anderen.«

Konstanze schaute ihn mit gerunzelter Stirn an.

»Wie meinen Sie das? Kommen Sie mir auch schon mit dem Helfersyndrom?«

Dr. Niedlich lachte. »Das haben wir doch alle. Das ist unsere *deformation professionelle.* Und gleichzeitig der Grund, warum wir überhaupt professionell werden! Und warum ich Ihnen ungewollt Ratschläge erteile. Haben Sie sich eigentlich entschieden, ob Sie der Verlängerung Ihres Aufenthalts hier zustimmen?«

Konstanze zögerte einen Moment, bevor sie antwortete.

»Ich kann mir im Moment nicht vorstellen, nach Hause zu fahren. Deshalb, ja. Ich will noch bleiben.«

»Das ist gut. Auch wenn der Grund dafür Ihnen nicht gefällt. Es ist gut für Sie.«

Beim Rausgehen schüttelte er Konstanze die Hand. »Wissen Sie eigentlich, wer den Posten bekommt?«

Konstanze nickte. »Mein Mann.«

Dr. Niedlich pfiff leise durch die Zähne. »Verstehe … doppelt schwierig?«

»Doppelt schwierig«, bestätigte Konstanze.

»Sie wissen, wie ich das sehe: Sie bleiben hier, bis Sie so weit sind, mit allem zurechtzukommen, womit Ihr Alltag Sie konfrontieren wird. Und dabei helfe ich Ihnen. Das wissen Sie auch.«

So wie Dr. Niedlich das alles dargestellt hatte, war es gar nicht so eine Katastrophe, dass die Wahl nicht auf sie gefallen war. Vielleicht hatte er in manchem auch recht. Aber das war seine Sichtweise. Für sie war es eine Katastrophe. Und für ihre Ehe ebenfalls. Und was sie letzte Nacht gemacht hatte, war in dieser Hinsicht auch nicht gerade hilfreich gewesen. Es hatte ihr vor Augen geführt, wie unlebendig sie sich gefühlt hatte. Und wie es war, sich lebendig zu fühlen. Und das hatte sie erschüttert. So konnte es einfach nicht weitergehen. Sie musste einen Strich ziehen. Einen ganz klaren Strich. Auch wenn es weh tat.

Sie schaute auf ihr Handy und sah, dass Philipp schon wieder versucht hatte, sie anzurufen. Sie war noch nicht so weit, mit ihm zu reden. Was sollte sie ihm sagen? Wie zog man diesen Strich nach so vielen Ehejahren, einem gemeinsamen Leben und allem, was sie zusammen erreicht hatten? Sollte sie ihm von Theo erzählen? Musste sie ihm sogar von Theo erzählen? Und es ging nicht nur um Philipp. Es ging auch um die Kinder. Der Anruf musste noch warten. Sie brauchte viel mehr Zeit.

Sie ging am Musikraum vorbei, um zu schauen, ob er zufällig frei war. Sie hatte Lust, Klavier zu spielen, vielleicht würde es helfen, das Chaos in ihrem Kopf klären. Sie hatte Glück, der Raum war frei, und sie ging hinein und schloss die Tür hinter sich.

Als sie den Deckel aufklappte und leicht über die Tasten fuhr, fingen ihre Finger wie von selbst an zu spielen, und leise sang sie mit, ohne die Noten konnte sie sich nicht mehr an den ganzen Text erinnern, aber ein paar Zeilen sprangen ihr in den Sinn.

You could have a great career, and you should, yes you should. Only one thing stops you dear: You're too good, way too good! Genau das hatte Niedlich doch eben gesagt, wie lustig, das war ja passend, sie wiederholte die Strophe und summte weiter, *hmhmmmhmhm, … we're all alone, no chaperone, can get our number, the world's in slumber, let's misbehave!!!* Ja, auch sie war im *slumber* gewesen, und nun war sie aufgewacht. Und wie alleine sie sich gefühlt hatte, war ihr auch erst durch die Nacht mit Theo wirklich bewusst geworden.

There's something wild about you child, that's so contagious, let's be outrageous – let's misbehave!!!

Ihr Vater hatte immer gesagt, Stanzerl, jetzt spielen wir dein Lied! Wo war es hin, das Stanzerl, das zusammen mit ihm in die Tasten gehauen hatte und fröhlich dieses Lied geschmettert hatte. Irgendwo auf dem Weg war sie sich selbst verlorengegangen. Und es hatte einen Treppensturz und einen Theo Reinhardt gebraucht, um ihr das bewusst zu machen. Und auch eine Jacqueline, wenn sie ehrlich war. Mit ihr war sie schließlich nachts zusammen hier hereingestürmt: *There's something wild about you child, let's be outrageous*, ja, das hatte sie mit Jacki zusammen gemacht, sie lächelte. So einen lustigen Abend hatte sie wirklich lange nicht mehr gehabt. Musik und Spaß hatte sie völlig vergessen, in ihrem Leben, in ihrem *slumber.*

Auch Dr. Niedlich hatte ihr gute Ratschläge gegeben, die sie nicht hatte hören wollen. Ob Jacqueline sich ähnlich gefühlt hatte? War sie selbst Niedlich gegenüber so dumm und bockig wie Jacqueline ihr gegenüber, oder konnte man das gar nicht vergleichen? Sie schüttelte den Kopf. Die hatten doch beide letztlich keine Ahnung, um was es hier ging. Letztlich war sie mit allem alleine.

Ihr Handy brummte in ihrer Jacke, sie sah nach, wer anrief, es war Lotte.

»Lotte, mein Schatz, hallo! Bist du nicht in der Schule?«

»Doch, hab Pause. Mama … ist alles okay?«

Konstanze stutzte. Hatte Philipp mit den Kindern geredet?

»Warum …?«, fragte sie vorsichtig.

»Nur so. Papa wollte … ich meine, Papa klang irgendwie so, als ob es dir nicht gutginge.«

Konstanze zögerte einen Moment.

»Mama? Bist du noch da?« Lottes Stimme wurde lauter.

»Ja, ja. Klar. Nein, mein Schatz, mir geht's ganz gut. Man kriegt hier manchmal einen Koller, vielleicht hat Papa das gemeint? Mach dir keine Sorgen.«

»Okay. Und was hast du grade für Fingernägel? Was macht die Farbtherapie?«

Konstanze lächelte.

»Im Moment ganz Natur, ohne alles.«

»Langweilig! Lass dich lieber von Jacqueline beraten! Ihren Lidschatten musst du ja nicht grade benutzen, aber du sahst cool aus mit den bunten Nägeln. Coole Mami. Das hilft vielleicht auch bei dem Koller. Hör auf mich! Oh, ich muss wieder rein, mach's gut.«

»Mach's auch gut, meine Große!«

»Hör auf mich! Buuhuunt!«

Lotte hatte schon aufgelegt, bevor Konstanze noch etwas sagen konnte. Was für eine Tochter. Sie hätte gar nicht vermutet, dass Lotte so gute Antennen hatte, die waren ja besser als ihre eigenen. Sie selbst hatte keine Antennen für die Situation gehabt, weder die am letzten Wochenende noch die Situation, in der sie und Philipp steckten. Sie wollte nicht, dass die Kinder sich Sorgen machen mussten. Die hatten es doch verdient, fröhlich zu sein und ein intaktes Zuhause zu haben. Andererseits, wenn das Zuhause nicht mehr intakt war, wäre es dann nicht besser, den Kindern beizubringen, dass Ehrlichkeit der richtigere Weg war, auch wenn es schmerzhaft werden würde?

Und dass Lotte sie gerade heute angerufen und ausgerechnet nach Jacqueline gefragt hatte. Vielleicht hatte Jacqueline wirklich einen gar nicht so kleinen Anteil an den Veränderungen, die ihr gerade bewusst wurden.

Wenn sie nur nicht so dumm wäre, das alles kategorisch abzulehnen, was sie für Jacqueline zusammengestellt hatte. Sie könnte so ein anderes Leben führen! Und diese Vorwürfe, die diese Ziege ihr an den Kopf geknallt hatte. Wenn sie nur wüsste. Jacqueline glaubte, dass sie, Konstanze, alles hatte. Dabei erkannte sie gerade, dass sie viel weniger hatte, als sie immer glaubte. Eigentlich hatte sie gar nichts. Eigentlich hatte sie nur Chaos im Kopf. Sie schlug vehement in die Tasten. Und wenn sie ehrlich war, dann lag darin auch so etwas wie eine neue Freiheit.

47 Während Philipp hektisch versuchte, möglichst früh einen Absprung aus seiner Station zu finden, um zu Konstanze zu fahren, von der er immer noch nichts gehört hatte, verlief das Abendessen an Tisch 17 in ausgedehntem Schweigen. Jacqueline, bunt wie immer, schwieg, weil Konstanze mit am Tisch saß, Konstanze schwieg, weil Jacqueline mit am Tisch saß, Irene schwieg, weil sie bekümmert war, dass die beiden schwiegen, selbst Theo schwieg, weil er nicht wusste, wie er dieser sich minütlich verdichtenden Stille den Garaus machen könnte. Und Günther schwieg sowieso, während er kontinuierlich sein Essen in sich hineinschaufelte und mit wachem Blick verfolgte, wer etwas übrig ließ, das er sich noch einverleiben konnte. Sie aßen alle viel schneller als sonst, und als Jacqueline fertig war, stand sie auf, sagte etwas, das wie ›Schönabend‹ klang, und ging.

Irene seufzte, als sie weg war, und legte eine Hand auf Konstanzes. »Kindchen, könnt ihr euch nicht wieder vertragen? Das ist ja nicht auszuhalten.«

Konstanze zuckte die Achseln und sah Irene hilflos an.

»Wenigstens fahren wir morgen«, brummte Günther. »Der Theo kann einem leidtun, der sitzt dann mit den beiden am Tisch. Na, es kommt bestimmt Ersatz für uns.«

»Jetzt haben wir dir auch noch den letzten Abend verdorben. Ich geh mit dir was trinken, zum Abschied, ja? Kommt ihr mit?« Konstanze wandte sich an die beiden Männer, und Theo sagte, er käme nach. Günther schüttelte bedauernd den Kopf, er hatte noch nicht gepackt. Und er könne das nicht so schnell, verteidigte er sich, als die anderen ihn verständnislos ansahen.

»Ich beneide dich«, gestand Konstanze Irene, als sie zusammen in der Bar saßen, um auf den Abschied anzustoßen. »Du freust dich auf zu Hause, dein Mann und du, ihr freut euch beide aufeinander … ich weiß nicht, was mich erwartet, wenn ich nach Hause fahre.«

»Du hast ja noch ein paar Tage. Vielleicht weißt du es ja dann. Manchmal wirkt die Zeit kleine Wunder.«

»Es braucht schon ein ziemlich großes Wunder, ich weiß nicht, wie die Zeit hier dafür reichen könnte.«

»Jacki hat mir von eurem Streit erzählt. Du bist jünger als meine Tochter, deshalb darf ich dir etwas raten, ja?« Irene sah Konstanze fragend an, und sie nickte.

»Du bist sehr ehrgeizig. Und du hast es wirklich zu etwas gebracht. Aber das ist nicht alles, Kindchen, Glück kannst du niemals nur im Beruf finden.«

»So ähnlich hat meine Mutter mir das auch immer gepredigt, aber heute können Frauen doch alles haben. Glück im Beruf und Glück in der Familie, es muss doch möglich sein! Es muss sich halt ergänzen.«

»Und tut es das denn?«

Konstanze schüttelte den Kopf. »Wenn ich ehrlich bin, ich weiß gar nicht, wie es geht. Ich weiß grade noch nicht mal mehr, ob es überhaupt geht. Es macht einem ja auch niemand vor, alle haben die Bilder im Kopf, von Traumfrauen, die alles können, in allen Zeitschriften tauchen sie auf, kompetent im Beruf, Topkarriere, super Bindegewebe, drei Kinder zu Hause, aber sexy im Abendkleid, gebildet, kulturell interessiert, aber jetzt mal ehrlich, wie kann man das alles im Griff haben?«

Irene sah Konstanze neugierig an. »Das Leben ist nichts, was man im Griff haben kann. Oder sollte. Das Leben ist ein Chaos, und du musst es einfach leben. Wie es eben kommt. Sonst ist es ja kein Leben mehr. Sonst ist es ein Verwaltungsakt.«

Als Irene nach einem weiteren Gläschen gegangen war, saßen Theo und sie alleine am Tisch und sahen sich an. Theos braune Augen wanderten über ihr Gesicht, und sie musste lächeln.

Er nahm kurz ihre Hand und ließ sie wieder los.

»Ich könnte mich in dich verlieben«, sagte er. »Ich fange an, in deiner Gegenwart jemand zu sein, der nicht nur trauert oder schrecklich lustig sein muss.«

»Ach Theo«, Konstanze seufzte und sie schwiegen eine Weile. »Du sagst mir nicht, was passiert ist?«

Theo schüttelte den Kopf. »Vielleicht wenn wir eine Zukunft hätten. Vielleicht würde ich dann mit dir reden, irgendwann. Aber wir haben keine.«

Er machte eine Pause und sah Konstanze fragend an.

»Ich weiß gerade gar nichts«, erwiderte sie. »Ich kann am Herzen operieren, kann es sogar transplantieren. Das weiß ich. Aber mein eigenes Herz ist mir ein großes Rätsel.«

Theo nickte.

»Was ich weiß«, fuhr sie fort, »ist, dass ich mich gestern lebendig gefühlt habe. Mit dir. Lebendiger als … ach, als … lange, lange, lange. Das hat mich erschüttert.«

»Und das war dir zu viel.«

»Nein«, Konstanze schüttelte den Kopf. »Nein, gar nicht, es war gut.« Sie lächelte verstohlen und fügte etwas leiser hinzu: »Was heißt hier gut, es war wundervoll …«, sie brach ab, und Theo lächelte nun ebenfalls.

»Wir beide tun uns gut, oder?«, fuhr Konstanze fort. »Aber der Zeitpunkt ist so was von verkehrt, ich bin überhaupt nicht frei im Kopf, ich bin verheiratet, zumindest noch, und ich weiß nicht, wo das hinführt und ob ich nicht …«

»Komm, Stanzerl, wir gehen mal raus, ich brauche jetzt eine Ersatzzigarette und weniger Neonlicht.«

Zusammen gingen sie schweigend im Dunkeln durch den kleinen Park, der die Klinik umgab, Arm in Arm, ab und zu blieben sie stehen, weil das Laub so gut roch oder ein Busch duftete. Oder um sich einen Stern zu zeigen. Irgendwann blieben sie stehen, und Konstanze legte ihren Kopf auf Theos Schulter. Er hielt sie fest, und so verharrten sie eine ganze Weile.

Und wenn Philipp nicht angepiept worden wäre, gerade als er gehen wollte, weil einer seiner Patienten plötzlich wegen Nachblutungen noch einmal in den OP musste, dann wäre er genau in dem Moment angekommen, als Theo und Konstanze sich unter den Bäumen zwischen dem Parkplatz und dem Eingang der Klinik sehr innig küssten. Und er hätte nicht gesehen, weil man so etwas von außen nicht hätte erkennen können, dass es ein Abschiedskuss war.

48

Als Irene am nächsten Nachmittag von ihrem Mann abgeholt wurde, standen Jacqueline und Konstanze beide auf ihrem jeweiligen Balkon und sahen ihr nach. Konstanze konnte von ihrem Balkon aus sehen, wie Jacqueline sich über das Geländer beugte und laut »Alles Gute« über den gesamten Vorplatz rief und mit wilden Bewegungen winkte. Sie musste sogar ganz kurz grinsen und an den Moment denken, als Jacqueline ihr am ersten Tag quer durch den Speisesaal zugebrüllt hatte, wo ihr Tisch war, und dabei genauso wild herumgefuchtelt hatte wie jetzt. Nein, das war kein elegantes Winken, das waren Windräder im Sturm.

Irene drehte sich auf dem Parkplatz noch einmal zu ihnen um, und hob grüßend die Hand, bevor ihr Mann ihr beim Einsteigen half. Konstanze winkte zurück und ging dann wieder hinein. Sie nahm ihr Telefon in die Hand.

Philipp hatte nicht mehr angerufen. Er hatte anscheinend verstanden, dass sie nicht reden wollte. Heute Morgen hatte er ihr eine SMS geschrieben, dass er froh wäre, wenn sie sich meldete. Sonst nichts. Sie hatte nicht geantwortet. Nun, dachte sie, müsste sie ihm eigentlich schreiben, dass sie länger hierbleiben würde. Mindestens eine Woche länger als geplant, eventuell auch zwei. Er ging ja noch davon aus, dass sie in ein paar Tagen nach Hause kam. Allein wegen der Kinder musste sie ihm das sagen. Sie öffnete das Menü in ihrem Handy und fing an, eine Nachricht einzutippen, als sie zusammenzuckte, weil es an ihrer Tür Sturm klopfte.

Als auch auf ihr Rufen niemand hereinkam, stand sie auf und öffnete die Tür. Davor stand Jacqueline wie bei ihrer ersten Begegnung mit den gleichen blauen verschmierten Koalabär-Augen. Sie zitterte, und die Tränen liefen ihr übers Gesicht. Konstanze spürte eine Welle von Mitgefühl in sich aufsteigen und öffnete spontan die Arme, um sie an sich zu ziehen.

»Ich weiß nicht, was ich machen soll, die Kinder, ich bin …, ich wusste nicht, wohin … und gerade du, aber du bist die Einzige, ich …«

»Shhhh, komm erst mal rein, setz dich und sag mir was los ist, es ist alles okay. Komm.«

Sie setzte Jacqueline in einen Sessel, setzte sich ihr gegenüber hin und hörte zu, was sie erzählte.

Timmi hatte angerufen. Sie hatte gerade noch Irene gewinkt, da hatte ihr Handy geklingelt und Timmi war dran und hatte ihr gesagt, dass Mike weggeht. Sie hatte gefragt wohin und was er denn glaube, wie lange Mike weg wäre. Und da hatte Timmi gesagt, dass er packt und dass es so aussähe, als ginge Mike für immer weg. Jacqueline hatte dann darauf bestanden, selbst mit Mike zu reden, und dabei war herausgekommen, dass Mike nur zu ihr und den Kindern gezogen war, weil Laila ihn rausgeschmissen hatte. Nämlich als Laila damals gehört hatte, dass er noch bei Jacki gewesen war, obwohl er doch schon mit ihr zusammen war. Er war also im Begriff gewesen, bei Laila einzuziehen, bevor Jacqueline ihn rausgeschmissen hatte. Obwohl er da immer noch alles abgestritten hatte, dieser Scheißkerl. Na, jetzt wusste sie ja, dass sie so was von richtiggelegen hatte. Und in der Nacht mit dem Bandscheibenvorfall war er nur zurückgekommen, weil Laila ihn vor die Tür gesetzt hatte und er nicht wusste, wohin. Er hatte ihr überhaupt keinen Gefallen getan. Im Gegenteil. Er hatte sie ausgenutzt. Ihre Lage. Komplett für sich ausgenutzt. Und jetzt war er weg. Für immer. Und die Kinder waren alleine. Und da war ihr nur Konni eingefallen. Was sollte sie denn bloß machen?

Konstanze überlegte schnell. Notfälle war sie gewohnt, und die Idee, die ihr als Erstes in den Sinn kam, wollte sie eigentlich sofort verwerfen, aber andererseits … sie schaute auf die Uhr. Es war gleich halb fünf Uhr nachmittags. Die OPs waren jetzt gelaufen, die Visite war auch durch. Philipp würde innerhalb der nächsten halben Stunde losfahren können.

Sie holte einmal tief Luft, atmete langsam aus und wählte Philipps Handynummer. Sie spürte, wie die

Aufregung in ihr hochstieg, ihr Herz schlug schneller. Beim vierten Freizeichen hob er ab.

»Konstanze, ich bin so froh …«

»Das ist ein Notfall, Philipp«, unterbrach sie ihn. »Pass auf. Ich will jetzt nicht reden. Aber du musst mir einen Gefallen tun, es ist wichtig.«

Und dann bat sie ihn, zu Jacki zu fahren, zusammen mit ihren Kindern das Nötigste für sie einzupacken und sie erst mal mit nach Hause zu nehmen. Dann würde man weitersehen. Aber zunächst musste sichergestellt werden, dass die Kinder nicht alleine waren, sie waren schließlich total verunsichert und mussten versorgt werden.

»Die können alle drei ins Gästezimmer, oder? Lotte hilft dir bestimmt, und wie es morgen weitergeht, überlegen wir noch. Und glaub mir, ich würde dich nicht darum bitten, wenn es eine andere Möglichkeit gäbe.«

Jacqueline hatte mit großen verschmierten Augen stumm zugehört und keinen Piep gesagt. Sie rief Timmi an und erklärte ihm, dass nun jemand käme, um sie abzuholen. Und dass er schon mal für jeden einen sauberen Schlafanzug einpacken solle. Die Kuscheltiere nicht vergessen, Zahnbürsten auch mitnehmen und die Schulsachen. Und dass sie sich gut benehmen sollten.

Danach saßen sie sich stumm gegenüber. Jacqueline war die Erste, die sprach.

»Tut mir leid, dass ich dir nicht geholfen habe, als es dir schlechtging.«

Konstanze nickte. »Du hast nicht verstehen können,

warum es mir überhaupt schlechtging, für dich gab es gar keinen Grund dafür.«

Jacqueline nickte. »Trotzdem.«

»Eigentlich hast du mir sogar geholfen. Ich hätte dich zwar an die Wand klatschen können, weil du so doof warst … aber du hattest nicht ganz unrecht. Manchmal ist es ganz gut, wenn jemand so von außen auf dein Leben guckt, jemand mit einer komplett anderen Perspektive.«

Einen kleinen Moment schwiegen sie, bevor Konstanze weitersprach. »Ich hab dich vermisst, du blöde Ziege. Dabei siehst du grad eher aus wie ein blauer Koalabär«

Jacqueline grinste gerührt. »Ich hab dich auch vermisst. Ich hatte noch nie so eine dumme Kuh als Freundin.«

Sie lächelten sich vorsichtig an.

»Willst du meine Abschminklotion benutzen?«

Zusammen gingen sie ins Bad, und Konstanze half Jacqueline, sich die Farbe aus dem Gesicht zu waschen. Dabei fiel Jacquelines Blick auf Konstanzes Hände.

»Und wie sehen eigentlich deine Nägel aus?«

Während sie sich die Nägel lackierten, schien es, als wäre nie etwas zwischen ihnen vorgefallen. Aber sie wussten beide, dass eine ganze Menge passiert war. Konstanze sah Jacqueline an und dachte, dass die Notgemeinschaft, die sie vor drei Tagen noch so abfällig beurteilt hatte, eigentlich das Beste war, was ihr hatte passieren können.

Sie hatten den Rest des Abends miteinander verbracht. Philipp hatte angerufen, als er die Kinder abgeholt hatte, und erzählt, dass sie jetzt alle zusammen Pizza aßen und er sich vorkäme wie der Vater einer Großfamilie. Morgen würde er die gesamte Kinderschar in ihre Schulen und Kindergärten bringen, und Lotte hatte angeboten, sie mittags dort abzuholen und mit nach Hause zu nehmen. »Konstanze«, hatte er dann begonnen, und seine Stimme hatte weich geklungen, doch sie hatte ihn unterbrochen und ihn gebeten zu warten: »Morgen, ja? Wir reden morgen.« Aber als sie aufgelegt hatte, spürte sie, dass seine Stimme irgendwie in sie hineingerutscht war und dort, wo sie hängen geblieben war, wuchs ein warmes, wohliges Gefühl.

Sie redeten die halbe Nacht. Über Männer, Liebe, Freundschaft, Kinder, Berufstätigsein und über Träume. Dann berieten sie sich gegenseitig, was ihre Looks betraf, veranstalteten die reinste Modenschau aus ihren Kleiderschränken, und Jacki erkannte, dass ihr Konstanzes Naturtöne echt gut standen, und brachte Konni ihrerseits dazu, auch mal etwas Rotes anzuprobieren. Jacki holte die Unterlagen, die Konstanze für sie zusammengestellt hatte und die sie noch aus dem Papierkorb gerettet hatte, und zusammen füllten sie alles aus, was noch offen war, und die hochprozentige Mirabelle fand während des Abends ihr Ende.

Nachdem sie beschlossen hatten, dass Jacki sich morgen in der Klinik abmelden würde, um nach Hause zu fahren, und sie in ihr Zimmer gegangen war, um zu packen, lag Konstanze noch lange wach und dachte nach. Sie hatte so ein diffuses Gefühl, dass der graue Fleck, den sie in sich spürte, sich nur bei näherem Hinschauen erkennen ließe. Und dass sie etwas unternehmen musste, um diesen Platz, den er in ihr einnahm, mit Farbe zu füllen. Alles, was sie mit Theo erlebt hatte, was Irene gesagt hatte, und Jacqueline, und Frau Rose und Dr. Niedlich, alles schwirrte ihr in einem einzigen Durcheinander durch den Kopf. Und als es dämmerte, hatte sie einen Entschluss gefasst.

49

Jacqueline stand fertig gepackt vor der Klinik und wartete auf Konstanze, die sie zum Bahnhof begleiten wollte, um zu winken. Sie staunte nicht schlecht, als Konstanze selbst mit gepacktem Koffer neben ihr auftauchte.

»Machen Sie mir mal ein Angebot bis Frankfurt«, bat sie den Taxifahrer, der sich erstaunt umdrehte. Das war die Fahrt der Woche für ihn. Sie handelten noch ein bisschen hin und her, und dann stimmte er zu, die Uhr abzustellen und sie beide für einen festen Betrag nach Hause zu fahren. »Ich krieg da einen dicken Zuschuss, wegen der Krücken«, raunte Konstanze Jacqueline zu. »Und wir sind um Stunden schneller.«

Jacqueline lehnte sich seufzend zurück in die Polster.

»Weißt du was, ich habe überhaupt keinen Bock, in mein altes Leben zurückzukehren. Null.«

»Ich auch nicht«, sagte Konstanze.

Sie sahen sich an und grinsten.

»Dann lassen wir es einfach, oder?«

Unterwegs schrieb Konstanze eine SMS an Lotte, dass sie Jackis Kinder nicht von Schule und Kindergarten abholen müsste, sie hätten das anders geregelt, sie solle einfach nach Hause kommen. Als sich der Taxifahrer vor dem Kindergarten beschwerte, er könne doch nicht zwei Erwachsene und drei Kinder mitnehmen und er hätte auch nur einen Kindersitz hintendrin, schauten sich Jacqueline und Konni an und lachten. »Wir machen mal eine Ausnahme!«, entschied Konstanze ernst. »Nur heute. Dann nie wieder.«

»Und wenn ich angehalten werde?«

»Meine Schuld, okay?«

Der Taxifahrer zuckte die Achseln. »Okay.«

Let's be outrageous. Let's misbehave …

Irgendwie konnte man sich das Leben auch manchmal ein kleines bisschen einfacher machen. Das musste ja nicht gleich einreißen.

Zu Hause saß Jacqueline auf dem Sofa in Konstanzes Wohnzimmer, völlig eingeknäuelt von ihren drei Kindern, die den Körperkontakt gar nicht mehr missen wollten, auch nicht eine Sekunde. Und sie beteuerten sich alle fünf Minuten gegenseitig, wie sie einander gefehlt hatten und wie schön es war, dass sie wieder zusammen waren. Konstanze war so gerührt, dass sie rasch in die Küche gehen musste, um sich irgendwie abzulenken, denn ihre Kinder waren noch nicht zu Hause. Sie fühlte sich ein bisschen verloren in ihrem eigenen Haus. Fremd und vertraut zugleich. Sie schaute in den Kühlschrank und in den Vorratsschrank, ob es irgendetwas gab, das sie kochen könnte für alle. Nudeln mit Tomatensauce. Das ging immer. Während sie

Zwiebeln und Knoblauch hackte, fiel ihr Blick aus dem Fenster in den Garten, und sie stellte erstaunt fest, dass irgendjemand anscheinend versucht hatte, dem Giersch in ihren Beeten Einhalt zu gebieten. Der Versuch war nicht von bahnbrechendem Erfolg gekrönt, aber das war egal. Jemand hatte daran gedacht, dass es sie freuen würde, wenn bei ihrer Rückkehr nicht alles komplett von Unkraut überwuchert wäre. Sie wischte sich über die Augen und wusste nicht, ob es am Unkraut oder an den Zwiebeln lag, dass sie plötzlich tränten.

Als die Tomatensoße schon eine Weile duftend vor sich hin köchelte, hörte Konstanze plötzlich die Haustür, und Lotte rief: »Mann, was riecht denn hier so gut …?« Kaum stand Lotte in der Tür zur Küche, lag sie auch schon in Konstanzes Armen und ließ sie gar nicht mehr los. Konstanze roch Lottes Shampoo, sie hatte bestimmt die Haare heute Morgen frisch gewaschen, mit dem Handtuchturban gefrühstückt und dann verzweifelt versucht, sie noch trocken zu bekommen, bevor sie zur Schule musste. Wie oft hatte Konstanze fluchend in der Tür gestanden und gewartet, dass endlich oben der Föhn ausging, damit sie loskamen. Sie drückte ihr lächelnd einen Kuss auf die Stirn, und Lotte sah zu ihr auf.

»War der Koller so schlimm?«

»Ich hatte plötzlich Sehnsucht nach euch. Das war noch schlimmer als der Koller.«

»Malte ist nach der Schule zu Yannick zum Fußballspielen, soll ich ihn anrufen, dass er auch kommt? Papa wollte ihn auf dem Heimweg abholen. Er wollte früher kommen heute, weil er nicht sicher war, was mit Jackis Kindern wird.«

»Lassen wir Malte ruhig da, bis er von dort hier ist, das ist ja eine Weltreise. Und wenn wir ihn vom Fußballspielen holen, hat er am Ende noch schlechte Laune. Wir überraschen ihn heute Abend. Und Papa auch. Kein Wort, okay?«

»Okay.« Lotte lächelte Konstanze an. »Es ist schön, dass du wieder da bist.«

Die Tomatensauce war überall. Sie übten mit Jacquelines Kindern Nudelndrehen, hatten Lachanfälle, und Konstanze genoss es, mit allen zusammen am Tisch zu sitzen. »Es ist schön mit so vielen Kindern«, sagte Lotte. »Könnt ihr nicht noch bleiben? Ich hätte gerne mehr Geschwister.«

»Aber Malte nervt dich doch schon immer …? Hast du etwa plötzlich Sehnsucht nach kleinen Geschwistern?«, staunte Konstanze.

»Ja, der nervt, aber irgendwie auch nicht. Es ist schön, wenn etwas los ist. Hier ist es immer so still. Und als du weg warst, war es noch stiller.«

Konstanze sah ihre Tochter nachdenklich an. »Man muss ja nicht gleich Geschwister haben, um das zu ändern. Man kann sich auch andere Kinder einladen … wenn Jacki sich jetzt bewerben geht und noch keine Ganztagsplätze für die Kinder hat, dann machen wir das hier mit den Kleinen, oder Lotte?«

»So klein bin ich auch nicht mehr«, protestierte Timmi. »Ich bin der Älteste!«

50

Philipp hatte sich extra beeilt und war etwas früher gegangen als sonst, damit Lotte nicht so lange alleine war mit den drei kleinen Kindern. Und dann war Lotte überhaupt nicht alleine gewesen. Sie hatte Arm in Arm mit Konstanze zusammen in der Tür gestanden und einem Taxi nachgewinkt, das gerade davonfuhr. Neben der blühenden Rose. Und er hatte einfach nur gedacht. Ja. Das sah richtig aus. Das sah so aus, wie sein Zuhause aussehen sollte.

Selbst der coole Malte strahlte neben ihm, als er sah, dass seine Mutter da war, und sprang schnell aus dem Auto, um auf sie zuzulaufen. Philipp blieb noch einen Moment sitzen und beobachtete seine Familie. Er spürte, wie dabei ein Lächeln in ihm aufstieg, und genoss diesen Moment, bevor er ebenfalls ausstieg und langsam auf Konstanze zuging.

»Als du gesagt hast, dass wir heute reden, hätte ich niemals gedacht, dass du dafür vor mir stehst …«

»Ich auch nicht«, gestand Konstanze. »Aber plötzlich schien es das Richtige zu sein. Ich habe dir so viel zu erzählen, das hätten die Handyakkus gar nicht geschafft.«

Philipp schaute sie ernst an. »Das ist gut, ich freue mich so sehr.« Er schloss sie fest in seine Arme und hielt sie an sich gedrückt, als wollte er sie nie mehr loslassen. »Das ist gut«, wiederholte er. »Ich höre dir zu, ich will auch wieder wissen, was du denkst. Ich will dir auch wieder nahe sein.«

Konstanze sah überrascht auf. Das waren genau die

Worte, die sie ihm geschrieben, aber in den Müll geworfen hatte.

»Dein Brief war wunderbar. Er hat mir die Augen geöffnet …«

»Wann ist er denn gekommen, der Brief?«, fragte Konstanze erstaunt, und Philipp antwortete: »Gestern. Als ich gestern Abend mit der ganzen Crew hier war, da lag dein Brief im Briefkasten.«

Konstanze rechnete kurz nach. Gestern war Jacqueline ja erst zu ihr gekommen. Dann musste sie den Brief vorher gefunden und abgeschickt haben. Diese Nudel. Ob sie ihn gelesen hatte? Sie musste grinsen. Da hatte sie mal eben ungefragt Schicksal gespielt. Bevor sie sich versöhnt hatten.

»Und ich war beeindruckt«, fuhr Philipp fort. »Weißt du, ich habe mich so schäbig gefühlt, ich hatte gedacht, ich sage dir am Wochenende noch nichts von der Entscheidung, damit du zur Ruhe kommst in der Reha, ich dachte, die Ruhe würde dir guttun. Ach, das ist jetzt auch nur die Vorzeigeversion, die besser klingt als die Wahrheit. Die Wahrheit ist, ich … ich hatte einfach Angst, es dir zu sagen. Und als du dann nicht mehr ans Telefon bist, hat mir das zunächst recht gegeben. Ich dachte, jetzt ist alles aus.«

»Das dachte ich auch«, gestand Konstanze und erzählte ihm, dass sie den Brief vorher geschrieben hatte, bevor Marit sie angerufen hatte.

»Aber du bist hier«, sagte Philipp und sah sie fragend an.

»Na ja, es lag noch einige Zeit dazwischen, in der ein denkender Mensch viel denken kann. Und es gab auch etliche Denkanstöße, von allen möglichen Seiten … und ich bin wiedergekommen, weil ich mein Leben ändern will. Und das will ich mit euch zusammen besprechen. Mit dir. Manches davon nur mit dir.«

»Muss ich Angst haben?«, fragte Philipp und sah sie ernst an.

»Nur wenn du Angst vor Veränderungen hast.«

»Gilt noch das, was du in dem Brief geschrieben hast?«

»Voll und ganz«, sagte Konstanze, und Philipp lächelte erleichtert.

»Dann habe ich keine Angst.«

»Du wirst allerdings wieder tanzen müssen«, drohte Konstanze ihm an.

»Gerne. Aber ich führe …«

Sie lächelten sich an.

Nachdem Konstanze ihrer Familie eröffnet hatte, wie sie ihr Leben gerne verändern würde, starrte sie in drei überraschte Gesichter.

»Du willst in der Klinik kündigen?«, fragte Philipp.

»Vielleicht steige ich bei Marit ein. Das müssen wir noch besprechen. Teilzeit. Vielleicht fange ich auch woanders mit einer halben Stelle an. Ich will viel näher zu den Patienten und weniger Notfälle und weniger Adrenalin und mich weniger gehetzt fühlen.«

»Aber das fandst du immer langweilig.«

»Es gibt so viel Aufregendes, was ich außerhalb der Arbeit erleben kann. Da habe ich eindeutig Nachholbedarf. Ich will wieder Klavier spielen, ich will, dass das Haus nicht mehr still ist. Ich habe das Spazierengehen entdeckt, ich brauche Zeit. Auch für uns. Aber vor allem für mich.«

»Bist du dann immer zu Hause?«, fragte Malte vorsichtig.

»Dann ist Schluss mit Fernsehen am Nachmittag, kleiner Bruder!«, rief Lotte.

»Und deine Soaps kannst du dir dann auch abschminken«, konterte er.

Konstanze schüttelte lachend den Kopf: »Und ich dachte, ihr freut euch!«

»Tun wir ja«, sagte Lotte. »Bestimmt hast du manchmal auch nachmittags Klavierunterricht ...«

»Oder gehst spazieren ...«, ergänzte Malte.

»Bestimmt«, versicherte Konstanze den Kindern. »Ganz bestimmt!«

Später, als Lotte und Malte schon längst schliefen, waren Philipp und Konstanze noch immer in ihr Gespräch vertieft.

»Und du kündigst nicht aus Trotz und bist mir im Stillen total böse?«

»Das war der erste Impuls. Das gebe ich zu. Ich wollte mich scheiden lassen, kündigen, nie mehr wiederkommen. Ich war so wütend und gedemütigt, ich ... puh, also, das war kein guter Tag. Aber das hat sich gewandelt. Und du warst vielleicht ein bisschen feige, weil du es mir nicht erzählt hast. Aber ich habe dir auch etwas nicht erzählt, und aus viel mieseren Beweggründen, ich war nicht feige, sondern berechnend.«

Sie erzählte ihm von ihrem schnellen Puls, von ihrem

Körper, der schon auf Dauer-Notfall geschaltet hatte, und dass sie ihm nichts sagen wollte, damit er es nicht ausplaudern konnte in der Klinik.

»Das war bezeichnend. Als ich kapiert habe, was ich da mache, und als ich verstanden habe, wie gut mir alles andere tut, das Klavierspielen, Herumalbern mit Jacqueline, Mandalamalen, Tautreten, ja, lach nur, Tautreten ist großartig!« Sie knuffte Philipp in die Seite. »Morgen früh, vorm Aufstehen, ab in die Wiese …!«

Philipp schaute sie kopfschüttelnd von der Seite an.

»Apropos Wiese, wer hat eigentlich versucht, draußen Unkraut zu zupfen?«, fragte Konstanze.

»Jemand, der sich nicht sicher war, was Kraut und was Unkraut ist, befürchte ich. Schlimm? Hätte ich es besser lassen sollen?«

Konstanze verneinte. »Ich habe mich wirklich darüber gefreut.«

»Oh je. So etwas sagt man zu Kindern, wenn sie mit einer getöpferten Scheußlichkeit aus der Grundschule kommen …«

»Ich meine es ernst«, sagte Konstanze. »Und ich bin eigentlich froh, dass ich mir das Bein auf diese komplizierte Art gebrochen habe.«

»Es klingt ein bisschen schäbig: aber ich auch.«

Sie lächelten sich an.

Genau das hatte Niedlich gesagt, ganz am Anfang, und sie hatte es genervt und Augen rollend abgetan. Er hatte jedoch recht behalten. Es war genau das Richtige für sie gewesen, sich ein Bein zu brechen. Nur durch den dadurch gewonnenen Abstand zu ihrem Alltag und durch die neue Perspektive auf ihr Leben hatte sie erkennen können, in was für einem Laufrädchen sie Tag für Tag lief.

Und was sie eigentlich antrieb. Es war schmerzhaft, das zu erkennen, schmerzhaft und befreiend zugleich. Der graue Fleck war die Leerstelle in ihr, die fehlende Geborgenheit, die sie sich seit dem Tod ihres Vaters nie mehr zugestanden hatte. Stattdessen hatte sie sich nur noch auf sich selbst verlassen und funktioniert, überfunktioniert. Denn wenn man gut funktionierte, konnte nichts passieren. Dann hatten Tod und Verlust keine Chance. Wenn man alles im Griff hatte, dann konnte das Schicksal nicht so erbarmungslos zuschlagen. Sie hatte sich verkapselt in Effizienz und kontrolliertem Perfektionismus, damit ihr nichts mehr passieren konnte. Damit sie Anerkennung bekam und unantastbar war für Kummer und Schmerz und besser war als alle. So viel besser, dass sie jeden retten konnte, der in Not war. Und ihre eigene innere Not hatte sie dabei völlig übersehen. Und nicht nur das. Sie hatte auch vergessen zu leben.

Jetzt hatte Konstanze alle Gedanken vor Philipp ausgebreitet und ihm alles erzählt. Bis auf eines. Theo.

»Ich glaube, ich muss dir noch etwas sagen.«

»Muss das jetzt sein?«, murmelte er an ihrem Hals, während er sich küssend zu ihrem Mund vortastete und sie die Augen schloss.

»Hat vielleicht auch Zeit«, seufzte sie.

»Will ich es überhaupt wissen?«

Er küsste sie zärtlich auf den Mund und sah sie ernst an.

»Liebst du mich?«, fragte er. »Wagen wir zwei es noch mal aufs Neue miteinander?«

»Ja«, lächelte Konstanze. Ja.

»Das ist im Moment alles, was ich wissen muss …«, sagte Philipp. Und dann redeten sie nicht mehr, sondern ließen sie ihre Körper sprechen, die sich erstaunlicherweise noch an alles erinnerten, und es war beruhigend vertraut und aufregend neu zugleich, was sie einander zuflüsterten in dieser Nacht, die eine erste war von vielen neuen Nächten.

51

Als Konstanze mittags von der Praxis nach Hause ging, wo sie inzwischen vier Vormittage pro Woche arbeitete, roch es nach Frühling, und sie kaufte bei einem Blumenhändler an der Ecke einen bunten Tulpenstrauß, und nach kurzem Zögern noch einen zweiten für Jacki. Heute war Donnerstag. Das war Jackis langer Tag, denn das Kosmetikstudio, in dem sie ihre Ausbildung machte, hatte auch abends geöffnet. Nachmittags holte Konstanze Jackis Kinder wie jeden Donnerstag an ihrer neuen Kita ab, die gar nicht mehr so weit entfernt lag, seit Jacki umgezogen war, und gemeinsam kochten sie dann oft Abendessen. Und wenn Jacki abends dazukam, aßen sie zusammen, wie in einer Großfamilie. Alle liebten die Donnerstagabende. Lotte bekam immer die neusten Kosmetikpröbchen zugesteckt und stellte sich dafür als Jackis Versuchskaninchen zur Verfügung, wenn sie etwas ausprobieren wollte.

Konstanze stellte die Tulpen ins Wohnzimmer und überlegte, was sie heute kochen könnten. Es musste etwas sein, das sie vor dem Fernseher essen konnten. Denn im Briefkasten hatte eine Karte von Theo gesteckt: Unbedingt einschalten! Heute Abend kam eine Serienfolge von ihm. Er hatte sich inzwischen von den Vorabendsoaps in die Arztserien des Hauptabendprogramms geschrieben, und Konstanze war gespannt, auf was er sie da aufmerksam machen wollte. Essen vor dem Fernseher! Das hätte es noch vor einem Jahr in diesem Haus nicht gegeben. So einiges hätte es in diesem Haus nicht gegeben vor einem Jahr. Aber es war gut, was sich alles verändert hatte.

Weder Jacqueline noch sie waren in ihr altes Leben zurückgegangen. Sie hatten es geschafft, ihrem alten Leben so viel frischen Wind einzuhauchen, dass es jetzt neu und anders war. Und gut. Es war chaotischer. Der ganze Haushalt, das ganze Leben mitsamt den Blumenbeeten im Garten war nicht mehr durchgeplant, dafür war alles lebendig und wesentlich bunter.

Eine der Ärztinnen in der Krankenhausserie brach sich gleich zu Beginn das Bein und saß schon in der dreizehnten Minute beim gemeinsamen Frühstück an ihrem Tisch in der Reha.

»Oh«, quietschte Jacki, »schau mal, das sind wir! Du bist die Verkniffene! Und ich die Bunte. Oh Gott, die sieht ja aus wie ein Paradiesvogel … hab ich mich echt so bunt geschminkt?«

Lotte und Konstanze bestätigten es lachend und verfolgten das Geschehen auf dem Bildschirm mit Neugier.

Die Verkniffene ließ völlig entnervt das Messer sinken und fuhr ihre Tischnachbarn an, sie könne nicht schon morgens entfesseltem Geplapper zuhören, das raube ihr einfach den Verstand.

»Mensch, jetzt lass echt mal locker«, konterte der bunte Vogel, und die Verkniffene patzte gleich zurück: »Tut mir leid. Damit ihr euch wohler fühlt, werde ich nicht zu einem anderen Menschen werden.«

»Vielleicht fühlst du dich dann ja selbst wohler. Lockerer …«

»Lockerer! Wohlfühlen! Wenn man nach diesen Maximen leben will, bringt man es nie zu etwas.«

Konstanze schlug sich entgeistert die Hände vor den Mund, und ihre Kinder quietschten amüsiert.

»Aber *locker* und *Liebe*, die fangen doch beide mit den gleichen Buchstaben an …«, warf der extrem gutaussehende, neu dazukommende Held ein, der sich gerade zwinkernd zwischen den beiden niederließ.

Konstanze und Jacqueline kreischten vor Vergnügen.

»*Locker* und *Loser* auch«, sagte die Verkniffene im Fernsehen, und Konstanze und Jacqueline sprachen es gleichzeitig mit und kugelten sich vor Lachen über den Teppich.

»Dafür sollte er sich bei euch bedanken«, meinte Philipp. »Solche Perlen der Dialogkunst bekommt er nicht jeden Tag einfach so diktiert.«

Konstanze warf ein Kissen nach ihm, was er grinsend auffing und zurückwarf. Sie fing es ebenfalls auf, erst das Kissen, dann sein Lächeln, und sie wusste, sie hatten es geschafft. Alles von ihm würde sie wieder auffangen.

Jacqueline sah den beiden zu und freute sich. Es war einfach schön, eine glückliche Freundin zu haben.

Astrid Ruppert

Wenn nicht jetzt, wann dann?

Roman | 400 Seiten | Gebunden
ISBN 978-3-547-71172-1

Wenn das Glück vor der Tür steht, muss man nur den Schlüssel finden

Annemie ist fast 60 und hat sich viel besser gehalten, als sie selbst glaubt. Wenn sie die Handtücher nach Farben geordnet hat und die Teppichfransen parallel liegen, dann zaubert sie in ihrer kleinen Küche ausgefallene Hochzeitstorten. Sie arbeitet für Liz, die mit ihrer Agentur Hochzeiten im großen Stil ausrichtet. Eine folgenreiche Verwechslung bringen Annemie und den Vater einer Braut einander näher. Und plötzlich ist in ihrem Leben alles ganz anders.

Marion von Schröder